The Cuckoo's Calling

The Cuckoo's Calling by Robert Galbraith

First published in Great Britain in 2013 by Sphere

All characters and events in this publication, other than those clearly in the public domain, are fictitious, and any resemblance to real persons, living or dead, is purely coincidental.

원서는 2013년 영국 Sphere 출판사에서 출간되었습니다.

이 책에 등장하는 모든 인물과 사건은 허구이며, 실존 인물과 사건을 연상시키는 부분이 있더라도 이는 저자의 의도와는 무관합니다.

쿠쿠스 콜링
1

로버트 갤브레이스 지음 | 김선형 옮김

문학수첩

실제의 디비에게

심심한 감사의 마음을 전합니다.

너는 왜 눈이 내릴 때 태어난 거니?
빼꾸기 울 때 태어나지.
아니 포도송이 푸르게 영글 때나
그것도 아니면 낭창한 제비 무리지어
죽어가는 여름을 피해
멀리멀리 날아갈 채비를 할 때 태어나지 그랬어.

너는 왜 양털 깎을 때 죽은 거니?
사과가 떨어질 때 죽지.
메뚜기가 말썽을 피우고
밀밭이 수염처럼 바짝 깎였을 때,
그래서 죽어가는 달콤한 것들을 위해
바람들이 모두 한숨을 쉬며 불 때 죽지 그랬어.

크리스티나 G. 로제티, 〈만가 輓歌〉

프롤로그

Is demum miser est, cuius nobilitas miserias nobilitat.

높은 명성으로 그 불행까지 유명해지는 자는 불행하도다.

루키우스 아키우스, 《텔레포스》

거리는 파리 떼의 습격이라도 받은 것처럼 떠들썩했다. 경찰들이 지켜선 장벽 뒤로 주둥이 기다란 카메라를 든 사진사들이 우글우글 무리 지어 서 있었다. 입김이 보얗게 피어올랐고, 모자며 어깨 들에 꾸역꾸역 눈이 쌓였다. 장갑 낀 손가락들이 렌즈를 닦았다. 가끔은 종작없이 찰칵거리는 소리들이 터져 나오기도 했다. 사진사들은 기다리다가 지겨워지면 도로 한가운데 쳐진 하얀 캔버스 천막이나 그 너머 높은 적벽돌 아파트 건물의 입구, 또는 죽은 여자가 떨어진 꼭대기 층 발코니를 찍으며 지루함을 달랬다.

빽빽이 모여든 파파라치들 뒤로는 지붕에 거대한 위성 접시가 달린 하얀 밴들이 서 있었고, 쉴 새 없이 말을 쏟아내는 기자들 사이로 이따금씩 외국어가 들려왔다. 헤드폰을 쓴 음향기사들도 어슬렁거렸다. 녹화 중간중간 기자들은 발을 구르고 뜨거운 커피잔으로 손을 덥혔다. 몇 블록 떨어진 곳에 위치한 카페는 사람들로 복작거렸다. 털모자를 쓴 카메라맨들은 시간을 때우려고 사진사들의 등짝이며 발코니며 사체를 숨긴 천막 따위를 찍고는, 고요하게 눈 내리는 메이페어 스트리트에 벌어진 때 아닌 일대 혼돈의 광경을 와이드 숏으로 담기 위해 위치를 재조정했다. 부촌답게 새하얀 석조 주랑 현관들에다 그와 대조되는 번지르르한 검은 문이 일렬로 늘어서 있고 토피어리 관목들이 즐비했다. 18번지의 입구는 테이프로 봉쇄되어 있었다. 테이프 너머로 살짝 보이는 복도에서는 경찰관들이 오가는 모습이 눈에 띄었다. 그중에는 하얀 가운을 입은 법의학 전문가들도 있었다.

텔레비전 방송국들은 벌써 몇 시간째 뉴스를 내보내고 있었다. 일반 군중도 길가로 모여들었고 제지할 경찰력도 더 투입되었다. 일부러 보러 온 사람들도 있고, 출근길에 멈춰 서서 구경하는 사람들도 있었다. 휴대전화를 높이 치켜들어 사진만 찍고 지나치는 사람들도 많았다. 어떤 젊은이는 문제의 발코니가 어디인지 몰라 전부 다 찍어 가기도 했다. 중간의 발코니는 동그랗고 깔끔하게 가지 친 무성한 관목들이 세 그루나 빽빽이 심어져 있어 사람이 설 자리조차 없었는데도 말이다.

한 무리의 소녀들이 꽃을 들고 와서 경찰에게 건네주는 모습이 카메라에 찍혔다. 경찰은 아직 헌화할 자리를 정하지 못했지만 일거수일투족을 따라다니며 찍어대는 카메라 렌즈를 의식하며 그것을 경찰차 뒷좌석에 가져다 놓았다.

24시간 뉴스 채널에서 파견된 특파원들은 그들이 아는 몇 안 되는 자극적인 사실들을 근거로 끝도 없이 논평과 추정을 늘어놓고 있었다.

"……오늘 아침 새벽 2시 아파트 펜트하우스에서…… 건물 경비원이 경찰에 신고……."

"……사체를 이송할 기미는 아직 보이지 않아서, 여러 가지 추정이…….”

“……추락할 때 혼자 있었는지에 대해서는 아직 아무것도 알려진 바가…….”

“……팀이 건물에 들어가 철저한 조사를 시행할 예정…….”

싸늘한 불빛이 천막 안을 환히 비추고 있었다. 두 남자가 사체 옆에 쭈그리고 앉아서 마침내 시체를 가방에 넣기 위해 마무리 작업을 하고 있었다. 여자의 머리에서 흐른 피의 일부가 눈에 스며들었다. 으스러져 부어오른 얼굴에 한쪽 눈은 형체도 알아볼 수 없이 짓이겨져 있었으며 다른 눈은 팽창된 눈꺼풀 사이로 탁한 흰자위가 은빛으로 빛나고 있었다. 살짝 바뀌는 조명빛에 따라 여자가 입은 스팽글 상의가 반짝이는 바람에 꿈틀거리는 것처럼 보여 묘한 기운이 감돌았다. 여자가 다시 숨을 쉬는 것 같기도 하고, 당장이라도 일어날 듯 잔 근육이 불끈거리는 것 같기도 했다. 하늘에서는 보드라운 손가락이 머리 위 천막을 통통 퉁기듯 눈이 내렸다.

“빌어먹을 앰뷸런스는 어디 있어?”

로이 카버 경위는 짜증이 잔뜩 솟구치는 참이었다. 콘비프 같은 낯빛의 땅딸막한 경위는 허구한 날 셔츠 겨드랑이가 땀에 흥건히 젖은 꼴을 하고 있었다. 안 그래도 짧은 그의 인내심은 이미 몇 시간 전에 바닥이 났다. 그는 시체가 추락한 후로 줄곧 곁을 지키다시피 했다. 언 발이 시리다 못해 이제 감각도 없었고 하도 허기가 져서 머리가 띵했다.

“앰뷸런스는 2분 후에 도착한답니다.” 에릭 워들 경사는 휴대전화를 귀에 대고 천막으로 들어오다가 본의 아니게 상사의 질문에 답을 했다. "그렇지 않아도 앰뷸런스가 들어올 자리를 만들고 온 참입니다."

카버는 끙, 하고 못마땅한 소리를 냈다. 사진사들이 몰려오는 바람에 워들 경사가 잔뜩 신이 났다고 생각하자 기분이 더 더러워졌다. 카버의 눈에는, 서리처럼 하얗게 눈이 쌓인 갈색 곱슬머리에 소년 같은 매력까지 지닌 미남인 워들이 이제까지 천막 밖에서 얼마 안 되는 전리품들을 자랑하며 빈둥거린 것으로만 보였다.

"시체가 없어지면 저 사람들도 흩어지겠죠." 워들이 사진사들을 계속 바라보며 말했다.

"우리가 여길 살인 사건 현장처럼 다루는 한 떠날 리가 없지." 카버가 쌀쌀맞게 쏘아붙였다.

워들은 암묵적인 도발에 응하지 않았다. 카버는 그러거나 말거나 저 혼자 폭발했다.

"불쌍한 계집애가 뛰어내린 거야. 다른 사람은 아무도 없었다고. 자네가 말하는 그 증인이란 여편네는 코카인에 절어서—."

"옵니다." 워들은 이 말과 함께 슬며시 천막 밖으로 나가더니 카메라에 포착되기 좋은 자리를 차지하고 앰뷸런스를 기다렸다. 카버는 그런 부하가 진절머리 나게 싫었다.

이 소식은 뉴스에서 정치나 전쟁, 재난을 전부 밀어냈고, 채널마다 죽은 여자의 흠 없는 얼굴과 조각처럼 잘빠진 몸매를 담은 사진들이 번쩍거렸다. 그나마 알려진 얼마 안 되는 사실들은 불과 몇 시간 내에 바이러스처럼 수백만 명에게 퍼졌다. 사람들은 유명한 남자친구의 존재, 여자가 집으로 혼자 왔다는 사실, 아래층에서 들었다는 고함 소리와 최후의 치명적 추락을 놓고 여기저기서 시끌벅적한 언쟁을 벌였다.

남자친구는 재활 시설로 도망쳤는데, 경찰의 의중은 가늠할 수가 없었다. 사망 전날 저녁에 함께 있던 사람들의 신상이 샅샅이 털렸다. 수천 개에 달하는 신문 기사가 쏟아져 나오고 텔레비전 뉴스도 몇 시간씩 이어졌다. 심지어 사체가 추락하기 몇 초 전 두 번째 말다툼 소리를 들었다고 맹세한 여자마저 잠시 유명세를 타서 죽은 처녀의 아름다운 이미지들 옆에 작은 사진으로 게재되는 영광을 안았다.

하지만 그녀의 증언은 거짓말임이 밝혀졌고, 대중이 낙담해 토해내는 한숨 소리가 대기를 떠돌았다. 이번에는 그 여자가 재활 시설로 도망치듯 숨어버리고, 다시 유명인인 유력 용의자가 수면에 떠올랐다. 남자 인형이 나오면 여자 인형이 도로 들어가는 웨더박스*처럼 한 번에 한 사람씩 번갈아 스포트라이트를 받았다.

그러다 결국 사건은 자살로 결론이 났고, 잠시 망연자실한 여운이 흐른 뒤 뉴스는 한풀 꺾인 기세로 후일담을 다루기 시작했다. 기사들은 죽은 아가씨가 감정기복이 심하고 불안한 성격이라 강렬한 끼와 미모로 얻은 슈퍼스타의 자리에 걸맞지 않았다고 썼다. 비윤리적인 부유층과 어울리다가 타락했다고도 했다. 익숙지 않은 퇴폐적 삶 때문에 원체 여린 성격이 완전히 망가져버렸다는 얘기도 있었다. 그녀는 샤덴프로이데**가 처발라져 굳어버린 도덕적 우화가 되었고, 어찌나 많은 칼럼니스트들이 이카루스를 인

* 남자 인형과 여자 인형이 번갈아서 들어갔다 나왔다 하는 습도 측정용 청우계.
** 타인의 불행을 은근히 즐기는 심리.

용했던지 《프라이빗 아이》지에서 이에 대해 아예 특별 칼럼을 게재하기도 했다.

그러다 마침내 휘몰아치던 광풍이 가라앉아 잠잠해지고 기자들조차 더 이상은 할 말이 떨어져버렸지만, 이미 해버린 말만으로도 도를 넘은 지 오래였다.

석 달 뒤

1부

Nam in omni adversitate fortunae infelicissimum est genus infortunii, fuisse felicem.

고난에 처한 사람에게 가장 괴로운 것은
행복하던 시절이 있었다는 사실이다.

보에티우스, 《철학의 위안》

1

로빈 엘라코트는 25년 동안 살아오며 제 나름대로 이런저런 드라마와 사건 사고를 겪었지만, 아침에 눈을 뜨는 순간 앞으로 펼쳐질 오늘 하루를 남은 평생 결코 잊지 못할 거라는 느낌이 드는 건 처음이었다.

어젯밤 자정이 막 지났을 때, 오랜 연인 매튜가 피카딜리 서커스 한가운데에 있는 에로스상 밑에서 그녀에게 청혼했다. 그녀가 승낙하자 어질어질하도록 마음이 놓인 매튜는 솔직히 방금 저녁을 먹은 태국 식당에서 고백하려고 했는데 바로 옆자리에서 두 사람의 대화를 한마디도 놓치지 않고 엿듣고 있던 말 없는 커플 때문에 차마 하지 못했다고 털어놓았다. 그래서 그는 내일 둘 다 일찍 일어나야 한다는 로빈의 말을 무시하고, 어두워져가는 거리를 함께 걷자고 했다. 그러다 갑자기 불쑥 영감에 사로잡혀서, 당황한 로빈을 조각상 앞 계단으로 이끌었다. 그리고 부끄러움 따위는 쌀쌀한 찬바람에 내던져버리고(정말이지 매튜답지 않았다) 한쪽 무릎을 털썩 꿇고 프로포즈를 했다. 메틸알코올처럼 보이는 액체 한 병을 나눠 마시고 계단에 널브러진 노숙자들을 앞에 두고서.

로빈에게 결혼의 역사상 그보다 완벽한 청혼은 있을 수 없었다. 매튜가 그때 주머니에서 꺼낸 반지는 지금 그녀의 손에 끼워져 있었다. 다이아몬드 두 개가 박힌 사파이어 반지는 손가락에 꼭 맞았다. 시내로 들어오는 길 내내 로빈은 손을 무릎에 얹고서 반지만 바라보고 있었다. 두 사람에게 이제 두고두고 나눌 이야깃거리가 생겼다. 훗날 자식들에게 들려줄 우스꽝스러운 가족의 일화가. 매튜의 계획이(로빈은 매튜가 미리 계획했다는 사실이 그렇게 좋을 수 없었다) 어떻게 틀어져서 즉흥적인 이벤트가 되어버렸는지 그런 얘기. 부랑자들도 좋았다. 달도 미칠 듯 좋았고, 한쪽 무릎을 꿇은 채 당황하고 부끄러워 어쩔 줄 모르던 매튜가 한없이 좋았다. 에로스상도, 더럽고 낡은 피카딜리도, 둘이서 클래팜까지 타고 돌아온 검은 택시도 사랑했다. 사실 런던 전역을 사랑해버릴 수도 있을 것 같았다. 지난 한 달 동안 살면서도 이 도시에 별로 정을 붙이지 못했는데. 심지어 만원 지하철에서 밀쳐대는 핏기 없고 호전적인 출근 인파마저 반지의 후광을 받아 찬란한 금빛으로 빛나 보였다. 토튼햄 코트 로드 지하철역에서 쌀쌀한 3월의 햇살 속으로 걸어 나오면서 로빈은 엄지로 백금반지를 쓰다듬었고, 머릿속으로는 점심시간에 나가서 웨딩 잡지를 살 수 있겠다는 생각에 행복감이 펑펑 터져 나와 황홀하기까지 했다.

오른손에 쪽지를 들고 옥스퍼드 스트리트 초입의 공사장 길을 헤치고 걸어가는 그녀에게 남자들의 시선이 머물렀다. 로빈은 어떤 기준으로 봐도 미녀였다. 딸기 빛 도는 긴 금발을 찰랑찰랑 휘날리며 씩씩하게 걸어가는 그녀는 훤칠한 글래머였고, 싸늘한 공기 탓에 다소 창백하던 얼굴에 발갛게 생기가 더해져 있었다. 일주일로 계획된 비서직 업무의 첫날이었다. 런던에 와서 매튜와 동거한 이래로 임시직을 전전하고 있었지만 이제 그것도 얼마 남지 않았다. 소위 제대로 된 면접들이 앞으로 줄줄이 잡혀 있었다.

이렇게 찔끔찔끔 때우는 일거리를 맡을 때 제일 골칫거리는 사무실을 찾는 것일 때가 많다. 요크셔의 소도시에 살다 와보니 런던은 어찌나 광활하고 복잡한지 불가침의 영토 같았다. 매튜는 지도에 코를 처박고 돌아다니면 안 된다고 주의를 주었다. 그러면 관광객처럼 보여서 표적이 된다는 것이었다. 그래서 로빈은 아르바이트 소개소에서 그려준 허술한 약도에 기대어 길을 찾고 있었지만 이렇게 한다고 과연 런던 토박이처럼 보일지는 의문이었다.

도로 공사 현장을 에워싸고 있는 금속 가림판과 파란 플라스틱 벽 때문에 손에 든 쪽지에 나오는 주요 건물들이 하나도 보이지 않아서 길을 찾기가 훨씬 어려웠다. 우뚝 솟은 오피스 빌딩 바로 앞에서 여기저기가 파헤쳐져 있는 도로를 건너 덴마크 스트리트로 짐작되는 방향으로 향했다. 약도에 '센터포인트'라고 표시되어 있는 오피스 빌딩은 똑같은 모양의 네모난 창문들이 격자무늬로 촘촘하게 박혀 있어 거대한 콘크리트 와플처럼 보였다.

목적지를 찾은 건 행운에 가까웠다. 로빈은 덴마크 플레이스라는 비좁은 골목을 따라가다가 형형색색의 상점들이 즐비한 짧은 거리로 나왔다. 기타와 키보드를 비롯해 별별 악기들이 진열장마다 그득그득 쌓여 있었다. 도로에는 또 구멍이 뻥 뚫려 있고 빨갛고 하얀 바리케이드가 공사 현장을 에워싸고 있었다. 형광색 웃옷을 입은 인부들이 새벽 댓바람부터 그녀를 보고 휘파람을 불어댔다. 로빈은 들은 척도 하지 않았다.

시계를 보았다. 길을 잃을 경우를 감안해 시간을 넉넉하게 잡았더니 15분이나 일찍 도착했다. 그녀가 찾고 있던, 별 특징 없이 검은 페인트로 칠해진 문은 '12 바 카페' 옆에 있었다. 사무실 주인 이름이 아무렇게나 찢은 눈금지에 쓰여 셀로판테이프로 2층 초인종 옆에 붙여져 있었다. 반짝이는 새 반지를 끼고 있지 않은 평소 같으면 김이 팍 샜을지 모르겠다. 그러나 오늘은 지저분한 종이와 페인트칠이 벗겨져 떨어지는 문짝마저, 어젯밤 부랑자들처럼 화려한 로맨스를 돋보이게 해주는 배경일 뿐이었다. 다시 시계를 보던 로빈은 (사파이어가 반짝거리자 가슴이 두근거렸다. 남은 평생 이 반짝거리는 보석을 바라보고 살게 되겠지) 벅찬 황홀감에 그만 예정보다 일찍 올라가서 관심도 없는 일자리에 열의를 보여야겠다고 마음을 먹고 말았다.

막 초인종에 손을 뻗는데 검은 문이 안에서 휙 열리더니 어떤 여자가 후다닥 거리로 뛰쳐나왔다. 시간이 정지한 듯 이상했던 그 순간에 두 여자는 서로의 눈을 똑바로 들여다보며 충돌에 대비해 몸을 사렸다. 마술에 걸린 듯했던 그날 아침, 로빈의 감각은 이상하리만큼 예민했다. 1초도 안 되는 순간에 본 그 하얀 얼굴이 얼마나 강렬한 인상을 남겼는지, 잠시 후 불과 1센티미터 간격으로 두 사람이 아슬아슬하게 스쳐 지나치고 검은 머리의 여자가 황급히 모퉁이를 돌아 시야에서 사라지고 난 후에도 로빈은 기억에 의존해 여자의 얼굴을 완벽하게 그릴 수도 있겠다 싶을 정도였다. 기억에 각인된 건 빼어난 미모뿐 아니라 상대방의 표정이었다. 납빛이면서도 이상하게 달떠 있던 그 표정.

로빈은 문이 다시 닫히기 전에 붙잡아 추레한 계단통으로 들어섰다. 구식 금속 계단이 역시나 낡아빠진 새장 승강기를 가운데 두고 나선형으로 감아 올라가고 있었다. 행여 하이힐 굽이 철제 계단에 낄까 노심초사하며 첫 번째 층계참에 당도한 그녀는 '크라우디 그래픽스' 라고 써서 코팅해 표구한 포스터를 걸어놓은 문을 지나쳐 계속 올라갔다. 바로 위층 유리문 앞에 다다랐을 때에야 비로소 로빈은 자기가 무슨 직종의 비서로 일하러 왔는지도 모른다는 사실을 깨달았다. 에이전시에서 아무도 알려주지 않았던 것이다. 바깥의 초인종 옆 쪽지에 쓰여 있던 이름이 통유리에 새겨져 있었다. 'C. B. 스트라이크'. 그리고 그 밑에 '사립탐정' 이라고 쓰여 있었다.

로빈은 입을 살짝 벌린 채로 꼼짝도 않고 서 있었다. 그 짧은 순간에 느낀 경이로운 감정은 그녀를 아는 사람 중 그 누구도 이해할 수 없는 것이었다. 누구에게도 (심지어 매튜에게도) 일평생 품어왔던 은밀하고 유치한 꿈을 털어놓은 적이 없었으니까. 그런데 하필이면 하고 많은 날들 중에서 오늘 이런 일이 일어나다니! 어쩐지 하느님이 찡긋 윙크를 날려주신 것만 같았다. (그리고 심지어 이마저도 그날의 마법과 무관하지 않다는 느낌이 들었다. 매튜와도, 또 반지와도. 사실 정신 차리고 생각해보면 아무 관련이 없는데도 말이다.)

그 순간을 음미하며 아주 천천히 이름이 새겨진 유리문으로 다가갔다. 왼손을 뻗어(침침한 불빛 아래서 보니 사파이어의 색이 검고 짙었다) 손잡이를 잡으려 했지만, 미처 손이 닿기도 전에 유리문이 확 열렸다.

이번에는 가까스로 스치는 행운 따위는 없었다. 100킬로그램에 육박하는 풍채의 추레한 남자가 앞도 보지 않고 나오더니 그녀에게 돌진했다. 그 바람에 균형을 잃은 로빈은 핸드백을 내팽개치고 두 팔을 허우적거리며 치명적인 층계 너머 까마득한 허공으로 나자빠졌다.

2

스트라이크는 충격에서 정신을 차리고 새된 비명 소리에 본능적으로 대처했다. 긴 팔을 휙 뻗어 옷과 살을 한 움큼 움켜쥐었던 것이다. 또다시 날카로운 비명 소리가 사방 돌벽에 부딪혀 메아리쳤고, 쥐어짜고 잡아당기고 하는 난리법석 끝에 그는 아가씨를 다시 단단한 땅바닥으로 질질 끌어올리는 데 성공했다. 그때까지도 여자의 비명 소리는 벽에 부딪혀 울려 퍼지고 있었고, 스트라이크는 자기도 모르게 "이런, 제기랄!"이라고 외치고 말았다.

젊은 여자는 사무실 문에 기대어 끙끙 앓느라 허리를 제대로 펴지도 못했다. 스트라이크는 여자가 손을 코트 깃 아래로 깊숙이 묻고 있다는 점과 몸이 한쪽으로 심하게 비뚤어진 모양을 보고 자기가 젖가슴을 부여잡고 목숨을 살렸다는 걸 짐작했다. 풍성하게 커튼처럼 물결치는 밝은 금발이 새빨갛게 달아오른 얼굴을 다 가리고 있었지만 드러난 한쪽 눈에 맺힌 아픔의 눈물은 선명하게 보였다.

"젠장, 미안해요!" 우렁찬 그의 목소리가 계단통을 돌아 공명했다. "거기 계시는 걸 못 봤어요. 누가 거기 있을 줄 생각도 못 하고—.”

발밑에서 아래층 사무실을 차지하고 있는 괴짜 외톨이 그래픽 디자이너가 고래고래 악을 썼다. “그 위에 뭐 하는 겁니까?” 그러더니 잠시 후 위층에서도 알아들을 수는 없지만 뭐라고 불평하는 소리가 들려왔다. 스트라이크의 사무실 위 옥탑 아파트에서 자던 아래층 술집 지배인이 시끄러운 소리에 깨서 화가 난 눈치였다.

“이리로 좀 들어오세요…….”

스트라이크는 웅크린 채 문에 기대선 여자한테 행여 또 닿기라도 할까 봐 손가락 끝으로 살살 문을 열어 사무실 안으로 그녀를 안내했다.

“괜찮아요.” 로빈은 떨리는 목소리로 거짓말을 했지만, 여전히 가슴에 손을 대고 웅크린 채 등을 돌리고 있었다. 잠시 후 그녀는 허리를 펴고 일어나 돌아섰다. 얼굴은 새빨갛고 눈가도 젖어 있었다.

본의 아니게 그녀를 습격한 사나이는 엄청난 거구였다. 키도 컸거니와 온몸이 털북숭이고 뱃살까지 두둑해서 그리즐리 회색 곰 같은 인상이었다. 한쪽 눈은 퉁퉁 붓고 멍들어 있었고, 눈썹 뼈 바로 아래 피부가 찢어져 있었다. 왼뺨에는 도드라진 손톱자국에 피딱지가 앉아 있었고, 쭈글쭈글한 셔츠가 풀어헤쳐져 훤히 드러난 두툼한 목 오른편으로도 똑같은 상처가 나 있었다.

“스, 스트라이크 씨세요?”

“예.”

“저, 저는 알바예요.”

“누구시라고요?”

"임시직원이오. '템퍼러리 솔루션' 소개로 왔는데요."

에이전시 이름을 대도 그 부어터진 얼굴에서 영문을 모르겠다는 표정은 사라지지 않았다. 불편하고 적대적인 태도로 그들은 서로를 노려보기만 했다.

로빈과 마찬가지로 코모란 스트라이크 역시 지난 24시간 동안 자기 인생이 획기적인 전기를 맞았고, 영원히 잊을 수 없을 거라는 걸 잘 알고 있었다. 그런데 이제 보니 운명의 여신이 베이지색 트렌치코트 차림의 전령을 보내 앞으로의 인생은 시궁창이 될 거라 조롱하는 모양이었다. 임시직원 따위는 예정에 없었다. 로빈의 전임을 해고했던 건 계약을 파기하기 위해서였다.

"며칠이나 일하라고 하던가요?"

"일, 일단 일주일이오." 로빈은 여태껏 이렇게 열없는 대접은 처음 받아보았다.

스트라이크는 재빨리 머릿속으로 계산을 했다. 에이전시의 터무니없는 임금 기준으로 일주일을 쓰게 되면 안 그래도 빨간불이 들어온 재정이 복구 불능으로 치달을 수도 있었다. 대부업체들은 한 번만 더 고비가 오면 끝장이라는 암시를 계속 던졌는데, 어쩌면 이게 바로 그 최후의 고비인지도 모른다.

"잠깐만요."

그는 유리문 밖으로 나가 곧장 우회전해서 비좁고 습한 화장실로 직행했다. 그리고 자물쇠를 걸어 잠그고 더럽고 깨진 세면대 거울을 물끄러미 들여다보았다.

거울 속에서 마주 바라보는 얼굴은 결코 잘생겼다고 할 수 없었다. 스트라이크는 안 그래도 이마가 넓고 툭 튀어나온 데다 코주

부였고 눈썹도 짙어서 복싱에 취미를 붙인 젊은 베토벤 같았는데 퉁퉁 붓고 눈에 시커멓게 멍까지 들어 있으니 아주 영락없었다. 카펫 못지않게 탱글탱글하고 숱 많은 고수머리 때문에 어린 시절 따라다니던 수많은 별명 중에는 심지어 '거시기털대가리' 도 있었다. 서른다섯 제 나이보다 훨씬 더 들어 보이는 얼굴이었다.

더럽고 깨진 세면기 구멍을 틀어막고 찬물을 받은 뒤 숨을 깊이 들이쉬고 쿵쿵 울리는 머리를 푹 담갔다. 흘러넘친 물이 구두에 왈칵 쏟아졌지만, 10초 동안 얼음처럼 차갑고 맹목적인 위로를 얻는 대가로 그 정도는 묵살할 수 있었다.

지난밤의 일들이 산발적으로 뇌리를 스쳤다. 악을 바락바락 쓰는 샬럿 앞에서 서랍 세 개를 비우고 소지품을 배낭에 쓸어 담던 일. 문간에서 한번 돌아보려다가 재떨이에 맞았던 일. 깜깜한 도시를 걸어 사무실까지 오던 길이며, 사무실 의자에 앉아 한두 시간 눈을 붙였던 것. 그리고 마지막의 치사하고 더러운 장면까지. 샬럿은 꼭두새벽에 쳐들어와서 그가 집을 나갈 때 짐에다 처넣는 걸 깜박 잊었다며 반데릴라* 몇 개를 내팽개쳤던 것이다. 이젠 그녀를 놔줘야지 결심하는 찰나 그녀가 손톱으로 얼굴을 할퀴더니 문밖으로 뛰쳐나갔다. 그래도 한순간 그의 머리가 홱 돌았는지 정신 못 차리고 뒤쫓아 달려 나갔는데…… 추격은 시작도 못 해보고 끝이 났다. 이 부주의하고 쓸데없는 여자가 자기도 모르게 끼어드는 바람에 말이다. 그로서는 어쩔 도리 없이 여자를 살려야 했고 또 어르고 달래기까지 해야 했다.

* 투우사가 쓰는 색색의 투창.

숨을 몰아쉬고 끄응 앓는 소리를 내며 찬물에서 고개를 들었다. 얼굴과 머리가 얼얼하고 살짝 감각이 둔해진 게 기분이 좋았다. 문에 걸어둔 마분지처럼 뻣뻣한 수건으로 얼굴을 벅벅 닦고 다시 거울 속 침울한 얼굴을 바라보았다. 핏자국을 깨끗이 씻어내고 보니 할퀸 자국은 구겨진 베개에 얼굴을 대고 잔 흔적 정도로밖에 보이지 않았다. 지금쯤 샬럿은 지하철역에 도착했을 것이다. 샬럿을 뒤쫓아 달려 나가게 만들었던 온갖 미친 생각들 중에는, 행여 달리는 열차에 몸을 던지지나 않을까 하는 두려움도 있었다. 둘 다 20대 중반이던 언젠가는 유달리 지독한 다툼 끝에 그녀가 지붕 위에 기어 올라간 적도 있었다. 술에 취해 비틀거리며 두고 보라고, 꼭 뛰어내리고야 말겠다고 난리를 쳤다. 어쩌면 템퍼러리 솔루션 아가씨에게 붙들려 따라가지 못한 걸 다행으로 여겨야 할지도 모른다. 새벽의 그 난리통을 겪고 예전으로 다시 돌아갈 수는 없었다. 이번에는 끝장을 내야만 했다.

목덜미에 들러붙는 젖은 옷깃을 잡아당겨 세우며, 스트라이크는 녹슨 걸쇠를 젖히고 화장실에서 나와 유리문 안으로 다시 들어갔다.

바깥에서는 유압식 드릴이 돌아가기 시작한 참이었다. 로빈은 문을 등지고 책상 앞에 서 있었다. 다시 들어오는 그를 보고 황급히 코트 속에서 손을 빼는 것으로 보아 젖가슴을 문지르고 있던 모양이었다.

"어, 괜찮으세요?" 스트라이크는 부상 부위에 눈길을 주지 않으려고 조심하며 물었다.

"괜찮아요. 저, 제가 필요 없으시면 그냥 갈게요." 로빈은 도도하게 말했다.

“아뇨, 아닙니다. 아니에요.” 스트라이크의 입에서 나오는 목소리가 말했다. 그러나 막상 자신은 혐오감에 젖어 그 소리를 듣고 있었다. “일주일이라……. 네, 그 정도면 되겠어요. 어, 우편물은 여기…….” 그는 말을 하면서 도어매트에서 우편물을 긁어모아 로빈 앞에 있는 빈 책상에 흩어놓았다. 그 나름에는 화해의 선물이었다. “네, 그것들 좀 뜯어봐 주시고, 전화 받고, 전체적으로 정리 좀 해주세요. 컴퓨터 패스워드는 ‘Hatherill23’ 인데, 적어줄게요.” 비밀번호를 적어주는 그를 로빈은 미심쩍고 수상하다는 눈길로 쳐다보았다. “자, 됐죠? 난 이 안에 있을게요.”

스트라이크는 안쪽 사무실로 휘적휘적 들어가서 살살 문을 닫고는, 가만히 서서 휑한 책상 밑에 놓여 있는 배낭을 물끄러미 바라보았다. 그 가방에 든 게 전 재산이었다. 샬럿의 집에 놓고 온 나머지 살림 90퍼센트는 다시 구경도 못 할 공산이 컸다. 모르긴 몰라도 아마 점심때가 되기도 전에 몽땅 처분되어 없어질 것이다. 불에 태우든 거리에 내다버리든 칼로 찢고 짓뭉개고 표백제를 콸콸 뿌리든, 뭐 어떻게든 말이다. 저 아래 도로에서는 드릴이 무지막지하게 돌아가고 있었다.

게다가 태산 같은 빚을 갚을 길도 없고 사업이 망할 날도 코앞에 다가와 끔찍한 결과를 예고하고 있었다. 샬럿과의 이별 이후 닥쳐올 불길한 후속편은 정확히는 몰라도 무시무시한 공포물이 될 수밖에 없었다. 지쳐빠진 스트라이크의 눈앞에 이 모든 참담한 불행들이 만화경처럼 현란하게 펼쳐졌다.

몸을 움직인 적도 없는 것 같은데 그는 어느새 간밤을 보냈던

의자에 다시 앉아 있었다. 허술한 파티션 건너편에서 희미하게 인기척이 들렸다. 템퍼러리 솔루션 아가씨는 틀림없이 컴퓨터를 들여다보고 있을 테고 머지않아 지난 3주일 동안 그가 일과 관련된 이메일을 한 개도 받지 못했다는 사실을 알게 될 것이다. 그러고 나면 그가 자기 입으로 지시한 대로 온갖 최후통첩들을 다 열어보게 되겠지. 녹초가 된 데다 온몸이 쑤시고 허기진 스트라이크는 다시 책상에 엎드려, 옆방에서 자신의 치부가 낯선 사람 앞에 적나라하게 까발려지는 소리를 듣지 않으려고 두 팔로 머리를 감싸고 눈과 귀를 막았다.

3

5분 후 문을 두드리는 소리가 났고, 잠이 들락 말락 하던 스트라이크는 화들짝 놀라 의자에 꼿꼿이 앉았다.

"죄송한데요……."

스트라이크의 잠재의식이 또 샬럿과 뒤엉켜 있었는지, 낯선 여자가 들어오는 모습이 새삼 놀라웠다. 코트를 벗은 로빈은 몸에 딱 붙는, 심지어 유혹적으로 보이는 크림색 스웨터를 입고 있었다. 스트라이크는 그녀의 머리 선을 유심히 보았다.

"네?"

"찾아오신 고객이 계세요. 안으로 안내할까요?"

"뭐가 있다고요?"

"스트라이크 씨, 고객이 오셨다고요."

그는 그 정보를 이해하려 애쓰며 몇 초간 그녀를 멀뚱멀뚱 바라보았다.

"좋아요, 좋아. 아니, 1, 2분만 있다가, 산드라. 그다음에 들여보내 줘요."

그녀는 아무 말도 없이 나갔다.

스트라이크는 아주 잠깐 동안 대체 자기가 그녀를 왜 산드라라고 불렀을까 자문하다가, 곧 벌떡 일어나서 방금 자다 깬 것 같은 몰골을 정리하는 데 돌입했다. 책상 밑으로 뛰쳐 들어간 그는 배낭을 뒤져 치약을 꺼내 입을 벌리고 그대로 5센티미터쯤 짜 넣었다. 그리고 세숫물에 넥타이가 흠뻑 젖은 데다 셔츠 앞섶으로 피가 튄 자국이 있다는 걸 깨닫고 둘 다 찢어발기듯 벗어던졌다. 뜯겨 나간 단추가 사방으로 핑핑 날아가 벽이며 서류장에 부딪혀 떨어졌다. 배낭에서 심하게 구겨지긴 했어도 어쨌든 깨끗한 셔츠를 꺼내 투박한 손가락으로 허둥지둥 입었다. 배낭을 감추려고 텅 빈 서류장 뒤로 처넣고 황급히 자리에 앉아 곁눈질로 잔해를 살폈다. 그러면서 마음 한구석으로는 소위 고객이라는 이 사람이 진짜인지, 정말로 돈을 주고 사립탐정을 쓸 생각이 있기는 한 건지 생각했다. 스트라이크는 재정적 파탄으로 급전직하해 온 지난 18개월 동안 이 두 가지가 그리 당연한 전제가 아니라는 걸 배웠다. 그는 아직도 수임료 전액을 지불하지 않은 의뢰인 두 명을 추적하고 있었다. 세 번째 의뢰인은 스트라이크가 밝혀낸 사실이 마음에 들지 않는다며 한 푼도 줄 수 없다고 했는데, 빚 구덩이에 점점 더 깊숙이 빠져들고 있는 데다 그나마 간신히 확보한 런던 도심의 사무실도 지역 임대료 재평가로 유지가 간당간당한 마당이라 스트라이크는 변호사를 쓸 처지가 못 되었다. 최근에 그의 공상에는 더 거칠고 조잡하게 수임료를 받아내는 온갖 방법들이 단골로 출몰했다. 뻔뻔스럽게 돈을 떼먹은 빚쟁이가 야구 방망이 그림자 밑에서 겁에 질려 낑낑대는 꼴을 보면 속이 얼마나 시원할까 싶었다.

문이 다시 열렸다. 스트라이크는 코를 파던 검지를 황급히 내리고 의자에 반듯이 앉아 명랑하고 말짱하게 보이려고 애썼다.

"스트라이크 씨, 브리스토 씨 들어가십니다."

예비 의뢰인이 로빈을 따라 들어왔다. 첫인상은 호감이 갔다. 영락없는 토끼상이었는데, 윗입술이 짧아 앞니를 다 가리지 못했던 것이다. 머리칼은 모래 색깔이었고 눈은 안경 렌즈 두께로 볼 때 근시였다. 그러나 짙은 회색 양복은 재단이 훌륭했고 광택이 흐르는 담청색 넥타이를 비롯해 시계와 구두는 모두 값비싸 보였다.

손님의 셔츠가 눈처럼 하얗고 매끈하게 다려져 있어서 스트라이크는 쪼글쪼글한 주름이 수천 개쯤 잡힌 자기 옷차림에 두 배는 더 신경이 쓰였다. 그는 일어나서 브리스토에게 191센티미터나 되는 장신의 위용을 과시하고, 털북숭이 손을 내밀며 의상에서 우위를 점한 방문객에게 자신은 일이 원체 바빠서 옷에 신경 쓸 여유가 없는 남자라는 인상을 주려 했다.

"코모란 스트라이크입니다. 처음 뵙겠습니다."

"존 브리스토라고 합니다." 상대가 악수를 하며 말했다. 목소리는 듣기 좋고 교양 있었으나, 자신감이 부족했다. 그의 눈길이 스트라이크의 부어터진 눈에 머물렀다.

"홍차나 커피 드시겠어요?" 로빈이 물었다.

브리스토는 블랙커피를 청했지만 스트라이크는 대답하지 않았다. 방금 초라한 트위드 정장 차림의 젊은 여인이 바깥 사무실 문간의 낡아빠진 소파에 침울하게 앉아 있는 모습을 보았던 것이다. 두 명의 잠재적 의뢰인이 동시에 도착했다고 믿지 않을 수가 없었다. 설마 또 임시직원이 온 건 아니겠지?

"스트라이크 씨는요?" 로빈이 물었다.

"뭐라고요? 아, 블랙커피요. 설탕 두 개 넣어줘요. 고마워요, 산드라." 그는 주체를 못 하고 그만 또 말해버렸다. 문을 닫고 나가는 로빈의 입술이 뒤틀리는 걸 보고 나서야 그는 자기 사무실에 커피나 설탕은 고사하고 찻잔도 없다는 걸 깨달았다.

스트라이크의 권유대로 자리에 앉은 브리스토는 낡은 사무실 안을 둘러보았다. 스트라이크는 그가 실망했을까 봐 은근히 걱정이 되었다. 예비 의뢰인은 죄지은 사람처럼 불안해 보였는데, 스트라이크의 경험에 따르면 보통 아내를 의심하는 남편들이 그랬다. 그래도 끝까지 일말의 품위를 놓치지 않은 것은 딱 보기에도 비싸 보이는 양복 덕분이었다. 스트라이크는 브리스토가 어떻게 자기를 찾았을까 그게 궁금했다. 유일한 고객이 친구 하나 없는 외톨이인 상황에서 (그녀는 정기적으로 전화통을 붙잡고 흐느껴 울었다) 입소문을 내는 게 쉽지는 않았다.

"무슨 일로 오셨습니까, 브리스토 씨?" 그는 다시 의자에 앉으며 물었다.

"그게……. 어, 사실 한 가지 확인하고 싶은 게 있는데요. 전에 만나 뵌 적이 있는 것 같아서……."

"정말입니까?"

"아주 오래전 일이라서, 아마 절 기억하지 못하실 테지만…… 내 동생 찰리의 친구이셨던 것 같은데. 찰리 브리스토를 아십니까? 아홉 살 때 사고로 세상을 떠났지요."

"이런 세상에." 스트라이크가 말했다. "찰리…… 그래요, 기억납니다."

하나도 빠짐없이 생생히 기억했다. 찰리 브리스토는 스트라이크가 유랑생활로 점철된 복잡한 유년기를 보내면서 사귄 여러 친구들 중 한 명이었다. 스트라이크가 새로 전학 온 런던 학교에서 제일 잘나가는 무리의 대장이었던 찰리는 매력 넘치고 분방하고 무모한 소년이었다. 그는 지독한 콘월 사투리를 쓰는 거구의 소년을 쓱 한번 쳐다보더니 단짝이자 참모로 임명했다. 그리고 불알친구의 우정과 온갖 말썽으로 점철된 두 달이 어지럽게 흘러갔다. 스트라이크는 늘 원활하게 잘 돌아가는 다른 아이들의 집안이 부러웠다. 멀끔하고 질서 잡힌 가족들이며 몇 년 동안 옮기지 않고 써도 되는 자기 방이며. 그래서 널찍하고 호화로웠던 찰리의 집을 생생하게 기억하고 있었다. 길게 펼쳐진 양지바른 잔디밭, 나무 위의 집, 그리고 찰리의 어머니가 가져다주었던 얼음 넣은 레몬스쿼시도.

그런데 부활절 휴가가 끝나고 학교에 간 첫날, 평생 처음 겪어보는 무시무시한 일이 일어났다. 담임선생님이 찰리는 돌아오지 않을 거라고, 죽었다고, 웨일즈에서 휴가를 보내던 중 오토바이를 타다가 채석장 절벽에서 떨어졌다고 말해주었던 것이다. 그 여자는, 아니 그 선생은, 못돼 처먹은 성깔의 할멈이라 결국 입방정을 못 참고서, '여러분이 알다시피 원래 어른들 말씀을 잘 안 듣는' 찰리는 채석장 근처에서는 오토바이를 타지 말라는 주의를 '명백히 들었는데도 불구하고' 결국 그런 짓을 저지르고야 말았다고, '아마 잘난 척하려' 했을 거라고 아이들에게 말하고 말았다. 하지만 그 이상 이야기를 계속할 수는 없었다. 맨 앞줄의 여자애들 둘이 울기 시작했던 것이다.

그날 이후로 스트라이크는 채석장을 보게 되거나 머릿속에 떠올릴 때마다 깔깔 웃는 금발 소년의 얼굴이 산산조각으로 부서지는 모습을 연상하곤 했다. 찰리 브리스토의 동급생들이 모두 그와 똑같이, 커다랗고 시커먼 구덩이를 비롯해 수직 낙하와 인정사정없는 바위에 대해 사라지지 않는 공포를 간직하고 있다 해도 놀랄 일은 아니었다.

"네, 찰리는 기억하고 있습니다."

브리스토의 목울대가 살짝 꿀렁거렸다.

"그래요. 이름을 보고 알았습니다. 찰리가 죽기 전에, 휴가 때 했던 얘기를 생생하게 기억하고 있거든요. '내 친구 스트라이크' '코모란 스트라이크' 라고 했었지요. 흔한 이름은 아니지요? '스트라이크' 의 기원이 어딘지 혹시 알고 계십니까? 다른 데서는 만나본 적이 없는 성이라서요."

연막을 피우는 화제라면 뭐든—날씨가 됐든 교통 부담금이 됐든 하물며 자기는 뜨거운 음료가 더 좋다는 얘기까지—얼씨구나 낚아채 질질 끄는 사람이라면 브리스토가 처음은 아니었다. 사무실에 찾아온 진짜 용건을 터놓고 이야기하는 걸 최대한 미루고 싶어서였다.

"옥수수하고 상관이 있다는 얘기를 들었는데요." 그가 말했다. "옥수수 계량이라든가."

"정말입니까? 안타라든가 볼넷하고는 전혀 상관이 없는 거군요. 하하. 아니…… 저, 사실 그러니까, 제가 지금 이 일을 도와줄 사람을 찾고 있는데 전화번호부에서 당신의 이름을 봤어요." 브리스토의 무릎이 위아래로 달달 떨리기 시작했다. "그게—뭐, 저는 느낌이 그렇더라고요—그게 마치 무슨 계시 같더군요. 찰리한테서 신호를 받은 것 같았어요. 내가 옳다고 말해주는 것처럼."

침을 꿀꺽 삼키자 목울대가 또 위아래로 흔들렸다.

"알겠습니다." 스트라이크는 그가 자기를 영매로 착각한 게 아니길 빌면서 조심스럽게 말했다.

"그러니까, 제 여동생 일입니다." 브리스토가 말했다.

"그렇군요. 무슨 곤란한 일에 얽혀든 겁니까?"

"죽었어요."

스트라이크는 "뭐라고요, 또 죽었다고요?" 라고 말하려다 간신히 참았다.

"유감입니다."

브리스토는 고개를 푹 꺾으며 조의에 감사를 표했다.

"저는……. 이게 쉽지가 않군요. 일단 제 동생이 룰라 랜드리라는 걸 아셔야 할 겁니다."

의뢰인이 생겼을지도 모른다는 소식에 반짝 고개를 쳐들었던 희망은 화강암 묘석처럼 천천히 무너져 스트라이크의 배 속을 뼈아프게 후려쳤다. 맞은편에 앉아 있는 남자는 완전히 미친 놈이거나, 아니면 살짝 맛이 간 게 틀림없었다. 이 허여멀건 낯빛의 토끼처럼 생긴 남자가 생전의 룰라 랜드리처럼 구릿빛 피부에 망아지처럼 늘씬한 팔다리를 가진 조각 미녀와 같은 유전자 풀에서 나왔다니, 동일한 눈송이가 두 개 있다는 얘기나 마찬가지로 말도 안 되는 일이었다.

"부모님이 그 애를 입양하셨어요." 브리스토가 순순히 말했다. 스트라이크가 무슨 생각을 하는지 알고 있다는 듯이. "우리는 다 양자들이었습니다."

"아하." 스트라이크가 말했다. 그는 비상하게 정확한 기억력의 소유자였다. 그 거대하고 서늘하고 질서정연한 저택과 수천 평에 달하는 현란한 정원을 돌이켜 생각해보면, 피크닉 테이블에 앉아 있던 나른한 금발의 어머니와 멀리서 쩌렁쩌렁 울려 퍼지던 무서운 아버지의 목소리, 과일 케이크를 쿡쿡 찌르고 있던 뿌루퉁한 형, 광대 노릇을 해서 어머니를 웃기던 찰리까지는 기억이 났다. 그러나 어디에도 어린 여자아이는 없었다.

"아마 룰라는 만나보지 못했을 거예요." 브리스토는 이번에도 스트라이크의 머릿속 생각을 훤히 읽은 사람처럼 말을 이었다. "우리 부모님이 그 애를 입양한 건 찰리가 죽고 나서니까요. 우리 집에 왔을 때 네 살이었어요. 2, 3년쯤 고아원에 있었던 거죠. 저는 열다섯 살이었습니다. 지금도 현관문 앞에 서서 그 애를 안고 진입로로 들어오는 아버지를 지켜보던 생각이 나요. 작은 빨간색 털모자를 쓰고 있었죠. 어머니는 그 모자를 아직도 간직하고 계세요."

그리고 갑자기 존 브리스토가 울음을 터뜨렸다. 가히 충격적이었다. 그는 얼굴을 손에 묻고 어깨를 푹 떨군 채 바들바들 떨며 흐느껴 울었고, 손가락 사이의 틈새로 눈물과 코딱지가 비어져 나왔다. 간신히 좀 안정을 찾는가 싶으면 또 걷잡을 수 없이 울음을 터뜨렸다.

"죄송합니다, 죄송해요. 맙소사……."

헐떡거리고 연신 딸꾹질을 하는 와중에 그는 곱게 접은 손수건으로 안경알을 닦으며 숨을 좀 돌리려 했다.

사무실 문이 열리고 로빈이 쟁반을 들고 다시 들어왔다. 브리스토는 고개를 돌려 피했지만 어깨는 여전히 들썩거리고 있었다. 스트라이크는 열린 문틈으로 바깥 사무실에 앉아 있는 정장 차림의 여자를 볼 수 있었다. 지금은 《데일리 익스프레스》 신문을 든 채 그를 험상궂게 노려보고 있었다.

로빈은 스트라이크가 본 적도 없는 커피잔 두 개와 우유 병, 설탕 그릇과 초콜릿 비스킷 한 접시를 내놓고는, 그가 고맙다고 인사하자 의례적으로 미소를 짓고서 돌아서려 했다.

"잠깐만요, 산드라." 스트라이크가 말했다. "저기 이것 좀……."

그는 책상에서 메모지를 한 장 집어 슬쩍 무릎에 놓았다. 브리스토가 나직하게 꺽꺽 소리를 내는 동안 스트라이크는 아주 빨리, 하지만 최대한 읽을 수 있는 글씨로 다음과 같이 썼다.

> 룰라 랜드리를 구글에서 검색해서 입양됐는지, 만약 그렇다면 양부모가 누구인지 알아봐 줘요. 지금 하는 일을 바깥에 있는 여자한테 말하지 말고 (저 여자는 여기서 뭐 하는 거죠?) 상기 질문에 대한 답을 적어서 나한테 갖다줘요. 검색 결과를 말로 알려주지 말고요.

그가 쪽지를 로빈에게 건네자 그녀는 아무 말도 없이 받아 들고 방을 나갔다.

"죄송합니다. 정말 죄송합니다." 문이 닫히자 브리스토가 헉헉대며 말했다. "요즘엔 이런 일이 잘…… 그간 다시 일을 시작했고, 의뢰인들도 만나고 있었는데……." 그러더니 몇 번 심호흡을 했다. 분홍색으로 충혈된 눈 때문에 그는 더욱 더 알비노 토끼처럼 보였다. 그의 오른쪽 무릎은 아직도 위아래로 달달 떨리고 있었다.

"그간 사는 게 너무 끔찍스러웠어요." 그는 깊은 숨을 몰아쉬며 속삭였다. "룰라도 그렇고…… 어머니도 위독하신 바람에……."

초콜릿 비스킷을 보자 스트라이크는 입안에 군침이 돌았다. 며칠째 굶은 기분이었다. 그러나 훌쩍훌쩍 울고 징징거리면서 눈물을 훔치고 있는 브리스토 앞에서 간식을 챙겨 먹으면 매정하고 무심해 보일 것 같았다. 저 아래 도로의 유압식 드릴은 아직도 기관총처럼 사정없이 쿵쾅거리고 있었다.

"룰라가 죽고 나서 어머니는 모든 걸 놓으셨습니다. 충격으로 폐인이 되셨죠. 암이 좀 호전되는 것 같더니 또 재발했어요. 더 이상 뭘 어떻게 해볼 도리도 없다고 하더군요. 그러니까 이런 일이 두 번째거든요. 찰리 때도 신경쇠약 증세가 있으셨지요. 아버지는 자식을 하나 더 입양하면 좀 나을 거라고 생각하셨습니다. 허가를 받기가 쉽지는 않았지만 룰라는 혼혈이라 다른 데 입양 보내기가 좀 더 까다로웠던 터라, 그래서……" 그는 목 멘 흐느낌으로 말을 맺었다. "데려올 수가 있었죠."

"그 애는 언제나 아, 아름다웠죠. 어머니와 쇼핑을 하러 옥스퍼드 스트리트에 나갔다가 누, 눈에 띄었던 거예요. '아테나'에서 데려갔습니다. 제일 유명한 에이전시 중 하나예요. 열일곱 살 무렵에는 풀타임으로 모델 일을 했어요. 죽을 때쯤에는 몸값이 천만 파운드도 넘었어요. 대체 왜 당신에게 이런 얘기를 구구절절 하고 있는지 모르겠군요. 아마 다 아실 텐데. 세상 사람들 모두가 룰라에 대해 모르는 게 없었죠. 아니, 다 안다고 생각했죠."

그는 위태위태하게 커피잔을 들었다. 손을 하도 떨어서 커피가 넘쳐 날카롭게 주름 잡힌 양복바지에 뚝뚝 떨어졌다.

"정확히 제가 어떤 일을 해드리길 원하십니까?" 스트라이크가 물었다.

브리스토는 불안하게 커피잔을 다시 책상에 내려놓고 두 손을 꼭 모아 쥐었다.

"사람들은 그 애가 자살했다고 하죠. 난 믿지 못하겠습니다."

스트라이크는 텔레비전의 사진들을 기억했다. 들것에 실린 시신을 감싼 검은 천, 앰뷸런스에 실리는 사체를 향해 터지던 카메라 플래시, 움직이기 시작하는 앰뷸런스 주위에 들러붙어 검은 차창을 향해 카메라들을 치켜들고 있던 사진사들의 모습, 검은 유리에 반사되던 하얀 조명들. 그는 원하지도 의도하지도 않았는데 룰라 랜드리의 죽음에 대해 너무나 많은 걸 알고 있었다. 뭐, 런던 사람이라면 다 마찬가지겠지만 말이다. 융단폭격하듯 뉴스를 때려대니 의지와 상관없이 흥미를 갖게 되고 부지불식중에 너무나 많은 걸 알게 되고 사건의 온갖 정황들에 편견마저 갖게 되어 배심원으로도 부적격할 지경이 돼버린다.

"검시가 있었죠. 그렇지 않나요?"

"그래요. 하지만 사건 담당 형사가 처음부터 자살이라고 굳게 믿고 있었습니다. 순전히 룰라가 리튬*을 복용했다는 이유 때문에 말입니다. 그 형사가 간과한 사실들은…… 심지어 어떤 건 인터넷에서도 찾아냈단 말입니다."

* 조울증 치료에 사용되는 약물.

브리스토는 괜히 원래 컴퓨터가 있어야 할 스트라이크의 휑한 책상 위를 손가락으로 가리켜 보였다.

의례적인 노크 후에 문이 열렸다. 로빈이 성큼성큼 들어오더니 스트라이크에게 접힌 쪽지를 건네주고 나갔다.

"실례하겠습니다." 스트라이크는 말했다. "제가 기다리던 메시지라서요."

그는 브리스토한테 글씨가 비쳐 보이지 않도록 쪽지를 무릎에 대고 펼쳐 읽었다.

> 룰라 랜드리는 알렉 브리스토 경과 레이디 이베트 브리스토 부부에게 네 살 때 입양됐음. 어렸을 때는 룰라 브리스토였지만 모델 일을 시작하면서 어머니의 처녀 시절 성을 쓰기 시작했음. 손위 오빠인 존은 변호사임. 밖에서 기다리고 있는 여자는 브리스토 씨의 여자친구이자 로펌의 비서임. 회사는 룰라와 존의 외할아버지가 창립한 '랜드리, 메이, 패터슨(Landry, May, Patterson)' 사임. LMP 홈페이지에 나와 있는 존 브리스토의 사진은 지금 말씀하고 계시는 남자와 일치함.

스트라이크는 쪽지를 구겨 발치의 휴지통에 넣었다. 뜻밖의 사실에 충격을 받아 휘청거릴 지경이었다. 존 브리스토는 망상가가 아니었다. 그리고 그 자신, 스트라이크로 말하자면 이번에 역대 최고로 주도적이고 구두점도 정확하게 쓰는 임시 비서를 만난 게 틀림없었다.

“죄송합니다. 말씀 계속하세요.” 그는 브리스토에게 말했다. “하시던 말씀이…… 검시 얘기였죠?”

“네.” 브리스토가 젖은 손수건으로 코끝을 문질렀다. “뭐, 저도 룰라에게 문제가 있었다는 걸 부인할 생각은 없어요. 사실 그 애 때문에 어머니가 죽도록 고생하셨죠. 아버지가 돌아가셨을 때쯤 그러기 시작했어요. 아마 이미 다 아실지 모르겠는데, 언론에 별별 얘기가 다 나왔으니까요, 아무튼 그 애는 마약에 손을 대서 퇴학을 당했어요. 가출해서 런던으로 도망쳤는데, 어머니가 찾아냈을 때는 중독자들과 험하게 어울려 살고 있었죠. 마약 때문에 정신적으로도 불안정해졌습니다. 치료 센터에서도 도주했죠. 난리법석을 떨고 온갖 극적인 일들이 다 벌어졌어요. 하지만 결국 그게 다 양극성 기분장애 때문이라는 걸 알고 제대로 된 투약을 하기 시작했지요. 그 후로는, 약만 제대로 먹으면 멀쩡했어요. 모르는 사람이 보면 어디 아픈 사람이라고는 생각도 못 했을 겁니다. 심지어 검시관조차 그 애가 약을 제대로 먹고 있었다고, 부검을 통해 확인했습니다.

그렇지만 경찰과 검시관은 정신 병력이 있다는 사실에 얽매여 그 이상을 보지 못했습니다. 우울증이었다고 계속 주장하는데, 룰라가 우울증이 아니었다는 건 제가 장담할 수 있습니다. 죽기 전날 아침에 만났는데 전혀 아무렇지도 않았어요. 일도 아주 잘 풀리고 있었고요. 2년에 걸쳐 500만 파운드를 벌 수 있는 계약서에 막 사인을 한 참이었습니다. 날더러 좀 살펴봐 달라고 해서 갔었는데, 기가 막히게 좋은 조건이었어요. 디자이너가 그 애와 아주 친한 친구였거든요. 소메라고, 혹시 들어보셨습니까? 그리고 향후 몇 달 동안의 일정이 빽빽하게 차 있었어요. 곧 모로코에서도 촬영이 있었는데, 여행을 가게 된다고 아주 좋아했지요. 그러니 자기 손으로 목숨을 끊을 이유가 전혀 없었단 말입니다."

스트라이크는 예의 바르게 고개를 끄덕였지만, 속으로는 별 감흥이 없었다. 그의 경험에 따르면 자살하는 사람들은 살아서 볼 마음이 전혀 없는 미래에 대해 거짓으로 흥미 있는 척 완벽한 연기를 할 수 있었다. 황금빛 아침을 맞아 들떠 있던 랜드리의 장밋빛 기분은 죽기 전 한나절 사이에 얼마든지 시커멓고 절망적으로 변할 수 있었다. 실제로 그런 사례도 알고 있었다. 스트라이크는 '국왕 직속 왕립 소총부대'의 대위가 자신의 생일 파티 분위기를 주도하며 흥겹게 즐긴 후 한밤중에 일으킨 사건을 기억했다. 대위는 가족들에게 경찰을 부르되 차고로 들어오지 말라고 쪽지를 남겼다. 시신은 차고 천장에 목을 매단 채로 열다섯 살 난 아들에게 발견되었다. 아이는 자전거를 가지러 가려고 서둘러 부엌을 지나치다 미처 쪽지를 보지 못했던 것이다.

"그게 다가 아닙니다." 브리스토가 말했다. "증거가, 물적 증거가 있어요. 일단 탠지 베스티귀만 해도 그렇습니다."

"위층에서 말다툼 소리를 들었다고 증언한 이웃 사람 아닌가요?"

"맞아요! 룰라가 발코니에서 떨어지기 직전에 거기서 남자가 소리 지르는 걸 들었다고 했어요! 경찰은 그녀의 증언을 쓰레기 취급 했는데, 그 이유라는 게 글쎄……. 그래요, 뭐 코카인을 하긴 했죠. 그렇다고 들은 소리를 안 들은 게 되는 건 아니잖아요. 탠지는 지금까지도 룰라가 추락하기 몇 초 전까지 남자와 말다툼을 했다고 주장합니다. 아주 최근에도 얘기를 했기 때문에 제가 압니다. 우리 회사가 그 여성의 이혼 처리를 맡았거든요. 제가 설득하면 당신과도 얘기를 할 겁니다."

"게다가……." 브리스토는 불안하게 스트라이크를 바라보며 말을 이었다. 상대의 반응을 가늠해보려는 것 같았다. "폐쇄회로 화면도 있습니다. 룰라가 추락하기 20분 전 켄티건가든 쪽으로 걸어가는 남자의 모습이 찍혀 있고, 그 애가 죽은 후에 같은 남자가 켄티건가든 반대편으로 전속력으로 달려가는 모습도 있어요. 그 사람의 신원은 끝내 밝혀내지 못했습니다. 끝까지 추적하지 못했지요."

어쩐지 떳떳치 못해 보이는 열의를 보이며 브리스토는 양복 안주머니에서 살짝 구겨진 깨끗한 봉투를 꺼내어 내밀었다.

"전부 여기 적어뒀습니다. 시간대며 전부 말입니다. 딱딱 맞아떨어진다는 걸 보면 아실 겁니다."

봉투의 모양을 봐도 브리스토의 판단에 대한 스트라이크의 믿음이 더 굳어지지는 않았다. 이런 걸 받아본 게 처음은 아니었다. 외롭고 오도된 강박 증세가 주절주절 써내려간 내용들, 선호하는 이론에 대한 일방적인 헛수고, 복잡한 시간표를 곡해해 망상 속 우연에 맞추려 하는 시도. 변호사의 왼쪽 눈꺼풀이 파르르 떨렸고, 한쪽 다리가 발작적으로 경련을 일으켰으며 봉투를 내미는 손가락들이 덜덜 떨리고 있었다.

몇 초간 스트라이크는 이런 긴장의 증표들과 수제화가 분명한 구두, 손짓하는 그 손목에 채워진 바쉐론 콘스탄틴 시계를 두고 저울질을 했다. 수임료를 지불할 능력도 있고 의사도 있는 사람이었다. 어쩌면 제일 급박한 대출 하나 정도는 막을 수 있을 만큼 오래 일거리를 받을 수도 있다. 스트라이크는 한숨을 내쉬고는, 한편으로 자기 내면의 양심을 향해 험악하게 인상을 쓰며 말했다.

"브리스토 씨—."

"존이라고 부르세요."

"존…… 솔직하게 말씀드려야겠습니다. 제가 그 돈을 받는 게 옳은 일이라고 생각되지 않네요."

브리스토의 창백한 목덜미에 울긋불긋 반점들이 돋아나 특징 없는 얼굴로 퍼져갔다. 그러나 그는 내밀고 있는 봉투를 거두지 않았다.

"무슨 뜻입니까, 옳지 않다니요?"

"동생분의 죽음은 아마 그 어떤 사건보다 더 철저히 수사가 이루어졌을 겁니다. 수백만 명의 사람들, 그리고 전 세계의 언론이 경찰의 일거수일투족을 지켜보고 있었으니까요. 보통 때보다 두 배는 더 만전을 기했을 거예요. 자살은 받아들이기 어려운 일입니다만—."

"못 받아들입니다. 절대로 받아들이지 않을 거예요. 그 애는 자살하지 않았어요. 누군가 발코니 너머로 그 애를 밀어 떨어뜨린 겁니다."

바깥의 드릴 소리가 느닷없이 멈춰 브리스토의 목소리가 방 안에 쩌렁쩌렁 울려 퍼졌다. 그 일촉즉발의 분노는 극한의 궁지에 몰린 유순한 사내의 절박함이었다.

"알았어요. 이제 알겠다고요. 당신 역시 그런 사람이군요, 그렇죠? 빌어먹을 소파에 앉아서 심리학자 노릇이나 하는. 찰리도 죽고 아버지도 죽고 룰라도 죽고 우리 어머니도 죽어가니까, 가족 전부를 잃었으니 내게 필요한 건 사립탐정이 아니라 사별 전문 상담치료다 이거겠죠. 내가 그런 소리를 이미 골백번은 들었다고 생각하지 않습니까?"

브리스토는 토끼 같은 이빨과 울긋불긋한 피부가 허락하는 한 최대한 인상적으로 자리를 박차고 일어났다.

"난 아주 돈이 많은 사람이오, 스트라이크. 이렇게 대놓고 치졸하게 말해서 미안하지만, 사실은 사실이니까. 아버지한테 상당한 규모의 신탁재산을 물려받았어요. 이런 쪽으로 시세를 좀 알아보고 왔는데, 사실 두 배의 수임료라도 기꺼이 지불했을 거요."

두 배의 수임료. 아까만 해도 단단하고 대쪽 같았던 스트라이크의 양심은 연속되는 운명의 타격으로 쇠할 대로 쇠해 있었다. 거기에 이건 KO 펀치였다. 비굴한 자아는 벌써 행복한 망상의 나라를 폴짝폴짝 뛰놀고 있었다. 한 달만 일해도 임시 비서와 연체된 임대료 일부를 해결할 수 있었다. 두 달이면 급한 대출은 어떻게 될 테고…… 석 달이면 당좌대출 큰 토막이…… 넉 달이면…….

그러나 존 브리스토는 어깨 너머로 말하며 벌써 문으로 향하고 있었다. 스트라이크가 거절한 봉투를 움켜쥐고 구기면서.

"찰리 때문에 당신이 맡아줬으면 했던 거지만, 나도 그쪽에 대해서 알아보고 왔소이다. 내가 무슨 천하의 바보도 아니고 말이오. 군경 특수조사부, 맞죠? 훈장도 받았고. 사무실에 감명을 받았다고는 말하지 못하겠지만……." 브리스토는 이제 거의 악을 쓰고 있었고, 스트라이크는 바깥에서 들려오던 조근거리는 여자들의 말소리가 이제 완전히 조용해졌다는 걸 눈치챘다. "지금 보니 내가 생각을 잘못했군요. 일거리를 거절할 형편이 되시는 것 같으니 말이오. 됐어요! 빌어먹을. 없던 일로 하잔 말이오. 일을 맡아줄 다른 사람이 없는 것도 아니고. 괜히 귀찮게 해서 미안했소이다!"

4

남자들의 대화가 허술한 가벽을 통해 점점 더 또렷하게 들려온 지 2, 3분쯤 되었다. 느닷없이 드릴이 멈추는 바람에 갑자기 조용해져서 브리스토의 말을 낱낱이 알아들을 수 있었다.

로빈은 이 행복한 날의 기분에 한껏 들뜬 김에, 순전히 재미로 스트라이크의 정식 비서 역할을 그럴싸하게 연기하면서 브리스토의 애인에게 이 사립탐정 밑에서 일한 지 불과 30분밖에 되지 않는다는 사실을 들키지 않으려고 노력했다. 터져 나오는 고함소리를 듣고도 놀라움이나 흥분을 최대한 자제했고, 싸움의 원인도 모르면서 무조건 마음속으로는 브리스토의 편을 들고 있었다. 스트라이크의 직업과 시커멓게 멍든 눈은 뭔가 거친 매력이 있었지만, 그녀를 대하는 태도는 한심하기 짝이 없었고 왼쪽 젖가슴도 아직까지 쓰렸다.

브리스토의 애인은 시끄러운 드릴 소음을 뚫고 남자들 목소리가 들리기 시작하자 그때부터 줄곧 닫힌 문을 노려보고 있었다. 숱 많은 새카만 머리칼에 후줄근한 짧은 단발, 그리고 뽑지 않았으면 아예 일자였을 눈썹까지, 타고난 인상이 워낙 뿌루퉁했다.

로빈은 커플이 대충 서로 비슷한 개인적 매력을 갖는 경우가 많다는 걸 평상시에 눈여겨보아 알고 있었다. 물론 돈 같은 요소들이 자기보다 훨씬 나은 외모의 상대를 확보해주기도 하지만. 로빈은 딱 떨어지는 양복이며 이름 있는 로펌으로 미루어 보아 훨씬 예쁜 미녀한테 눈높이를 맞출 수도 있었을 브리스토가 이 여자를 선택했다는 사실이 마음에 들었다. 그리고 외모에서 풍기는 인상보다는 훨씬 따뜻하고 친절한 여자일 거라고 짐작했다.

"커피 생각 정말 없으세요, 앨리슨 씨?" 그녀가 물었다.

여자는 누가 말을 건다는 사실 자체에 놀란 듯 홱 돌아보았다. 로빈의 존재 자체를 까맣게 잊고 있었던 모양이었다.

"아뇨, 괜찮아요." 여자의 깊은 목소리는 놀랄 만큼 음악적이었다. "그이가 화를 낼 줄 알았어요." 묘한 만족감을 내비치며 그녀가 덧붙여 말했다. "아무리 말려도 들어야죠. 이 소위 탐정이라는 사람이 거절을 한 것 같네요. 잘된 거예요."

로빈이 놀란 기색을 보였는지 앨리슨이 살짝 조급한 말투로 말을 이었다.

"그냥 사실을 받아들이는 게 존한테도 좋을 거예요. 룰라는 자살했어요. 나머지 가족들도 이제 다 받아들인 사실을 왜 저이만 인정하지 못하고 저러고 있는지 모르겠네요."

여자가 무슨 말을 하는지 전혀 모르는 척하는 건 의미가 없었다. 룰라 랜드리가 어떻게 됐는지 모르는 사람은 아무도 없었다. 로빈은 그 모델이 뛰어내려 죽었다는 소식을 들었던 영하의 1월 밤에 자기가 어디 있었는지 정확히 기억하고 있었다. 부모님 댁의 부엌 개수대 앞에 서 있었다. 그 소식이 라디오에서 흘러나왔을 때, 그녀는 놀라서 자그맣게 소리를 질렀고 잠옷 바람으로 부엌에서 뛰쳐나가 주말을 함께 보내러 온 매튜에게 소식을 전하러 갔다. 만나보지도 못한 사람의 죽음이 왜 그렇게 마음을 뒤흔들었을까? 로빈은 룰라 랜드리의 외모를 몹시 흠모했다. 로빈은 소젖 짜는 처녀 같은 자신의 피부색과 머리카락이 별로 마음에 들지 않았는데, 그 모델은 까무잡잡하고 윤택한 피부에 골격도 아름답고, 맹렬한 인상이었다.

"죽은 지 그리 오래되지 않았잖아요."

"3개월이지요." 앨리슨이 들고 있던 《데일리 익스프레스》지를 흔들며 말했다. "그런데 저기 저 사람, 실력은 있나요?"

로빈은 아까 앨리슨이 작은 대기실의 휑한 분위기며, 도저히 아니라고 말 못 할 지저분한 꼬락서니를 바라보던 경멸스러운 표정을 눈여겨보았었다. 그리고 방금 그 여자의 직장인 먼지 하나 찾아볼 수 없는 대궐 같은 사무실을 인터넷에서 본 참이었다. 그러니 로빈의 대꾸는 스트라이크를 변호하기 위한 마음에서보다는 자존심에서 튀어나온 것이었다.

"아, 그럼요." 그녀는 태연하게 대답했다. "이 분야에서는 최고로 통하죠."

당신은 상상도 못 할 만큼 복잡하고 흥미진진한 일을 자기는 일상다반사로 다루고 있다는 듯, 로빈은 도도한 태도로 고양이가 그려진 분홍색 편지봉투를 뜯었다.

한편 스트라이크와 브리스토는 안쪽 사무실 양 끝에 서서 서로를 노려보고 있었다. 한 사람은 머리끝까지 화가 나 있었고 다른 쪽은 자존심을 다치지 않고 상황을 역전시킬 방법이 없나 궁리하고 있었다.

“내가 원하는 건 하나뿐이오, 스트라이크.” 브리스토는 쉰 목소리로 말했다. 야윈 얼굴이 흥분으로 시뻘겋게 물들어 있었다. “‘정의’를 원할 뿐이란 말이오.”

그건 마치 신의 소리굽쇠 같았다. 그 한 단어가 추레한 사무실을 가로질러 공명해 스트라이크의 가슴에서 소리 없이 심금을 울렸다. 브리스토는 세상 모든 게 허망한 재로 변한다 해도 스트라이크가 끝까지 지키고 싶은 조그만 불씨를 찾아낸 것이다. 물론 절박할 만큼 돈이 궁한 것도 사실이었다. 그러나 방금 브리스토는 스트라이크가 양심의 가책을 떨칠 수 있는 훨씬 나은 이유를 하나 더 제시했다.

“좋아요. 이해합니다. 진심이에요, 존. 알 것 같아요. 이리 돌아와서 자리에 좀 앉아보세요. 아직도 내 도움이 필요하다면 드릴 생각입니다.”

브리스토는 무섭게 노려보았다. 거리에서 일꾼들이 서로 고함을 치는 소리가 간간이 들릴 뿐, 사무실은 쥐 죽은 듯 고요했다.

“혹시…… 아내분이신가요? 저기, 들어오시라고 할까요?”

“아니요.” 브리스토가 문손잡이를 잡은 채로 여전히 빳빳이 긴장한 채 말했다. “앨리슨은 내가 이러면 안 된다고 생각합니다. 사실 왜 따라오겠다고 했는지도 잘 모르겠어요. 아마 내가 당신한테 퇴짜 맞기를 바라고 있겠죠.”

“어서요. 자리에 앉으세요. 제대로 좀 얘기를 해봅시다.”

브리스토는 망설이더니, 자기가 박차고 일어난 의자로 다시 돌아왔다.

결국 자제심을 잃은 스트라이크는 초콜릿 비스킷을 하나 집어 통째로 입에 쑤셔 넣었고, 브리스토가 다시 자리에 앉는 사이에 서랍에서 새 수첩을 꺼내 휙 펼치고 펜을 찾으면서 입안에 든 비스킷을 꿀꺽 삼키는 데 성공했다.

"그걸 저한테 주시겠습니까?" 그는 브리스토가 아직도 꼭 쥐고 있는 봉투를 가리켜 손짓했다.

변호사는 과연 이걸 스트라이크에게 맡겨도 될까 고민하는 듯 미심쩍은 태도로 봉투를 넘겼다. 스트라이크는 브리스토 앞에서 내용을 읽고 싶지 않아 봉투를 옆에 치워놓고 앞으로 조사 과정에서 참고하겠다는 뜻으로 탁탁 손으로 가볍게 두드린 뒤 펜을 들었다.

"존, 누이가 죽던 날의 사건을 간단히 설명해주신다면 아주 큰 도움이 될 것 같군요."

천성적으로 철저하고 꼼꼼한 스트라이크는 엄격한 기준에 따라 수사하는 훈련을 받았다. 첫째, 증인으로 하여금 자기 마음대로 이야기할 수 있게 내버려둘 것. 흐름을 끊지 않고 내버려둘 때 드러나는 디테일이나 명백한 인과의 불일치가 훗날 귀중한 알짜배기 증거로 밝혀지는 일이 자주 있었다. 일단 무작정 쏟아내는 첫인상이나 기억들을 주워 담고 나서, 그다음에 엄밀하고 정확한 사실 관계들을 구하고 정리하는 게 순서였다. 사람들이며 지명, 자산 등등.

"아." 브리스토는 한참 열변을 토한 뒤면서도 막상 본격적인 이야기를 시작하려니 어떻게 해야 할지 모르는 눈치였다. "나는 사실…… 그러니까……."

"마지막으로 본 게 언제였습니까?" 스트라이크가 물었다.
"그게 아마…… 그래요, 그 애가 죽기 전날 아침이었어요. 우리는…… 사실 말다툼을 좀 했습니다. 천만다행으로 화해하긴 했지만요."
"그게 몇 시입니까?"
"이른 시각이었어요. 9시도 되기 전에 나와서 출근을 했으니까요. 아마 9시 15분 전쯤?"
"그런데 무슨 일로 언쟁을 하신 거죠?"
"아, 그 애 남자친구, 에반 더필드 때문이었습니다. 헤어졌었는데 다시 만나기 시작했다는 거예요. 가족들은 다 끝난 줄 알고 좋아하고 있었거든요. 아주 몹쓸 작자예요. 마약중독자에 만성 허세꾼이었거든요. 룰라에게는 정말 상상도 못 할 만큼 악영향을 끼쳤지요.
내가 좀 심했는지도 모르겠어요. 지금, 지금 생각하니 그러네요. 나는 룰라보다 열한 살 위거든요. 보호해줘야 할 것 같다고 해야 하나, 그랬죠. 아마 가끔은 고압적이었던 거 같아요. 그 애는 항상 나더러 이해를 못 한다고 말했어요."
"뭘요?"
"글쎄요…… 전부 다. 그 애는 문제가 한두 가지가 아니었어요. 입양된 것도 문제, 백인 가정에서 혼자만 흑인이라는 것도 문제. 나는 편하게 살았다고 했죠. 모르겠어요. 어쩌면 그 애 말이 맞을지도 몰라요."
그는 안경 너머로 눈을 마구 깜박였다. "사실 그 말다툼은 전날 밤에 전화로 싸웠던 것의 연장이었습니다. 더필드한테 돌아갈 만큼 멍청하다니 믿을 수가 없었거든요. 둘이 헤어졌을 때 우리가 얼마나 안심을 했는데……. 제 말은, 마약과 얽힌 전력이 있으니 중독자와 사귄다는 건…….” 그는 숨을 몰아쉬었다. “그런 소리는 듣기 싫다고 하더군요. 뭐 항상 그랬으니까. 나한테 불같이 화를 냈어요. 심지어 아파트 경비원에게 다음 날 아침 내가 오면 들여보내지 말라고 지시했을 정도니까요. 하지만 뭐, 윌슨은 어쨌든 손짓을 하며 들여보내 줬습니다.”

굴욕적이군. 스트라이크는 생각했다. 문지기의 동정에 의존해야 하다니.

“올라가지 않으려 했어요.” 브리스토는 비참하게 말했다. 또 시뻘건 반점들이 살이 얇은 목덜미에 얼룩덜룩 나타났다. “하지만 소메와의 계약서를 돌려줘야 했습니다. 좀 봐달라고 부탁했던 서류인데, 그 애가 사인을 해야 했어요. 그 애는 그런 일에 굉장히 무심하게 굴 때가 있거든요. 아무튼 경비가 나를 올려 보냈다고 기분 나빠 하는 바람에, 또 싸우게 됐던 겁니다. 하지만 말다툼은 금세 시시하게 끝이 났어요. 곧 그 애가 차분해지더라고요. 그래서 어머니가 한번 와주면 좋겠다고 하시더라고 전했습니다. 어머니는 그때 막 퇴원을 하셨거든요. 자궁절제술을 받으셨지요. 룰라는 나중에 잠깐 들러서 인사하겠다고 했지만, 장담할 수는 없다고 했어요. 이런저런 일들이 계속 있다면서.”

브리스토는 심호흡을 했다. 오른쪽 무릎이 다시 위아래로 떨리기 시작했고, 작은 혹이 난 것처럼 손등 뼈가 도드라진 양손은 무언극처럼 서로 비벼대고 있었다.

“그 애를 나쁘게 생각하지 말았으면 좋겠어요. 사람들은 그 애가 이기적이라고 생각했지만, 막내라서 워낙 귀한 대접을 받은 데다 아프기까지 하는 바람에 당연히 관심을 한 몸에 받았어요. 그러다 세상만사며 온갖 사람들이 다 자기를 중심으로 돌아가는 이런 특별한 세계에 뛰어들게 된 겁니다. 어디를 가나 파파라치가 따라다녔어요. 평범한 삶이 아니었지요."

"그럼요." 스트라이크가 말했다.

"그래서 아무튼, 룰라에게 어머니께서 기력도 쇠하고 많이 아프시다고 했더니 나중에 찾아뵙겠다고 하더라고요. 그래서 나왔죠. 앨리슨한테서 파일을 좀 받으러 사무실로 갔습니다. 그날은 어머니 댁에서 일하면서 같이 있어드리고 싶었거든요. 그런데 오전에 룰라를 어머니 댁에서 봤습니다. 삼촌이 병문안 오실 때까지 방에서 어머니와 함께 있다가 잠깐 내가 일하는 서재에 인사를 하러 들렀더군요. 나를 포옹해주고 나서……."

브리스토의 목소리가 갈라졌고, 그는 눈길을 떨구어 허벅지를 내려다보았다.

"커피 좀 더 드시겠습니까?" 스트라이크의 제안에 브리스토는 푹 숙인 고개를 저었다. 잠시 마음을 가다듬을 시간을 주기 위해 스트라이크는 쟁반을 들고 바깥 사무실로 나갔다.

브리스토의 애인은 스트라이크가 나오자 신문에서 눈길을 들었다. "아직 다 끝나지 않았나요?" 그녀가 물었다.

"보시다시피." 스트라이크는 미소 따위는 지어줄 생각도 없었다. 그녀는 로빈에게 말을 거는 그를 무섭게 노려보았다.

"커피 한 잔 더 부탁해도 될까요, 어……."

로빈은 일어나서 아무 말 없이 쟁반을 받아 들었다.

"존은 10시 반에 사무실로 돌아가야 합니다." 앨리슨이 약간 언성을 높여 스트라이크에게 말했다. "적어도 10분 후에는 출발해야 해요."

"명심해두지요." 스트라이크는 무성의하게 대답하고 나서 자기 사무실로 다시 들어갔다. 브리스토는 기도를 하듯이 꼭 맞잡은 손 위로 고개를 푹 숙이고 있었다.

"죄송합니다." 스트라이크가 다시 자리에 앉자 그가 말했다. "아직 얘기를 하기가 힘드네요."

"괜찮습니다." 스트라이크가 다시 수첩을 들며 말했다. "그러니까 룰라가 어머니를 뵈러 오긴 했군요? 그게 몇 시였습니까?"

"11시쯤 됐을 거예요. 그 이후 그 애의 행적은 심리에서 다 밝혀졌습니다. 운전기사에게 자기가 좋아하는 의상실로 데려다달라고 부탁했고, 그다음에 자기 아파트로 돌아갔어요. 메이크업 아티스트와 집에서 약속이 있었고, 친구인 키아라 포터가 합류했지요. 키아라 포터는 본 적이 있으실 겁니다. 모델이에요. 금발이죠. 둘이 천사 분장을 하고 찍은 화보가 있었는데, 보셨을지도 모르겠군요. 핸드백과 날개만 빼고 나체였어요. 룰라가 죽고 나서 광고에 그 사진을 쓴 데도 있었지요. 사람들은 불쾌하다는 반응이었어요.

아무튼 그래서 룰라와 키아라는 룰라의 아파트에서 함께 오후 시간을 보내고 나서 저녁을 먹으러 외출했습니다. 거기서 더필드와 또 다른 사람들을 만났지요. 그 일행이 다 같이 나이트클럽 '우지'로 가서 자정이 넘은 시각까지 거기 있었어요.

그리고 더필드와 룰라 사이에 언쟁이 있었습니다. 본 사람들이 굉장히 많았죠. 더필드가 룰라를 좀 거칠게 다뤘고, 가지 못하게 막았지만 룰라는 혼자서 클럽에서 나왔어요. 다들 나중에는 더필드의 짓이라고 생각했지만, 알고 보니 철통같은 알리바이가 있었습니다."

"거래하는 마약상이 증거를 제시해서 혐의를 벗었던 거죠?" 스트라이크가 여전히 뭔가를 쓰면서 물었다.

"맞습니다. 그래서, 그래서 룰라는 1시 20분경에 자기 아파트에 혼자 돌아왔습니다. 집 안으로 들어가는 모습이 사진에 찍혔어요. 그 사진을 기억하실지 모르겠네요. 나중에 온갖 매체에 다 실렸던 사진이거든요."

스트라이크도 기억이 났다. 세계에서 가장 많이 사진 찍힌 여인이 우울한 눈빛으로 고개를 푹 숙이고 어깨를 축 늘어뜨린 채 몸통을 꼭 감싸도록 팔짱을 끼고 사진사들을 피해 고개를 돌리며 얼굴을 일그러뜨린 사진이었다. 자살이라는 심리 결과가 정설로 굳어지면서 그 사진은 섬뜩한 분위기를 띠게 되었다. 부유하고 아름다운 젊은 여자가 죽음을 채 한 시간도 남겨두지 않고서, 그녀가 그토록 구애했던, 그리고 그토록 그녀를 흠모하고 숭앙했던 카메라 렌즈로부터 참담한 불행을 가리려 시도하는 모습이라니.

"보통 그 집 문 앞에는 사진사들이 있지 않았습니까?"

"그렇습니다. 특히 더필드와 함께 있다는 걸 알고 있거나 술에 취해 집으로 돌아오는 사진을 찍고 싶었다면 더 그랬겠죠. 하지만 그날 밤에는 룰라만 찍으려고 했던 건 아닙니다. 어떤 미국인 래퍼가 그날 밤 같은 건물에 와서 묵을 예정이었다더군요. 디비 맥이라는 이름이었어요. 그 레코드 회사에서 룰라네 집 바로 아래층 아파트를 빌렸습니다. 결국 거기에 숙박하지는 않았지만요. 경찰들이 온 건물에 쫙 깔려서 차라리 호텔에 가는 게 편했던 겁니다. 그걸 모르고 아파트 밖에서 맥을 기다리고 있던 기자들에다 룰라가 우지를 떠날 때 뒤쫓아 온 사진사들까지 합쳐지자 건물 입구에 상당한 인파가 몰렸습니다. 그렇지만 룰라가 들어가고 나서는 다들 여기저기로 흩어졌지요. 맥이 몇 시간 내에 도착하지 않는다는 제보를 들었던 모양입니다.

지독하게 추운 날이었습니다. 눈도 내렸고요. 영하의 날씨였죠. 그래서 그 애가 추락했을 때 거리에는 인적이 없었습니다."

브리스토는 눈을 껌벅이더니 식은 커피를 한 모금 더 마셨고, 스트라이크는 룰라 랜드리가 발코니에서 떨어지기 직전에 떠난 파파라치를 생각했다. 룰라 랜드리가 죽음으로 추락하는 사진을 찍었다면 값이 얼마나 나갔을까. 그걸로 은퇴를 하고도 남았겠지.

"존, 친구분께서 10시 반에 어딜 가셔야 한다고 하던데요."

"뭐라고요?"

브리스토는 정신이 번쩍 드는 모양이었다. 값비싼 시계를 보더니 헉 소리를 냈다.

"세상에, 이렇게 오래된 줄은 전혀 몰랐습니다. 이제…… 이제 어떻게 되는 건가요?" 그는 약간 멍해 보이는 표정을 하고 물었다. "제 메모들을 읽으실 겁니까?"

"그럼요, 당연하지요." 스트라이크가 장담했다. "그리고 일차적으로 준비 작업을 끝낸 다음 2, 3일 뒤에 연락을 드리겠습니다. 그때쯤에는 여쭤볼 게 훨씬 더 많을 거예요."

"좋습니다." 브리스토가 얼빠진 사람처럼 일어나며 말했다.

"여기 제 명함 받으세요. 그리고 수임료는 어떻게 드리면 될까요?"

"한 달 치 선불을 주시면 감사하겠습니다." 스트라이크는 꿈틀거리는 수치심을 꾹 누르고 먼저 두 배로 주겠다고 한 장본인이 브리스토라는 사실을 떠올리며 엄청난 거액을 불렀는데, 다행히 브리스토는 전혀 토를 달지 않았다. 뿐만 아니라 신용카드를 받느냐고 묻거나 나중에 돈을 주겠다고 약속하지도 않고 곧바로 수표책과 펜을 꺼내들었다.

"저, 혹시 4분의 1은 현금으로 주실 수 있을까요?" 운을 시험하듯 한번 물어본 스트라이크는 그날 아침 두 번째로 혼이 쏙 빠질 정도로 놀라고 말았다. 브리스토가 "안 그래도 그쪽이 좋을까 생각했습니다만……"이라고 말하며 50파운드 지폐를 한 다발 세어 수표 옆에 내놓았던 것이다.

그들이 바깥 사무실로 나왔을 때, 마침 로빈은 스트라이크의 커피를 새로 끓여 막 들어가려던 참이었다. 문이 열리자 브리스토의 애인이 벌떡 일어나더니 너무 오래 기다린 사람 특유의 신경질을 내며 신문을 접었다. 키가 거의 브리스토만큼 컸다. 골격도 건장하고 컸으며 남자 같은 손에 뚱한 표정을 하고 있었다.

"그러니까, 수락하신 모양이군요, 그렇죠?" 그녀가 스트라이크에게 물었다. 자기 부자 남자친구를 등쳐 먹으려 한다고 생각하는 눈치였다. 실제로도 그럴 가능성이 아주 높긴 했다.

"그래요, 존이 저를 고용했습니다." 그가 대답했다.

"아, 그렇군요." 그녀가 쌀쌀맞게 말했다. "기분 좋겠어요, 존."

변호사가 여자를 보고 미소 짓자 그녀는 한숨을 쉬며 그의 팔을 툭툭 두드렸다. 마치 자식한테 화가 잔뜩 났지만 꾹꾹 눌러 참고 있는 어머니 같았다. 존 브리스토는 손을 들어 경례를 붙이더니 여자친구를 따라 나갔고, 금속 계단을 내려가는 그들의 발소리가 철컹거리며 울려 퍼졌다.

5

스트라이크는 돌아서서 로빈을 보았다. 그녀는 다시 컴퓨터 앞에 앉아 있었다. 커피는 그녀 곁의 책상 위에 깔끔하게 일렬로 정리되어 있는 우편물 더미 옆에 놓여 있었다.

"고마워요." 그가 한 모금 마시며 말했다. "쪽지도요. 그런데 왜 임시직인 겁니까?"

"무슨 말씀이세요?" 그녀는 미심쩍은 얼굴로 말했다.

"철자도 잘 쓰고 구두점도 제대로 사용하잖아요. 눈치도 빠르고. 주도적으로 일도 하고—. 컵하고 쟁반은 어디서 난 겁니까? 커피하고 비스킷은요?"

"전부 크라우디 씨한테서 빌렸어요. 점심시간 전에 돌려준다고 했죠."

"누구요?"

"크라우디 씨요. 아래층에 사는 분이에요. 그래픽 디자이너."

"그냥 순순히 빌려주던가요?"

"네." 로빈은 약간 방어적으로 말했다. "그냥, 우리가 의뢰인한테 커피를 드리겠다고 했으니까, 어떻게든 갖다드려야 할 것 같아서요."

로빈이 쓴 복수 대명사 '우리'가 부드럽게 스트라이크의 사기를 북돋웠다.

"이제까지 템퍼러리 솔루션에서 파견 나왔던 사람들을 생각하면 정말이지 놀라운 효율성이로군요. 계속 산드라라고 불러서 미안합니다. 바로 지난번에 왔던 직원 이름이거든요. 이름이 뭐라고 했죠?"

"로빈이오."

"로빈이라." 그는 한 번 더 뇌까렸다. "그거 기억하기 쉽겠네요."

농담 삼아 배트맨과 충실한 조수 얘기를 할까 생각했지만, 로빈의 얼굴이 온통 진한 분홍빛으로 물들어버리는 바람에 어설픈 농담은 입술에서 나와보지도 못하고 쏙 들어갔다. 그는 별 뜻 없는 자기 말이 본의 아니게 굉장히 이상하게 들릴 수도 있다는 걸 뒤늦게 깨달았다.* 로빈은 회전의자를 다시 돌려 컴퓨터 모니터 쪽을 보고 있어서 스트라이크에게는 불타는 뺨의 윤곽만 보였다. 둘 다 어색하고 부끄러워 몸 둘 바를 모르던 그 얼어붙은 한순간, 방 안이 마치 공중전화 박스 크기로 줄어버린 것처럼 느껴졌다.

"난 잠깐 나갔다 올게요." 스트라이크가 제대로 손도 안 댄 커피를 내려놓고 게처럼 슬금슬금 옆으로 걸어 문간으로 향했다. 그리고 문 옆에 걸려 있던 코트를 내렸다. "혹시 전화가 오면……."

"스트라이크 씨, 이걸 좀 보고 가셔야 할 것 같은데요."

* 로빈은 가슴이 붉은 새의 이름인데, 두 사람이 만날 때 스트라이크가 젖가슴을 움켜쥐었던 걸 본의 아니게 떠올리게 했던 것이다.

아직도 홍조가 가시지 않은 채로 로빈은 컴퓨터 옆에 뜯어놓은 편지 다발 맨 꼭대기에서 분홍색 편지지와 봉투를 집었다. 그녀는 그것들을 둘 다 투명한 플라스틱 파일에 곱게 철해두었다. 스트라이크는 서류를 들고 있는 그녀의 손에 끼워진 약혼반지를 보았다.

"살인 협박이에요." 그녀가 말했다.

"아, 그렇죠." 스트라이크가 말했다. "걱정할 거 없어요. 일주일에 한 통씩 오니까."

"그렇지만—."

"불만을 품은 옛날 고객이에요. 살짝 머리가 돌았어요. 그런 편지를 쓰면 내가 감을 잡지 못할 줄 알았나 봅니다."

"그래도…… 경찰한테 보여주는 게 좋지 않을까요?"

"왜요, 한바탕 웃게 해주려고요?"

"우스운 거 아니잖아요. 살인 협박인데!" 이 말에 스트라이크는 그녀가 그 편지를 봉투까지 플라스틱 파일 안에 넣은 이유를 깨달았다. 왠지 감동적이었다.

"그냥 다른 편지들하고 같이 철해놓으세요." 그는 한쪽 구석에 있는 서류 캐비닛을 가리키며 말했다. "그 인간이 나를 죽일 생각이었으면 벌써 뭐라도 했을 거예요. 저기 어디 보면 6개월 치 편지들이 들어 있을 겁니다. 내가 없는 사이에 혼자 지키고 있어도 괜찮겠어요?"

"알아서 해보죠." 스트라이크는 로빈의 말소리에 스민 뿌루퉁한 어조에 은근히 즐거워졌다. 그토록 조심스럽게 다룬 살인 협박 편지에서 아무도 지문을 채취하지 않을 거라고 하니 실망한 게 틀림없었다.

"연락할 일이 생기면 서랍 제일 위칸에 든 명함을 찾아요. 휴대전화 번호가 있으니까."

"알았어요." 그녀는 서랍 쪽을 보지도 않았고 그렇다고 그를 쳐다보지도 않았다.

"나가서 점심 먹고 싶으면 얼마든지 그래도 돼요. 책상 어딘가에 여분의 열쇠가 있을 겁니다."

"좋아요."

"그럼 이따 봅시다."

스트라이크는 유리문 밖으로 나와 작고 습한 화장실 문간에서 잠시 멈춰 섰다. 장을 쥐어짜는 변의가 고통스러웠지만, 그렇게 효율적으로 일도 잘해주고 신변 걱정도 해준 사람한테 이 정도 배려는 해주는 게 당연했다. 술집까지만 참기로 결심하고 스트라이크는 계단을 내려갔다.

길거리로 나와서 그는 담배에 불을 붙였다. 그리고 왼쪽으로 돌아 닫혀 있는 12 바 카페를 지나 덴마크 플레이스의 비좁은 인도를 따라 색색의 기타들로 가득한 진열장을 지나고 팔랑거리는 전단지들로 도배된 벽들을 지나 인정사정없이 두드려대는 유압식 드릴로부터 멀어져갔다. 그는 파헤쳐진 센터포인트 앞길의 돌 더미와 잔해를 피해서 길 건너 도미니언 극장 입구에 서 있는 거대한 황금빛 프레디 머큐리 조각상을 지나쳐 성큼성큼 걸어갔다. 프레디 머큐리는 혼돈의 이교 신상처럼 한쪽 주먹을 허공에 치켜들고 있었다.

빅토리아 시대 스타일로 아기자기하게 꾸며진 토튼햄 펍은 돌무더기와 도로 공사 현장 너머에 서 있었다. 스트라이크는 주머니에 든 두둑한 현금을 의식하며 기분 좋게 술집 문을 밀고 광택 있는 짙은 색 목재와 황동 장식으로 꾸며진 조용한 빅토리아풍 실내로 들어섰다. 반투명 유리 칸막이, 낡은 가죽 의자, 금박으로 뒤덮인 바의 거울들, 수많은 나팔 부는 아기천사들은 만신창이가 된 바깥의 거리와 흡족한 대조를 이루며 자신만만하고 질서정연한 세계를 표상하고 있었다. 스트라이크는 '둠바' 맥주 한 잔을 사 들고 인적이 거의 없는 펍 뒤쪽으로 들어가 조악한 돔형 천장 장식 바로 아래의 높은 원형 테이블에 술잔을 놓고서 곧장 소변 냄새가 코를 찌르는 남자 화장실로 직행했다.

10분 후 훨씬 홀가분해진 스트라이크는 맥주를 3분의 1쯤 비웠고, 알코올의 진통 작용으로 피로를 한결 덜었다. 콘월 맥주는 고향의 맛이 났다. 평화, 그리고 이미 사라진 지 오래인 안정감이 느껴졌다. 바로 맞은편에는 장미꽃을 손에 들고 춤추는 빅토리아 처녀의 흐릿한 그림이 큼지막하게 걸려 있었다. 흩어져 날리는 꽃잎 사이로 그를 바라보며 수줍게 장난을 치는 처녀의 거대한 젖가슴에는 흰색 천이 드리워져 있었다. 진짜 여자와 닮은 구석이 하나도 없기는 그 그림이나 맥주잔이 놓여 있는 테이블이나 바에서 생맥주를 따르는 뚱뚱한 말총머리 남자나 다 마찬가지였다.

그리고 의심할 여지 없이 이제 스트라이크의 생각은 실존하는 여자 샬럿에게로 다시 스멀스멀 향하고 있었다. 아름답고, 궁지에 몰린 암컷 여우만큼이나 위험하고, 영악하고, 가끔은 웃기고, 또 스트라이크의 가장 오랜 친구의 말을 빌리자면 '뼛속까지 썩어 문드러진' 샬럿. 끝난 걸까, 이번엔 정말로 끝장이 난 걸까? 피로를 고치처럼 칭칭 온몸에 휘감고 스트라이크는 어젯밤과 오늘 아침의 일들을 회상했다. 마침내 샬럿은 그가 도저히 용서할 수 없는 짓을 해버렸고, 그 아픔은 진통제의 효과가 가시면 쓰라리게 덮쳐올 것이다. 그러나 그때까지는, 몇 가지 해결해야 할 현실적인 문제들이 있었다. 그들은 샬럿의 집에서 동거를 하고 있었다. 홀랜드파크 애비뉴에 있는 세련되고 값비싼 복층 아파트였다. 그 말은 그날 새벽 2시를 기점으로 그가 살 집이 없어졌다는 뜻이었다.

('블루이, 그냥 우리 집에 들어와서 살아. 제발, 자기도 그게 옳다고 생각하잖아. 사업을 키우는 동안 돈도 절약할 수 있고, 내가 자기 뒷바라지도 해줄 수 있어. 회복하는 동안 혼자 있으면 안 돼. 블루이, 바보같이 굴지 마…….'

앞으로 다시는, 아무도 그를 블루이라고 부르지 않을 것이다. 블루이는 죽었다.)

길고 다사다난했던 두 사람의 연애 기간 동안 그가 뛰쳐나온 건 처음이었다. 이전에 세 번은 샬럿이 타임을 외쳤다. 두 사람은 항상 암묵적으로는 알고 있었다. 만에 하나 그가 떠나면, 그가 이제 더는 못 참겠다고 선언해버리면, 그 이별은 그녀가 먼저 헤어지자고 했던 이별들과는 본질적으로 다를 것이라는 사실을. 이전의 이별들은 고통스럽고 지저분하긴 했어도 이걸로 끝이라는 느낌은 하나도 없었다.

샬럿은 그를 죽도록 괴롭혀야 간신히 직성이 풀릴 터였다. 그녀가 사무실까지 그를 쫓아와서 벌였던 오늘 아침의 소동은 앞으로 몇 달에 걸쳐, 아니 몇 년에 걸쳐 펼쳐질 복수전의 서막에 불과했다. 샬럿만큼 집요하게 복수심에 불타는 사람은 본 적이 없었다.

스트라이크는 절뚝거리며 바에 가서 두 번째 잔을 산 뒤 테이블로 돌아가 우울한 상념에 더 깊이 빠져들었다. 샬럿과 헤어짐으로써 그는 진짜로 파산하기 일보 직전에 섰다. 빚더미에 깊이 빠진 그에게 문간의 침낭에서 자는 신세를 면하게 해줄 수단이라고는 오로지 존 브리스토뿐이었다. 사실 길레스피가 지금이라도 대출금을 갚으라고 한다면 사무실 보증금을 빼는 수밖에 없었고, 그렇게 되면 그는 영락없이 험한 길바닥 신세였다.

('그냥 상황이 어떻게 돌아가는지 궁금해서 전화를 걸었을 뿐이오, 스트라이크 씨. 이번 달 납부금이 아직 들어오지 않아서 말이지요. 며칠 내로 주실 거라고 생각해도 되겠지요?')

그리고 마지막으로 (이왕 한심한 인생의 부적격 사유들을 점검하기 시작한 이상 철두철미하게 살펴보는 게 낫지 않겠는가?) 최근 불어난 체중도 문제였다. 족히 10킬로그램이 더 붙는 바람에 뚱뚱하고 흉하다는 느낌이 들 뿐 아니라, 지금 테이블 아래 황동 바에 올려놓고 있는 의족 정강이에도 불필요하게 심한 부담을 주고 있었다. 스트라이크는 순전히 과체중 때문에 피부가 쓸려서 살짝 다리를 절기 시작하고 있었다. 새벽에 배낭을 어깨에 둘러메고 런던을 가로질러 걸었던 것도 그리 좋은 영향을 미쳤을 리 없었다. 극심한 가난으로 전락하고 있다는 걸 잘 알고 있었던 터라 최대한 교통비를 아끼고 싶었다.

그는 바로 돌아가서 세 번째 잔을 샀다. 돔형 천장 아래 테이블로 돌아온 그는 휴대전화를 꺼내 메트로폴리탄 경찰서에 있는 친구에게 전화를 걸었다. 햇수로는 몇 년 되지 않았지만 범상치 않은 상황에서 솟아나 굳어진 우정이었다.

이 세상에서 샬럿만 그를 '블루이' 라고 부르는 것처럼, 리처드 앤스티스 경사는 스트라이크를 '미스틱 밥' 이라고 부르는 유일한 사람이었다. 그리고 친구의 목소리에 그는 그 이름을 목청껏 외쳐 불렀다.

"부탁이 있어서 걸었어." 스트라이크가 앤스티스에게 말했다.

"말만 해."

"룰라 랜드리 사건을 누가 맡았었지?"

앤스티스는 전화번호를 찾으며 스트라이크의 사업이며 오른쪽 다리, 그리고 약혼녀의 안부를 물었다. 스트라이크는 그 세 가지 상황 모두에 대해 거짓말을 했다.

"그거 잘됐군." 앤스티스가 명랑하게 말했다. "좋아, 워들의 연락처를 알려주지. 사람은 괜찮아. 자아도취가 좀 있지만, 카버보다는 그 친구가 훨씬 나을 거야. 카버는 머저리야. 워들한테는 내가 잘 말해줄 수 있어. 원한다면 지금 당장 전화를 넣어주지."

스트라이크는 벽의 목조 진열대에 꽂힌 관광안내 책자를 한 부 뽑아서 근위 기병 사진 아래 여백에다 워들의 전화번호를 받아 적었다.

"언제 놀러 올 거야?" 앤스티스가 물었다. "하루 날 잡아서 샬럿이랑 함께 와."

"그래, 그러면 좋겠네. 내가 연락하지. 지금은 할 일이 많아서."

전화를 끊고 나서 스트라이크는 한참 깊은 생각에 잠겨 있다가 이번에는 앤스티스보다 훨씬 오래 알고 지낸 지인에게 전화를 걸었다. 대강의 인생행로가 완전히 반대로 뻗어나간 사람이었다.

"부탁이 있어서 걸었어." 스트라이크가 말했다. "정보가 좀 필요한데."

"무슨 정보?"

"아무거나. 짭새를 움직일 때 쓸 만한 건수가 필요해."

대화는 무려 25분 동안 이어졌고 중간에 여러 번 끊기기도 했다. 막간의 침묵은 갈수록 더 길어지고 팽팽해졌다. 한참 뒤 스트라이크는 대강의 주소와 이름 두 개를 얻어내서, 그것 역시 근위기병 사진 옆에 받아 적었다. 경고의 말도 들었지만 그건 적지 않고 그냥 말뜻만 이해했다. 대화는 우호적으로 끝났고, 스트라이크는 입을 쩍 벌리고 하품을 하며 워들의 전화번호를 찍었다. 퉁명스럽고 우렁찬 목소리가 즉시 전화를 받았다.

"워들입니다."

"아, 안녕하세요. 저는 코모란 스트라이크라고 합니다—."

"누구라고요?"

"코모란 스트라이크요." 스트라이크가 말했다. "그게 제 이름입니다."

"아, 그렇군요." 워들이 말했다. "앤스티스가 방금 전화를 했더군요. 그 사립탐정이죠? 앤스티스 말로는, 룰라 랜드리에 대해서 얘기를 했으면 한다고요?"

"네, 그렇습니다." 스트라이크는 페인트칠한 천장 널판을 살펴보며 하품이 또 나오는 걸 꾹 참았다. 가만히 보고 있자니, 박카스의 술잔치가 요정의 만찬처럼 변했다. 〈한여름 밤의 꿈〉. 당나귀 머리의 남자가 나오는……. "하지만 제가 정말로 원하는 건 사건 파일입니다."

워들이 웃음을 터뜨렸다.

"그쪽이 빌어먹을 목숨을 구해준 건 내가 아닐 텐데."

"흥미를 가질 만한 정보가 있습니다. 교환을 할 수도 있을 것 같은데요."

짤막하게 침묵이 흘렀다.

"그 말은 전화상으로 거래를 하고 싶지는 않다는 거요?"

"그렇습니다." 스트라이크가 말했다. "고된 일과를 끝내고 한잔 걸칠 만한 좋은 데 어디 아십니까?"

영국 경찰청 근처 펍의 이름을 끼적거리고 일주일 후가 좋다는 데 의견을 모은 뒤(더 이른 날짜는 잡을 수가 없었다), 스트라이크는 전화를 끊었다.

늘 이랬던 건 아니다. 2, 3년 전만 해도 증인과 피의자들이 그를 순순히 따랐다. 그 역시 워들과 같은 사람이었다. 함께 어울리는 대다수 사람들보다 훨씬 더 값지게 시간을 쓸 줄 알고 기나긴 인터뷰를 언제, 어디서, 어떻게 할지 결정할 수 있는, 그런 사람이었다. 워들처럼 그 역시 정복 따위는 필요 없었다. 공인의 권위와 특권을 항상 걸치고 있었으니까. 그러나 이제 그는 구겨진 셔츠를 입은 절름발이였다. 옛날 인맥을 동원해 장사나 하고, 예전 같으면 기쁘게 자기 전화를 받았을 경관들과 거래를 하려 드는.

"병신." 스트라이크가 큰 소리로 술잔에 대고 말하자 조그맣게 메아리가 퍼졌다. 세 번째 잔은 어찌나 술술 넘어가는지 벌써 술잔 바닥이 비쳤다.

휴대전화가 울렸다. 액정을 보니 사무실 번호가 찍혀 있었다. 피터 길레스피가 돈을 받으러 왔다고 알려주려고 로빈이 전화한

게 틀림없었다. 그는 곧장 음성사서함으로 돌려버리고 술잔을 싹 비운 후 일어섰다.

거리는 환하고 추웠다. 보도는 축축했고, 구름이 빠르게 흘러가며 태양을 가리면 빗물 웅덩이들이 잠깐씩 은빛으로 빛났다. 스트라이크는 정문 앞에서 담배 한 개비를 더 꺼내 불을 붙이고 토튼햄 입구 통로에서 피우면서 도로에 뻥 뚫린 구멍 주위에서 분주하게 움직이는 일꾼들을 바라보았다. 담배를 다 태우고 나서 그는 옥스퍼드 스트리트를 따라 걸으며 템퍼러리 솔루션 아가씨가 퇴근하고 난 사무실에서 편하게 잠을 잘 수 있을 때까지 시간을 죽이기로 했다.

6

로빈은 스트라이크가 확실히 돌아오지 않는다는 걸 확인하기 위해 10분간 더 기다린 후 휴대전화로 신 나는 통화를 몇 차례 했다. 약혼 소식을 알려주면 친구들은 흥분으로 비명을 지르거나 부러움에 가득 찬 대꾸를 했는데, 어느 쪽이든 로빈은 똑같이 좋았다. 점심시간에는 한 시간의 자유 시간을 스스로에게 상으로 주어, 웨딩 잡지 세 권과 크라우디 씨에게 돌려줄 비스킷 한 봉지를 사 들고(잔돈 통으로 쓰이는 양철 쿠키통을 탈탈 털었는데도 그녀가 거금 42펜스를 더 보태야 했다) 텅 빈 사무실로 돌아와 행복하게 40분 동안 부케며 웨딩드레스를 살펴보면서 온몸이 짜릿짜릿해질 만큼 흥분에 달뜬 시간을 보냈다.

스스로 허가한 점심시간이 끝나자 로빈은 크라우디 씨의 컵과 쟁반을 씻어서 비스킷과 함께 돌려주었다. 두 번째로 찾아가자 어찌나 그녀를 붙잡아놓고 수다를 떨고 싶어 하는지, 또 한편으로 어찌나 자주 그녀의 입술과 젖가슴에 눈길을 주고 정신을 파는지를 눈여겨본 로빈은 남은 일주일 동안은 그를 피하기로 마음먹었다.

아직도 스트라이크는 돌아오지 않았다. 다른 할 일이 없어서 로빈은 책상 서랍 속 물건들을 정리했고, 다른 임시 비서들이 쌓아 둔 쓰레기를 다 갖다 버렸다. 먼지투성이 밀크 초콜릿 두 개, 닳아서 만질만질해진 손톱 줄, 그리고 이름 없는 전화번호들과 낙서가 잔뜩 적혀 있는 숱한 종이들. 어떤 상자에는 구식 금속 아크로 클립들이 잔뜩 들어 있었는데, 예전에 한 번도 본 적이 없는 종류였다. 그리고 파란색의 작은 무지 수첩들이 상당히 많이 있었는데, 표식은 없었지만 어쩐지 관공서 분위기가 풍겼다. 사무실 세계에 경험이 많은 로빈은 아무래도 관공서 비품 선반에서 슬쩍한 것 같다는 느낌을 받았다.

사무실 전화는 가끔씩 울렸다. 새 상사는 여러 가지 다른 이름으로 통하는 모양이었다. 한 사람은 '오기'를 찾았고 또 다른 이는 '몽키 보이'를 찾았으며, 어떤 건조하고 무뚝뚝한 목소리는 '스트라이크 씨'를 보면 '피터 길레스피에게 최대한 빨리 연락하시라고 전해달라'고 부탁했다. 그때마다 로빈은 스트라이크의 휴대전화에 전화를 걸었지만 매번 음성사서함으로 연결되곤 했다. 그래서 음성메시지를 남기고 전화를 건 사람의 이름과 번호를 꼬박꼬박 포스트잇에 적어서 스트라이크의 사무실로 가져가 깔끔하게 책상에 붙여놓았다.

유압 드릴은 밖에서 한도 끝도 없이 쿵쿵거렸다. 2시쯤 아파트 위층 사람이 좀 더 활발하게 활동하기 시작하자 천장이 끽끽거리기 시작했다. 안 그랬다면 로빈은 아마 건물 전체를 독차지했을 것이다. 왼손의 반지를 볼 때마다 갈비뼈가 터져 나갈 듯 폭발하는 순전한 기쁨에다, 아무도 없이 혼자라는 사실까지 더해져, 그녀는 점점 더 대담해졌다. 그녀는 잠정적으로 주인 노릇을 하며 작은 방을 정리하고 청소하기 시작했다.

전반적으로 추레하고 지저분하긴 했지만, 그래도 곧 로빈은 깔끔하고 정돈된 그녀 성격에 잘 맞는 견고한 정리정돈의 원칙을 발견해냈다. 책상 뒤 선반에 가지런히 정렬되어 있는 갈색 명함 폴더(형광색 플라스틱의 시대에는 어울리지 않는 구식이었다)들은 날짜순으로 정리되어 있었으며, 파일 등마다 손으로 쓴 일련번호가 붙어 있었다. 하나를 열어보니 파일마다 낱장으로 돌아다니는 서류들을 고정하기 위해 아크로 클립이 사용되고 있었다. 폴더의 내용물은 대부분 헷갈리고 읽기 어려운 손글씨로 쓰여 있었다. 아마 이런 게 경찰들이 일하는 방식인 모양이었다. 스트라이크는 전직 경찰이었다.

로빈은 파일 캐비닛의 가운데 서랍에서 스트라이크가 말했던 분홍색 살인 협박 편지 다발을 찾아냈다. 얄팍한 기밀 보장 각서 파일이 바로 옆에 놓여 있었다. 그녀는 한 장을 꺼내 읽어보았다. 간단한 형식의 각서로, 근무 중에 알게 된 이름이나 정보를 근무 외 시간에 언급하거나 논하지 않겠다는 내용에 서명을 하게 되어 있었다. 로빈은 잠시 생각에 잠겼다가 각서 한 장을 꺼내 꼼꼼하게 서명하고 날짜를 적은 다음 스트라이크의 사무실로 가지고 들어가서 그가 점선으로 표시된 결재란에 사인을 할 수 있게 책상 위에 놓아두었다. 이렇게 일방적으로 기밀 보장을 맹세하고 나니 처음에 이름이 새겨진 유리문을 보고 상상했던 신비스러움과, 심지어 화려한 매혹이 조금은 돌아오는 기분이 들었다. 유리문이 활짝 열리고 스트라이크가 그녀를 계단 밑으로 밀어 떨어뜨리는 바람에 다 날아갔었는데.

스트라이크의 책상에 서류를 놓고 나자 파일 캐비닛 뒤쪽 구석에 처박혀 있는 배낭이 눈에 들어왔다. 더러운 셔츠자락, 알람시계와 비누 봉지가 가방 지퍼의 이빨 사이로 삐져나와 있었다. 로빈은 본의 아니게 부끄럽고 은밀한 걸 훔쳐본 사람처럼 당황해서는 안쪽과 바깥 사무실 사이의 문을 꼭 닫았다. 그녀는 그날 아침 건물에서 도망치듯 달려 나가던 검은 머리의 미녀와 스트라이크의 얼굴 여기저기에 난 상처들을 합산해보았다. 지금 와서 돌이켜보니 약간 시간 차가 있긴 해도 스트라이크는 단단히 결심하고 쫓아 나갔던 것 같았다. 갓 약혼해 행복감에 들떠 있던 로빈은 자기보다 불운한 연애를 하는 사람이면 무조건 안쓰러워 죽을 지경이었다. 상대적으로 천국과 다름없는 자신의 행복에 그녀가 느끼는 그 비길 데 없는 쾌감을 죽도록 불쌍한 마음이라는 말로 형용할 수 있을지는 모르겠지만.

5시가 되어도 상사가 자리를 계속 비우자 로빈은 퇴근해도 좋을 것 같다는 결정을 내렸다. 그녀는 혼자 콧노래를 부르며 근무시간표를 작성했고 트렌치코트 단추를 잠그면서는 본격적으로 노래를 부르기 시작했다. 그리고 사무실 문을 잠그고 여분의 열쇠를 다시 우편함에 넣고는 조심스럽게 철제 계단을 내려가 매튜가 있는 집으로 향했다.

7

스트라이크는 런던 유니언 대학(ULU) 건물에서 이른 오후 시간을 보내고, 얼굴을 슬쩍 험상궂게 찡그리고 단호하게 접수처를 지나치는 꼼수를 써서 학생증 없이도 샤워장에 들어갈 수 있었다. 샤워를 하고 나서 카페에서 묵은 햄 빵과 초콜릿을 먹었다. 그 후로는 피로로 멍해진 눈빛을 하고 정처 없이 헤매 다니다가 먹고 잘 데가 없어져서 반드시 필요해진 생필품 몇 가지를 산답시고 할인상점 몇 군데를 돌아다니며 이따금씩 담배를 피웠다. 초저녁에는 이탈리아 레스토랑의 바 옆자리에서 커다란 상자들로 등을 받친 채 죽치고 앉아 대체 자기가 왜 이렇게 시간을 때우고 있는지 이유조차 가물가물해질 정도로 맥주를 들이켰다.

8시가 다 되어서야 사무실로 돌아갔다. 그가 생각하기에는 이때가 런던이 가장 아름답게 보였다. 하루 일과가 끝난 후 런던의 펍 창문들은 따뜻하게 보석처럼 반짝거렸고, 거리는 활기가 넘쳤으며, 지치지도 않고 영원토록 꿋꿋이 버티고 선 고색창연한 건물들도 가로등 불빛에 부드럽게 누그러져 이상하게 마음에 위로가 되었다. 조립식 침대가 든 상자를 들고 절뚝거리며 옥스퍼드 스트리트를 걷는 그에게, 우리는 너 같은 사람을 아주 많이 봤단다, 하고 도닥이며 말해주는 것만 같았다. 이 살아 숨 쉬는 고도(古都) 안에서 750만 개의 심장들이 서로 아주 가까운 곳에서 뛰고 있으니, 어쨌든 그 속에는 자기보다 훨씬 더 쓰라린 아픔에 시달리는 심장들도 많고 많을 것이다. 문을 닫는 상점들을 지나쳐 힘없이 걷다 보니 머리 위 하늘이 군청색으로 변했다. 스트라이크는 광활한 익명성 속에서 위안을 찾았다.

조립식 침대를 짊어지고 2층까지 철제 계단을 올라가는 건 보통 일이 아니었고, 자기 이름이 새겨진 문 앞에 다다랐을 무렵에는 오른쪽 다리 끝부분의 통증이 극심하게 악화되어 있었다. 왼발에 체중을 모두 실은 채로 잠시 몸을 기대고 서서 유리문에 뱉은 숨을 뱉어내자 김이 하얗게 서렸다.

"좆나 병신 같은 뚱땡이." 그는 큰 소리로 말했다. "지쳐빠진 늙은 공룡 같으니라고."

이마에 난 땀을 닦은 그는 잠긴 문을 열고 사 온 물건들을 문지방 너머로 밀어 넣었다. 안쪽 사무실에서 책상을 한쪽으로 밀고 침대를 설치한 후 침낭을 펼치고 유리문 밖의 세면대에서 싸구려 주전자에 물을 받았다.

저녁 식사는 '팟누들'*이었다. 그걸 고른 건 보급식량 배낭에 넣고 다니던 게 생각나서였다. 단시간에 가열되는 건조식품과 임시 거처를 생각하면 뿌리 깊은 연상 작용이 발동해 자동적으로 그 물건을 집어 들게 되는 것이었다. 주전자 물이 끓자 용기에 물을

* 영국식 컵라면 브랜드.

부어 울루 카페에서 가져온 플라스틱 포크로 조리된 면을 먹었다. 사무실 의자에 앉아서 인적이 거의 없는 거리를 내려다보면서. 저 멀리 길 끝에서는 석양빛을 받으며 자동차들이 부릉부릉 달려가고 있었다. 그는 결연하게 쿵쿵거리는 베이스 소리에 귀를 기울였다. 두 층 아래에 있는 12 바 카페에서 들려오는 소리였다.

이보다 더한 곳에서 잔 적도 많다. 앙골라의 고층건물 주차장 돌바닥에서도 자봤고, 폭격에 폐허가 된 철강공장에 천막을 쳤다가 다음 날 아침 검은 분진에 기침을 하며 일어났던 적도 있다. 그리고 뭐니 뭐니 해도 최악은 어머니가 그와 여동생을 질질 끌고 데려갔던 노퍽 지역 어느 공동 거주지의 습한 기숙사였다. 그때 그는 여덟 살, 여동생은 여섯 살이었다. 몇 달씩이나 누워 자던 병원 침대의 삭막한 편안함과 무단 점거한 온갖 폐가들(역시나 어머니와 함께였다), 육군 훈련을 할 때 막사를 설치했던 그 얼어붙을 듯 추운 숲도 기억났다. 달랑 알전구 하나의 불빛을 받으며 덩그러니 놓여 있는 간이 침상이 아무리 초라하고 불편해 보여도 그 모든 것들에 비하면 호강이었다.

필요한 물품을 쇼핑하고 설치하다 보니 묻지도 따지지도 않고 제 할 일만 하는 익숙한 군인의 본분으로 돌아간 기분이 되어 스트라이크의 마음이 한결 편해졌다. 그는 팟누들 그릇을 버리고 와서 불을 켜고는 로빈이 한나절을 보내고 간 책상에 앉았다.

새 파일의 기본 부품—단단한 폴더, 백지와 아크로 클립, 브리스토의 인터뷰를 기록한 수첩, 토튼햄에서 받은 팸플릿, 브리스토의 명함—을 조립하던 그는 서랍이 전과 달리 깨끗하고 컴퓨터 모니터에 먼지도 별로 없고 빈 컵과 잔해도 없고 희미한 가구

광택제 냄새까지 난다는 걸 깨달았다. 은근히 흥미가 동해서 잔돈 통을 열어보니 로빈의 깨끗하고 동그란 글씨로 초콜릿 비스킷을 사는 데 자기 돈 42펜스를 썼으니 나중에 갚으라고 쓴 쪽지가 들어 있었다. 스트라이크는 브리스토가 지갑에서 꺼내준 40파운드를 꺼내 양철통에 넣었다. 그리고 잠깐 더 생각한 끝에 동전으로 42펜스를 세어 제일 위에 올려놓았다.

그다음에 스트라이크는 로빈이 맨 위쪽 서랍에 깔끔하게 모아둔 볼펜들 중 하나를 꺼내 날짜부터 시작해 거침없이 글을 써나갔다. 브리스토의 인터뷰 메모는 꺼내서 따로 파일에 첨부했다. 앤스티스와 워들에게 전화를 걸었던 걸 포함해 이제까지 취한 조치들을 기록하고 전화번호를 보관했다. (그러나 유용한 이름과 주소를 알려준 또 다른 친구에 대한 상세 내역은 파일에 기록하지 않았다.)

마지막으로 새 사건에 일련번호를 써서 붙이고 '돌연사, 룰라 랜드리'라는 설명을 파일 등에 붙여 선반 맨 오른쪽 제자리를 찾아 꽂았다.

그러고 나서야 브리스토의 말대로라면 경찰이 놓친 결정적 증거가 들어 있는 봉투를 뜯었다. 깔끔하고 유려한 변호사의 글씨로 빽빽하게 쓰인 글줄들은 뒤로 기울어져 있었다. 브리스토가 미리 알려준 대로 내용은 대체로 그가 '러너(Runner)'라고 부르는 남자의 행위를 다루고 있었다.

러너는 키 큰 흑인인데 스카프로 얼굴을 가린 모습으로 이즐링턴에서 웨스트엔드로 가는 심야버스 내부 카메라에 찍혔다. 그는 룰라 랜드리가 사망하기 약 50분 전에 버스를 탔다. 그다음에는 새벽 1시 39분에 메이페어에서 랜드리의 자택 방향으로 걸어가는 모습이 포착되었다. 카메라 영상을 보면 그는 잠시 멈춰 서서 쪽지를 살펴보고('아마 주소나 약도가 아닐까?' 라고 브리스토는 친절하게 메모를 붙여놓았다) 다시 걸어가기 시작한다.

얼마 후 같은 CCTV에서 찍힌 영상에서 러너는 2시 12분에 카메라를 지나쳐 전속으로 달려가더니 시야에서 사라져버린다. '두 번째 흑인도 달리고 있음. 혹시 보초? 자동차를 훔치다가 들켰나? 이때쯤 근처에서 자동차 경보음이 울림.' 브리스토의 메모였다.

마지막으로 랜드리가 사망한 날 새벽, 몇 킬로미터 떨어진 그레이스인 스퀘어와 인접한 길을 따라 걷는 '러너와 꼭 닮은 흑인' 의 모습이 찍힌 CCTV 영상이 있었다. '얼굴을 아직도 가리고 있음' 이라고 브리스토는 토를 달아놓았다.

스트라이크는 잠시 멈추고 눈을 비비다가 움찔하고 말았다. 한쪽 눈에 멍이 들었다는 걸 깜박 잊었던 것이다. 이제는 머리가 어질어질하고 불안하게 움찔거리는 것이, 진짜로 피곤한 상태로 접어든 모양이었다. 그는 긴 한숨을 끄응 토하며 언제라도 메모를 덧붙일 수 있게 털북숭이 주먹에 펜을 꼭 쥐고서 브리스토의 주석들을 꼼꼼히 살펴보았다.

이 멀끔한 각인 명함을 만들어준 사무실에 있을 때는 브리스토도 냉정하고 객관적으로 법을 해석할지 몰라도, 봉투의 내용물만으로는 이 의뢰인이 사생활에서는 납득할 수 없는 집착에 사로잡혀 있다는 스트라이크의 생각이 오히려 더 굳어질 뿐이었다. 브리스토가 러너에게 강박적으로 매달리게 된 근본 이유가 무엇이든—도시를 배회하는 악귀나 흑인 남성 범죄자에 대한 내밀한 공포를 품고 있거나, 아니면 더 깊고 더 사적인 다른 이유가 있거나—경찰이 러너나 그의 동행(보초일 수도 있고, 자동차 도둑이었을 수도 있는)을 수사하지 않았다는 건 생각조차 할 수 없었거니와, 만일 용의선상에서 제외했다면 틀림없이 그럴 만한 이유가 있었을 터였다.

입을 쩍 벌리고 하품을 하면서 스트라이크는 브리스토의 메모 두 번째 장을 펼쳤다.

> 1:45에 데스크를 지키던 야간 경비원 데릭 윌슨은 속이 좋지 않아 뒤편의 화장실에 들어가 대략 15분 동안 머물렀다. 그러므로 룰라의 사망으로부터 15분 전, 건물 로비에는 사람이 없었고 누구라도 눈에 띄지 않고 들어갔다 나올 수 있었다. 윌슨은 룰라가 추락한 후에 화장실에서 나왔고, 그때 탠지 베스티귀의 비명 소리를 들었다.
> 이 절호의 기회는 러너가 앨더브룩과 벨러미 교차로의 감시 카메라를 1:39에 지나쳐 켄티건가든 18번지에 도착했을 만한 시각과 정확히 일치한다.

"그런데……." 스트라이크는 앞이마를 마사지하며 중얼거렸다. "그 사람이 현관문을 꿰뚫어보지 않은 이상 경비가 화장실에 간 줄을 어떻게 알겠느냐고?"

> 나는 데릭 윌슨과 이야기를 나누었고, 그는 기꺼이 인터뷰에 응했다.

당연히 돈을 먹였겠지, 스트라이크는 이 마지막 말 아래 적혀 있는 경비원의 전화번호를 눈여겨보며 생각했다.

그는 자기 생각을 덧붙여 적으려고 손에 들고 있던 펜을 내려놓고 브리스토가 끼적거린 쪽지를 파일에 클립으로 고정했다. 그리고 책상 스탠드를 끄고 절뚝거리며 층계참의 화장실로 소변을 보러 나갔다. 깨진 세면대에서 이를 닦고 나서, 유리문을 잠그고 알람시계를 맞춘 다음 옷을 벗었다.

바깥 가로등의 네온 불빛을 받으며 스트라이크는 스트랩을 풀고 쿡쿡 쑤시는 절단면에서 의족을 빼낸 다음, 이제는 통증을 전혀 막아주지 못하게 된 젤 라이너를 들어냈다. 그는 충전 중인 휴대전화기 옆에 의족을 놓고 힘겹게 침낭 속으로 들어가 양손으로 뒷머리를 받치고 누워 천장을 물끄러미 바라보았다. 그런데 그가 두려워했던 대로, 이제는 납처럼 무거운 육신의 피로만으로는 여기저기로 날뛰는 마음을 고요히 진정시킬 수 없었다. 고질적인 염증이 재발해 그를 괴롭히고 거추장스럽게 들러붙었다.

지금 그녀는 무엇을 하고 있을까?

어제 저녁만 해도, 평행우주에서 그는 런던에서 가장 살기 좋은 동네의 아름다운 아파트에서, 눈길을 주는 남자마다 스트라이크에게 도저히 못 믿겠다는 듯 질시의 눈초리를 던지게 만드는 여자와 살았었다.

"그냥 우리 집에 들어와서 같이 살면 안 돼? 아, 제발 부탁이야, 블루이. 그게 말이 되지 않아? 왜 안 되는데?"

처음부터 그는 해서는 안 될 실수라는 걸 알고 있었다. 예전에도 시도했던 일이지만, 그때마다 점점 더 큰 재앙으로 발전하지 않았던가.

“우리는 약혼한 사이잖아. 도대체 자기는 왜 나하고 같이 살지 않으려는 거야?”

하마터면 그를 영영 잃어버릴 뻔했던 과정을 겪으면서 그녀는, 다리가 한 개 반밖에 남지 않은 그와 마찬가지로, 자신 역시 돌이킬 수 없을 만큼 달라져버렸다는 사실을 입증하려고 이런저런 말들을 했었다.

“반지 같은 거 필요 없어. 그런 소리하지 마, 블루이. 당신 돈은 다 새 사업에 써야지.”

그는 눈을 감았다. 오늘 아침 일을 되돌릴 수는 없었다. 그녀는 정말 심각한 문제에 대해 너무 자주 거짓말을 했다. 그는 전부 다 차근차근 되짚어보았다. 이미 오래전에 풀어놓은 덧셈 문제를 다시 풀면서 뭔가 기초적인 실수를 했을까 봐 겁내는, 그런 마음이었다. 그는 괴로워도 차근차근 마음속으로 합산을 했다. 물어볼 때마다 바뀌는 날짜, 약사나 의사를 찾아가 검사를 받아보자고 해도 거절, 해명을 요구할 때마다 무서운 분노로 맞서던 그녀, 그리고 마치 원래 아무 일도 없었다는 듯 그냥 다 끝났다는 급작스러운 선언까지. 다른 의심스러운 정황들에 더해 그녀가 허언증 환자라는 사실도 힘겹게 알아냈다. 그녀는 사람을 도발하고 자극하고 시험하지 않으면 못 사는 사람이었다.

“염병할, 감히 내 뒤를 캐볼 생각은 하지도 마. 내가 무슨 마약에 쩐 당신 부하인 줄 알아? 난 자기가 해결해야 하는 사건 따위가 아니라고. 그냥 날 사랑해줘야 할 사람이 심지어 이딴 일로도 날 믿어주지 않으니…….”

그러나 그녀가 그에게 했던 거짓말들은 그녀의 존재 자체, 삶 자체에 스며들어 있었다. 그래서 그녀와 함께 살고 그녀를 사랑하다 보면 서서히 거짓의 거미줄에 칭칭 감겨들 수밖에 없었다. 진실을 알아내려면 그녀와 씨름해야 했고, 현실에 발을 딛고 살려면 사투를 벌여야 했다. 대체 어쩌다가 그렇게 된 걸까? 아주 어렸을 때부터, 아무리 사소한 수수께끼라도 끝까지 조사해서 확실한 답을 얻어내고 진실을 쥐어 짜내야만 직성이 풀렸던 그가 대체 어떻게 해서 숨을 쉬듯 자연스럽게 거짓말을 줄줄 엮어내는 여자를 그렇게 격하게, 그렇게 오랫동안 사랑했던 걸까?

"다 끝났어." 그는 혼잣말을 했다. "어차피 그렇게 될 수밖에 없었어."

그러나 앤스티스에게는 말하고 싶지 않았었다. 그리고 아직은, 차마 다른 누구에게도 말할 수 없었다. 기꺼이 자기 집에 오라고 흔쾌히 말해줄 친구들이 런던 전역에 있었다. 손님방의 문은 물론 냉장고도 활짝 열어젖혀 주고, 언제라도 슬픔을 달래주고 도와줄 채비가 되어 있는 친구들이었다. 그러나 편안한 침대에서 자고 따뜻한 집 밥을 얻어먹는 대가로, 깨끗한 잠옷 차림의 아이들이 잠자리에 들면 그는 친구들과 함께 부엌 식탁에 앉아 샬럿과의 지저분한 마지막 싸움을 재현해야 할 테고, 친구 애인이며 부인들이 불같이 화를 내며 그를 불쌍히 여기는 동안 꾹꾹 참고 있어야 할 터였다. 차라리 음침한 고독과 팟누들과 침낭이 훨씬 나았다.

그는 아직도 없어진 발에 감각이 느껴질 때가 있었다. 2년 전에 다리에서 떨어져 나간 발이, 침낭 밑에 그대로 있었다. 마음만 먹으면 사라진 발가락을 꼼지락거릴 수 있었다. 피곤해서 죽을 지경인데도 잠이 들기까지 한참 걸렸고, 간신히 잠에 빠져들자 이번에는 꿈을 꿀 때마다 샬럿이 나타났다 사라지곤 했다. 눈부시게 아름다운 모습으로 독설을 퍼붓는 그녀는 무언가에 쫓기고 있었다.

2부

Non ignara mali miseris succurrere disco.

불행이 낯설지 않아, 불행한 이들을 돕는 법을 아네.

베르길리우스, 《아이네이스》 1권

1

"'룰라 랜드리의 죽음이라는 주제를 놓고 방대한 양의 뉴스와 TV 대담이 쏟아져 나왔지만, *우리가 왜 관심을 갖는가?*라는 질문을 던지는 일은 드물었다.

물론 그녀는 아름다웠다. 찰스 데이나 깁슨*이 《뉴요커》지에 나른한 눈꺼풀의 세이렌들을 그려낸 이래로 언제나 미녀들은 신문 판매 부수를 올리는 데 도움이 되었다.

게다가 그녀는 흑인이었다. 아니, 고혹적인 카페오레 빛이었다고 해야 할까. 아무튼 이것이 오로지 겉껍데기에만 관심을 갖는 패션산업 내부의 발전을 표상한다는 얘기를 우리는 귀에 못이 박히도록 들어왔다. (나는 좀 미심쩍다. 혹시 이번 시즌에 '카페오레'가 뜨는 색깔이었던 건 아닐까? 랜드리의 뒤를 이어 모델계로 유입된 흑인 여성들을 그렇게 많이 보았던가? 랜드리의 성공으로 우리가 지닌 여성적 미의 관념이 혁명적으로 바뀌었나? 이제는 검은 바비가 하얀 바비보다 더 잘 팔리고 있단 말인가?)

* 미국의 그래픽 아티스트로, 20세기 초기에 아름답고 독립적인 여성상을 그려냈다. 그가 그리는 여주인공의 모습을 따서 '깁슨 걸'이라고 부른다.

실제로 살과 피를 지녔던 인간 랜드리의 가족과 친구들은 말 못할 슬픔에 잠겨 있을 테고, 당연히 필자 역시 심심한 애도를 표하는 바이다. 하지만 우리들, 즉 뉴스를 읽고 보는 대중은 이러한 과다한 애도를 정당화할 만큼 슬플 이유가 개인적으로 없다. 젊은 여자들이 *비극적*(자연사가 아니라는 점에서)인 정황에서 죽음을 맞는 일은 비일비재하다. 자동차 사고로, 마약 과용으로, 그리고 아주 가끔씩은 랜드리 같은 모델들이 자랑스레 과시하는 몸매의 기준에 맞추기 위해 굶다가 죽기도 한다. 그런데 우리는 신문을 넘기며 이렇게 죽은 소녀들의 평범한 얼굴에 스쳐가는 관심이라도 던졌는가?' "

로빈은 잠시 멈추고 커피 한 모금을 마시며 목청을 가다듬었다.

"아주 자기만 잘나빠졌구만." 스트라이크가 툭 내뱉었다.

그는 로빈의 책상 끄트머리에 앉아 폴더를 펼쳐놓고 사진들을 붙인 후 번호를 매기고 설명을 쓴 뒤 뒤쪽의 목차에 정리하고 있었다. 로빈은 컴퓨터 모니터를 보며 아까 읽다 만 부분부터 다시 읽기 시작했다.

" '우리의 이런 과도한 관심과 추모를 자세히 들여다볼 필요가 있다. 랜드리가 추락해 죽기 직전까지만 해도, 그녀와 입장을 바꾸고 싶다는 여자들이 수만 명에 달했을 것이다. 랜드리의 사체가 옮겨진 후에 어린 소녀들은 흐느껴 울며 랜드리의 4천5백만 파운드짜리 펜트하우스 발코니 아래 꽃다발을 바쳤다. 타블로이드의 명성을 좇고자 하는 모델 지망생 중에 룰라 랜드리의 성공과 참담한 전락을 보고 마음을 돌린 사람이 과연 하나라도 있을까?' "

"점입가경일세." 스트라이크가 말했다. "아니, 그쪽 말고 그 여자 말이에요." 그는 황급하게 덧붙여 말했다. "지금 글 쓴 사람 여자죠?"

"네. 멜라니 텔포드라는 사람이네요." 로빈이 스크린 맨 위로 스크롤해 올라가자 이중 턱에 금발인 중년 여자의 얼굴이 나타났다. "나머지는 그냥 넘길까요?"

"아니, 아니, 계속해요."

로빈은 한 번 더 목청을 가다듬고 읽기 시작했다.

"'대답은 물론 *아니*오다.' 이건 그러니까, 모델 지망생들 얘기에 대한 답변이에요."

"알아들었어요."

"네, 뭐……. '에멀린 팽크허스트* 이후로 100년이 지난 지금, 현 세대의 사춘기 소녀들에게는 종이인형 오리기 장난감으로 전락하는 것이 최고의 야심이 되었다. 이 평면적 아바타의 허구적 모험은 3층 창문에서 몸을 던질 정도의 불안과 스트레스를 가면 뒤에 가리고 있다. 오로지 외모가 전부일 뿐이다. 디자이너 기 소메(Guy Somé)는 그녀가 입고 뛰어내린 드레스가 자신의 디자인이라고 언론에 즉시 공표했고, 그 드레스는 24시간도 지나지 않아 품절되었다. 룰라 랜드리가 창조주를 만나는 순간을 위해 선택한 드레스가 자신의 제품이라는 걸 알리는 것보다 더 훌륭한 광고가 어디 있겠는가?

아니, 우리가 애도하는 건 젊은 여인의 죽음이 아니다. 그녀는

* 영국의 여성 참정권 운동가.

우리들 대다수에게 데이나의 펜 끝에서 탄생한 깁슨 걸이나 마찬가지로 실존하는 인물이 아니었기 때문이다. 우리가 잃어버리고 슬퍼하는 건 무수한 타블로이드의 1면과 연예잡지에서 반짝거리는 육체의 이미지다. 우리에게 옷과 핸드백과 명성이라는 관념을 팔았던 그 이미지는 그녀의 죽음을 통해 비누거품처럼 텅 비고 헛되다는 사실이 밝혀져버렸으니까. 솔직히 인정하자. 우리가 정말로 그리워하는 건, 종잇장처럼 깡마르고 신 나는 삶을 즐기던 젊은 여자의 흥미진진한 기벽이었음을. 마약 오용과 방탕한 생활, 화려한 옷가지와 만났다 헤어졌다를 반복하는 위험한 남자친구로 점철된 만화 같은 그녀의 삶을 우리가 더 이상 향유할 수 없다는 사실이라는 걸.

랜드리의 장례식은 유명인들에 기생해 먹고 사는 저열한 잡지들에서 그 어떤 결혼식보다도 더 화려하게 다루어졌다. 잡지사들은 웬만한 사람들보다 그녀의 죽음을 오랫동안 슬퍼할 수밖에 없다. 우리는 눈물에 젖은 여러 연예인들의 모습을 일별했지만 막상 그녀의 가족은 아주 작은 사진 한 장이 실렸을 뿐이다. 알고 보니 놀랄 만큼 사진발을 안 받는 외모였기 때문이다.

그러나 한 추모객의 말이 진심으로 나를 감동시켰다. 그녀는 기자인 줄 모르고 어떤 남자의 물음에 대답하면서 치료 시설에서 랜드리를 만났고 친구가 되었다고 말했으며 뒷자리에 앉아 작별 인사를 하고는 다시 조용히 눈에 띄지 않게 밖으로 나갔다. 그녀는 랜드리가 생전에 어울리던 수많은 무리들과 달리 자기 이야기를 팔지 않았다. 어쩌면 실제 인물 룰라 랜드리에 대해, 어딘가 짠하고 마음을 울리는 구석을 보여주는 이야기다. 룰라 랜드리는 평범한 소녀에게 진심 어린 사랑을 불러일으켰던 사람이니까. 우리 나머지는—.'"

"그 여자가 치료 시설에서 만난 그 보통 여자 이름은 얘기하지 않았어요?" 스트라이크가 불쑥 끼어들었다.

로빈은 말없이 기사를 훑어보았다.

"안 했네요."

스트라이크는 수염을 깎다 만 듯한 턱을 긁었다.

"브리스토는 치료 시설에서 만난 친구 얘기는 하지 않았는데."

"그 여자가 중요할 수도 있다고 생각하세요?" 로빈은 회전의자를 빙글 돌려 눈을 빛내며 물어보았다.

"나이트클럽이 아니라 치료 중에 랜드리를 만난 사람하고 얘기를 해보면 재미있을 것 같아요."

스트라이크는 로빈에게 시킬 만한 별다른 일이 없어서 인터넷에서 연관된 사람들을 찾아보라고 했을 뿐이었다. 그녀는 벌써 경비원 데릭 윌슨에게 전화를 걸어 금요일 아침에 브릭스턴에 있는 피닉스 카페에서 스트라이크와 만나는 약속을 잡아두었다. 그 날의 우편물은 광고 전단 두 개와 최후통첩 한 통이었다. 받을 전화도 없었고 벌써 사무실에서 알파벳 순서로 정리할 수 있는 물건은 모조리 다 정리하고 유형과 색깔에 따라 쌓거나 꽂아놓았다.

스트라이크는 지난번 그녀가 구글 검색에 능했던 일이 떠올라서 상당히 무의미한 이 작업을 맡겼던 것이다. 그녀가 한 시간도 넘게 랜드리와 관련 인물들에 대한 옛날 가십이며 기사를 읽고 있는 동안, 스트라이크는 현재 딱 하나 더 있는 사건에 관련된 산더미처럼 쌓인 영수증, 전화요금, 그리고 사진들을 정리하고 있었다.

"그럼 그 여자에 대해서 좀 더 알아낼 만한 게 있나 뭐라도 찾아볼까요?" 로빈이 물었다.

"그래요." 스트라이크는 땅딸하고 머리가 벗겨진 양복 차림의 남자와 딱 붙는 청바지 차림의 농염한 빨강머리 여자의 사진을 들여다보면서 멍하게 말했다. 정장 차림의 남자는 제프리 후크 씨였다. 그러나 그 빨강머리 여자는 어딜 봐도 후크 부인과 닮은 구석이 없었다. 후크 부인은 브리스토가 사무실을 찾아오기 전까지 스트라이크의 유일한 의뢰인이었다. 스트라이크가 사진을 후크 부인의 파일에 붙이고 'No.12' 라고 쓰는 동안 로빈은 다시 컴퓨터를 보기 시작했다.

잠시 침묵이 흘렀다. 사진들이 휙휙 넘어가는 소리, 그리고 로빈의 짧은 손톱이 키보드에 톡톡 부딪는 소리뿐이었다. 스트라이크 등 뒤의 안쪽 사무실 문은 간이침대며 여타 사무실에서 먹고 자는 흔적들을 가리느라 꼭 닫혀 있었다. 그리고 로빈이 출근하기 전에 스트라이크가 싸구려 방향제를 마구 뿌린 덕에 사무실 공기는 심한 인공 라임 향으로 텁텁했다. 혹시라도 책상 맞은편에 앉는 걸 이성적인 관심으로 오해할까 봐, 그 자리에 앉기 전에 스트라이크는 약혼반지를 처음 본 척하면서 5분 동안 그녀의 약혼자에 대해 매우 정중하고 전혀 사적인 느낌을 주지 않는 대화를 나누었다. 그래서 약혼자가 갓 회계사 자격증을 딴 매튜라는 사람이고 로빈은 바로 지난달에 그를 따라 요크셔에서 런던으로 이사 왔으며, 정규직을 준비하는 사이에 임시로 단기 업무를 하고 있다는 사실을 알게 되었다.

"혹시 그 여자가 이 사진 중에 있을까요?" 로빈이 잠시 후에 물었다. "그 치료 센터에서 만났다는 여자 말이에요."

그녀는 똑같은 크기의 사진들이 한가득 떠 있는 스크린을 보여주었다. 모두 검은 옷을 입고 왼쪽에서 오른쪽으로 걸어가는 장례식 하객들을 찍은 사진들이었다. 배경에는 안전대 앞에 몰려든 군중들의 얼굴이 흐릿하게 처리되어 있었다.

그중 한눈에 들어오는 사진은 훤칠하고 창백한 젊은 여자가 금발을 하나로 모아 뒤로 묶고 검은 망사와 깃털이 달린 작은 모자를 쓴 모습이었다. 스트라이크는 그녀를 알아보았다. 그녀를 모르는 사람은 아무도 없었다. 키아라 포터, 룰라가 지상에서의 마지막 하루를 함께 보내다시피 한 친구이자 모델 커리어에서 가장 성공적인 화보를 함께 촬영한 모델이기도 했다. 룰라의 장례식장으로 걸어가는 포터는 아름답고 엄숙해 보였다. 혼자 참석한 모양인지, 그 가느다란 팔이나 긴 등을 받쳐주는 손은 보이지 않았다.

포터의 사진 옆에는 '영화 제작자 프레디 베스티귀와 아내 탠지' 라는 캡션이 붙은 부부의 사진이 있었다. 베스티귀는 황소 같은 견실한 풍채로 짧은 다리에 술통처럼 넓은 가슴, 그리고 두툼한 목을 가진 사내였다. 회색 머리카락은 바짝 깎여 있었다. 얼굴은 주름과 처진 살, 사마귀들로 이루어진 쭈글쭈글한 살덩어리였고, 그 사이로 살집 많은 코가 혹처럼 불쑥 튀어나와 있었다. 그래도 값비싼 검은 코트를 걸쳐 입고 해골처럼 깡마른 젊은 아내와 팔짱을 낀 그의 모습은 위압적이었다. 커다랗고 둥근 선글라스와 바짝 올려 세운 모피 코트 옷깃에 가려 탠지의 실제 얼굴은 거의 알아볼 수가 없었다.

제일 윗줄 마지막 사진은 '패션 디자이너 기 소메' 였다. 그는 호리호리한 흑인으로, 과장된 디자인의 암청색 프록코트 차림이었다. 고개를 푹 숙이고 있는 데다 검은 머리에 조명을 받아 그늘이 지는 바람에 표정을 알아볼 수는 없었지만 귓불에 달린 세 개의 커다란 다이아몬드만은 카메라 플래시를 받아 번쩍거리고 있었다. 따로 설명을 달 만큼 유명하지 않은 한 무리의 조문객들이 프레임 안에 같이 찍혀 있기는 했지만, 그 역시 포터와 마찬가지로 일행 없이 혼자 온 것으로 보였다.

스트라이크는 의자를 스크린 가까이로 끌고 왔지만, 여전히 로빈과 팔 길이 이상의 간격을 유지했다. 이름이 달려 있지 않은 사람들 중 한 명의 얼굴이 사진 끄트머리에서 잘려 있었는데, 짧은 윗입술과 햄스터 같은 이빨로 보아 존 브리스토라는 걸 알 수 있었다. 그는 슬픔에 넋이 나간 얼굴을 한 백발의 노부인을 한 팔로 감싸 안고 있었다. 부인의 얼굴은 초췌하고 섬뜩했다. 적나라하게 드러난 슬픔이 보는 사람의 마음을 울리는 표정이었다. 두 사람 뒤에는 훤칠하고 도도한 남자가 서 있었는데, 그는 자기가 어쩌다가 이렇게 개탄스러운 무리들 사이에 끼게 되었는지 모르겠다는 인상을 풍겼다.

"평범한 여자처럼 보이는 사람은 찾을 수가 없네요." 로빈이 말했다. 그녀는 스크린을 아래로 내려 슬프고 엄숙한 표정을 한 유명하고 아름다운 사람들의 사진을 찬찬히 살폈다. "아, 이거 보세요…… 에반 더필드네요."

그는 검은 티셔츠, 블랙진, 그리고 군복 스타일의 검은 코트를 걸치고 있었다. 머리카락 역시 검은색이었다. 날카롭게 각이 진 얼굴은 푹 꺼져 있었다. 얼음처럼 투명한 파란 눈은 카메라 렌즈를 똑바로 바라보고 있었다. 그러나 훨씬 큰 키에도 불구하고 그는 양옆에 포진한 동행들에 비하면 오히려 여린 인상을 풍겼다. 정장을 입은 풍채 좋은 남자와 불안한 표정의 나이 지긋한 여인이었다. 그녀는 입을 벌리고 길을 비켜달라는 듯한 손짓을 하고 있었다. 세 사람의 모습은 마치 아픈 아이를 파티장에서 먼저 데리고 나가는 부모를 연상시켰다. 스트라이크는 더필드가 비탄에 넋이 나가 제정신이 아닌 분위기를 풍기면서도, 아이라이너는 꼼꼼하게 잘 바르고 왔다는 걸 눈여겨보았다.

"저 꽃들 좀 보세요!"

더필드가 스크린 위쪽으로 스르르 밀려나더니 사라졌다. 로빈은 거대한 화환 사진에서 잠시 손길을 멈췄다. 스트라이크는 처음에 하트 모양인 줄 알았지만, 곧 하얀 장미꽃으로 만든 한 쌍의 천사 날개라는 걸 깨달았다. 꽃다발에 붙어 있는 카드의 사진이 확대되어 중간에 삽입되어 있었다.

"'평안히 잠들기를, 천사 룰라. 디비 맥.'" 로빈이 큰 소리로 읽었다.

"디비 맥? 래퍼요? 두 사람이 서로 아는 사이였단 말입니까?"

"아니요. 아닌 거 같아요. 하지만 룰라의 건물에서 아파트를 빌린다는 얘기도 있고 했잖아요. 그 사람 노래 몇 곡에서 룰라의 이름을 언급하기도 했고요, 그렇죠? 디비 맥이 거기 묵는다고 해서 언론이 굉장히 흥분했는데……."

"이런 주제에 대해 아주 잘 알고 있네요."

"그거야, 잡지 같은 거 좀 읽었죠 뭐." 로빈이 다시 장례식장의 사진들을 스크롤하면서 얼버무렸다.

“‘디비’라니 무슨 이름이 그렇지?” 스트라이크가 혼잣말처럼 말했다.

“이름 이니셜에서 따온 거예요. 사실은 D. B.거든요.” 그녀는 또박또박 발음했다. “진짜 이름은 대릴 브랜든 맥도널드예요.”

“랩 좋아하나 봐요.”

“아니요.” 로빈은 여전히 스크린을 열심히 들여다보며 말했다. “그냥 그런 걸 잘 외워요.”

그녀는 열심히 살펴보던 이미지를 클릭해 끄고 다시 키보드를 두드리기 시작했다. 스트라이크도 아까 보던 사진들로 돌아갔다. 다음 사진은 제프리 후크 씨가 일링브로드웨이 지하철역 밖에서 빨강머리의 동행과 키스하고 있는 모습이었다. 캔버스 천이 가리고 있는 한쪽 엉덩이를 손으로 열심히 주무르고 있었다.

“유튜브에 짤막한 영상이 올라와 있네요, 보세요.” 로빈이 말했다. “디비 맥이 룰라 랜드리의 사망 후에 그녀 얘기를 하는 거예요.”

“어디 봅시다.” 스트라이크는 의자를 1미터가량 앞으로 굴려 나가다가, 잠깐 생각해보더니 다시 얼마간 뒤로 물러났다.

한 뼘이 안 되는 크기의 흐릿한 비디오가 불쑥 살아나 재생되었다. 후드 점퍼를 입은 덩치 큰 흑인이 금속 장신구를 찬 주먹을 가슴에 대고 검은 가죽 의자에 앉아 보이지 않는 리포터를 바라보고 있었다. 바싹 깎은 머리에 선글라스를 끼고 있는 모습이었다.

“룰라 랜드리의 자살에 대해……?” 영국인 리포터가 질문을 했다.

“완전히 좆같은 일이지, 좆같은 일이야.” 디비는 미끈한 머리를 손으로 쓸며 말했다. 목소리는 부드럽고 깊고 거칠었으며, 아주 희미하게 말더듬의 흔적이 있었다. "사람들이 성공을 가만 두고 보지를 않는다고. 끝까지 사냥하고 갈가리 찢어버리지. 원래 질투가 그렇다고, 친구. 언론 씨발새끼들이 그녀를 몰아서 그 창문 밖으로 밀어 떨어뜨렸단 말이야. 이제 평화롭게 잠들게 해주자, 이 말이야. 이제는 평화를 찾은 거지."

"당신에게는 런던이 굉장히 충격적인 환영 인사를 한 셈이네요." 인터뷰하던 리포터가 말했다. "그러니까, 당신네 창문으로 룰라 랜드리가 뛰어내리는 바람에 말입니다."

디비 맥은 바로 대답하지 않았다. 꼼짝도 않고 앉아서 불투명한 렌즈를 통해 물끄러미 리포터를 바라보았다. 그러더니 말했다.

"나는 거기 없었는데. 내가 거기 있었다고 한 사람이 있나?"

인터뷰하던 리포터가 불안하게, 황급히 웃다가 목이 메는 듯 어색한 소리를 냈다.

"세상에! 아니요, 아닙니다. 절대……."

디비는 고개를 돌리더니 카메라 밖에 있던 사람에게 말했다.

"변호사를 데리고 들어왔어야 되는 거 아니야?"

리포터는 비위를 맞추느라 듣기 싫은 목소리로 웃어댔다. 디비가 다시 그를 바라보았는데, 아직도 전혀 웃음기가 없었다.

"디비 맥." 숨 가쁘게 리포터가 말했다. "시간을 내주셔서 정말 감사합니다."

쭉 뻗은 하얀 손이 스크린으로 다가오더니 슥 덮었다. 디비는 자기 주먹을 치켜들었다. 하얀 손이 다시 나타나더니 디비의 손과 맞부딪쳐 주먹인사를 했다. 스크린 밖에 있던 누군가가 경멸조로 웃음을 터뜨렸다. 비디오는 끝이 났다.

"언론 씨발새끼들이 그녀를 몰아서 창문 밖으로 밀어 떨어뜨렸다, 라." 스트라이크가 의자를 밀어 원래 자리로 돌아오며 그의 말을 되풀이했다. "흥미로운 관점인데."

스트라이크는 바지 호주머니에서 휴대전화 진동을 느끼고 꺼내 보았다. 새 문자 옆에 나와 있는 샬럿의 이름을 보니 웅크리고 있는 맹수를 본 것처럼 온몸에 아드레날린이 확 퍼졌다.

> 난 금요일 오전 9시에서 12시까지 외출할 테니까, 당신 물건 챙겨 가고 싶으면 와.

"뭐라고요?" 로빈이 방금 뭐라고 말한 것 같았다.

"여기 룰라의 생모에 대한 끔찍한 기사가 하나 있다고 말했어요."

"좋아요. 읽어줘요."

그는 휴대전화를 다시 주머니에 넣었다. 후크 부인의 파일 위로 커다란 머리를 숙이는데, 누가 두개골 속에서 타종이라도 한 것처럼 생각이 윙윙 울렸다.

샬럿이 어른답게 차분한 척하면서 분별 있게 행동하는 게 불길하기 짝이 없었다. 그녀는 두 사람 사이에서 끝없이 반복되는 정교한 결투를 한 단계 높은 차원으로 끌어올렸다. 이전에 한 번도 올라서본 적도, 시험해본 적도 없는 경지였다. "자, 이제 어른답게 해보자고." 어쩌면 아파트 현관문으로 들어서는 순간 그의 쇄골 사이에 비수가 꽂힐지도 모른다. 침실로 들어서면 벽난로 앞에 흥건하게 흘러 꾸덕꾸덕 굳어진 피 웅덩이 속에 손목을 그은 그녀의 시체가 누워 있는 모습을 보게 될 수도 있다.

로빈의 목소리는 진공청소기처럼 웅웅거리는 배경음으로 들렸다. 의식적으로 그는 생각의 초점을 사건에 맞추려고 노력했다.

"'……는 젊은 흑인 남자와의 낭만적인 연애 스토리를 돈을 주겠다는 타블로이드 기자들에게 무조건 팔아넘겼다. 그러나 옛 이웃의 기억에 따르면 말린 힉슨의 이야기에는 낭만적인 구석이라고는 전혀 없었다.

그 여자는 몸 파는 일을 했어요. 랜드리를 임신했던 당시에 힉슨의 아파트 위층에 살았던 비비안 크랜필드는 말한다. *밤낮으로 한 시간에 하나씩 남자들이 그 집에 들락날락했지요. 그 아기의 아버지가 누군지 자기도 몰랐으니, 그들 중 누구라도 아버지가 될 수 있어요. 그 여자는 아기를 전혀 원치 않았어요. 아직도 제 엄마가 손님하고 바쁠 때 혼자 복도에 나와 울고 있던 그 애 생각이 나요. 기저귀를 차고 제대로 걷지도 못하는 아기였는데…… 누구든 더 늦기 전에 사회복지국 사람을 불러야 했어요. 그 애한테 제일 잘된 일은 아마 입양된 걸 거예요.*

두말할 것도 없이 진실은 랜드리에게 충격으로 다가왔을 것이다. 그녀는 오래도록 만나지 못했던 생모와 재회하게 되었다면서 언론과 긴 인터뷰를 했다…….' 이 기사는 룰라가 죽기 전에 나온 거네요." 로빈이 설명했다.

"그렇군요." 스트라이크는 갑자기 폴더를 덮으며 말했다. "산책이나 좀 할래요?"

2

전주 꼭대기에 고정돼 있는 카메라들은 시커먼 눈을 하나씩 달고 있어 성깔 못된 구두상자들처럼 보였다. 그들은 정반대 방향으로 설치되어 있어 보행자와 자동차로 복작거리는 앨더브룩 로드를 한쪽 끝에서 반대쪽 끝까지 감시하고 있었다. 양쪽 인도 모두 상점과 술집, 카페들이 빽빽하게 들어서 있었다. 이층버스들이 버스 차선으로 덜컹거리며 달렸다.

"브리스토가 말하는 러너가 여기서 영상에 찍혔어요." 스트라이크가 앨더브룩 로드를 등지고 서서 훨씬 더 한적한 벨러미 로드를 올려다보며 말했다. 벨러미 로드는 궁전처럼 우뚝 솟은 주택들이 즐비한 길로 메이페어 주택지 한가운데로 이어져 있었다. "그녀가 추락한 후 여기에서 12분을 보냈어요. 여기가 아마 켄티건가든에서 빠져나오는 제일 빠른 길일 겁니다. 여기는 심야 버스가 다녀요. 택시를 잡더라도 여기가 제일 낫죠. 물론 방금 여자를 죽인 살인자라면 그리 똑똑한 짓은 아니지만요."

그는 다시 엄청나게 낡은 A-Z 런던 지도에 코를 박았다. 스트라이크는 다른 사람 눈에 관광객으로 보일까 봐 걱정하는 것 같지는 않았다. '뭐, 저 덩치를 봐. 관광객으로 보인다고 뭐가 어떻게 되겠어?' 로빈은 생각했다.

로빈은 짧은 임시직 생활 동안에 이미 계약된 비서 업무 외의 일들을 부탁받은 적이 여러 번 있었고, 그래서 스트라이크가 산책을 가자고 했을 때 약간 불안했다. 그러나 스트라이크가 치근덕대는 기미를 전혀 보이지 않자 곧 기분이 좋아졌다. 여기까지 꽤 오래 걸어오는 동안 두 사람은 거의 아무 말도 나누지 않았다. 스트라이크는 깊은 생각에 잠긴 눈치였고, 가끔씩 지도를 살피곤 했다.

그러다 앨더브룩 로드에 다다랐을 때, 그는 이런 말을 했다.

"뭔가 발견하면, 아니면 내가 미처 생각하지 못한 게 떠오르면 꼭 좀 말해줘요, 알았죠?"

이건 꽤 스릴이 있었다. 로빈은 관찰력에는 자신이 있었다. 바로 그 때문에 어린 시절에는 지금 곁에 있는 덩치 큰 사내가 살고 있는 그 삶을 잠시 꿈꾸기도 했으니까. 그녀는 똑똑히 거리를 훑어보며 새벽 2시, 영하의 눈 내리는 밤에 누군가 여기서 무슨 일을 했을까 눈앞에 그려보려 했다.

그러나 이렇다 할 통찰이 떠오르기 전에 스트라이크가 "이쪽이에요"라고 말했고, 두 사람은 나란히 벨러미 로드를 따라 걷기 시작했다. 길은 부드럽게 좌측으로 꺾어져 60채쯤 되는 집들을 따라 계속 이어졌다. 집들은 거의 똑같아 보였다. 반들반들한 까만색 현관문, 깨끗한 하얀색 계단과 토피어리가 가득한 화단, 그 양옆으로 세워진 짧은 난간까지. 여기저기 세워진 대리석 사자상과 황동 명패가 이름과 전문 직종과 직책을 명기하고 있었다. 2층 창문을 통해 샹들리에들이 번쩍거렸고, 활짝 열려 있던 어떤 문 너머로는 체스판 무늬의 바닥과 금박 액자로 표구한 유화, 그리고 조지아 양식의 층계가 보였다.

걸어가면서 스트라이크는 로빈이 그날 아침 인터넷에서 찾아낸 정보 몇 가지를 곰곰 생각했다. 스트라이크가 의심했던 대로, 경찰이 러너와 졸개를 추적하려는 노력을 전혀 하지 않았다는 브리스토의 말은 일단 사실이 아니었다. 이들을 찾는 공고들은 온라인에서 살아남았지만 방대한 양의 맹렬한 기사들 속에 파묻혀 이렇다 할 성과를 얻지는 못한 것 같았다.

브리스토와 달리 스트라이크는 이것이 경찰의 무능력을 뜻한다거나, 아니면 유력한 살인 용의자가 수사 선상에 오르지 않았다는 뜻이라고 보지 않았다. 두 남자가 그 지역에서 도망친 시각에 갑자기 자동차 경보음이 울렸다는 얘기는, 그들이 경찰과의 대면을 꺼리는 데 이유가 있다는 의미였다. 게다가 브리스토가 CCTV 영상 화질이 각양각색이라는 사실을 잘 알고 있는지 아닌지는 몰라도, 스트라이크 자신은 속 터지게 흐릿해서 누가 누군지 제대로 알아볼 수도 없는 흑백 영상들이라면 진절머리 나게 많이 다뤄본 사람이었다.

스트라이크는 또한 브리스토와 직접 만났을 때나 그의 메모에서나 여동생의 아파트에서 검출된 DNA가 있는지에 대해서는 일언반구도 없었다는 점을 주목했다. 그는 경찰이 러너와 친구를 수사 선상에서 기꺼이 제외했다는 사실로 미루어, 외부인의 DNA가 전혀 발견되지 않았다고 믿어 의심치 않았다. 그러나 스트라이크는 정말로 눈이 먼 사람들은 현장 오염이나 음모를 들먹거리며 DNA처럼 하찮은 증거는 거침없이 묵살한다는 걸 잘 알고 있었다. 그런 사람들은 자기가 보고 싶은 것만 보고, 불편하고 가차 없는 진실에는 눈을 감았다.

그러나 그날 아침 구글 검색 결과는 브리스토가 러너에게 집착하는 이유를 짐작하게 해주었다. 여동생은 생물학적 뿌리를 추적해서 생모를 찾아내는 데 성공했는데, 언론의 선정성을 감안하더라도 불미스러운 인물이었던 걸로 보인다. 로빈이 온라인에서 찾아낸 새로운 사실들은 랜드리뿐 아니라 입양한 가족들에게도 당연히 불쾌했을 것이다. 어떤 면에서는 굉장히 운이 좋은 룰라가 운명을 시험했다고 믿었던 것 역시 브리스토의 불안한 심리 탓이었을까? (스트라이크는 아무리 봐도 자기 의뢰인이 심리적으로 균형이 잘 잡힌 인간처럼 보이지 않았다.) 태생의 비밀을 캐낸답시고 괜한 말썽을 일으켜서? 아득한 과거로 거슬러 올라가는 악마를 깨우는 바람에 죽음을 당했다고? 그래서 그녀의 동네에 흑인이 있었다는 사실에 그토록 마음을 쓰는 것일까?

부자들만의 폐쇄된 세계 속으로 깊이, 더 깊이 걸어 들어간 로빈과 스트라이크는 마침내 켄티건가든 한 모퉁이에 다다랐다. 벨러미 로드와 마찬가지로 위협적이고 자족적인 부의 오라를 풍기는 이곳의 주택들은 빨간 벽돌로 쌓아 석조로 마감한 빅토리아 양식의 높은 건물들로, 4층에 걸쳐 묵직한 박공 창문이 나 있고 창문마다 따로 작은 석조 발코니가 달려 있었다. 현관은 하얀 대리석 주랑으로 장식되어 있었고, 인도에서 번드르르한 검은 현관문까지 세 개의 하얀 계단들이 이어져 있었다. 이 모든 것들은 값비싼 유지비를 들여 깨끗하고 단정하게 관리되고 있었다. 여기에는 주차한 차들이 몇 대 없었다. 주차를 하려면 허가증을 받아야 한다는 사실을 알려주는 작은 신호였다.

주변과 이곳을 갈라놓던 폴리스 테이프도 없고 에워싼 기자 무리도 없어진 지금, 18번지는 다시금 주변의 이웃집들과 우아하게 어울려 녹아들어 있었다.

"그녀가 추락한 발코니는 맨 위층이야." 스트라이크가 말했다. "대략 12미터 높이인 것 같군."

그는 훌륭한 주택의 전면 외관을 살펴보았다. 로빈은 꼭대기 층의 발코니가 야트막하고, 난간과 긴 창문 사이에는 발 디딜 틈도 별로 없다는 걸 깨달았다.

"문제는 말이지요." 스트라이크는 로빈에게 말하면서 머리 위 높은 데 달려 있는 발코니를 흘긋 곁눈질했다. "저런 높이에서 사람을 밀어 떨어뜨려도 반드시 죽는다는 보장이 있는 건 아니라는 거예요."

"아, 하지만 설마요." 로빈은 맨 꼭대기 층의 발코니에서 딱딱한 길바닥까지 떨어지는 게 얼마나 끔찍했을까 생각하며 이의를 제기했다.

"아마 알면 깜짝 놀랄걸요. 내가 한 달 동안 병원 신세를 질 때 대충 저 높이 건물에서 폭발 여파로 추락한 친구가 바로 옆에 있었어요. 다리하고 골반이 박살나고 내출혈도 엄청났지만 그래도 아직 살아 있거든요."

로빈은 스트라이크를 슬쩍 보았다. 어째서 한 달이나 병원 신세를 졌는지 궁금했다. 하지만 탐정은 전혀 눈치를 채지 못한 채 험상궂은 표정으로 현관문만 노려보고 있었다.

"키패드." 그는 버튼이 달린 금속의 네모난 장치를 보고 중얼거렸다. "그리고 현관 바로 위에 카메라 한 대. 브리스토는 카메라가 있다는 얘기는 하지 않았어요. 새것일 수도 있고."

그는 엄청나게 값비싼 요새의 위압적인 붉은 벽돌 전면을 등지고 서서 몇 분 동안 이런저런 이론들을 시험해보았다. 애초에 룰라 랜드리가 여기서 살겠다고 결정한 이유는 대체 뭘까? 차분하고 전통적이고 답답한 켄티건가든은 확실히 전혀 다른 부류의 부자들에게나 알맞은 거처였다. 러시아와 아랍의 세도가들, 시내와 교외를 오가며 시간을 쪼개 사는 대기업의 거물들, 미술 컬렉션에 둘러싸여 천천히 늙어가는 부자 노처녀들 같은 사람들 말이다. 로빈이 그날 아침에 낭독한 기사들이 하나같이 묘사하듯이, 살롱보다는 스트리트 분위기에 가까운 멋진 스타일의 소유자로서 유행의 첨단을 걷는 창조적인 사람들과 어울렸던 스물세 살짜리 여자의 거주지로는 좀 이상한 선택이 아닐 수 없었다.

"보안이 아주 훌륭해 보이는데요, 그렇죠?" 로빈이 말했다.

"그야 그날 밤 망을 대신 봐주던 파파라치 무리가 없을 때 얘기죠."

스트라이크는 23번지의 검은 난간에 등을 기대고 서서 18번이라는 숫자를 뚫어져라 노려보았다. 랜드리가 살던 집 창문은 아래층들보다는 확실히 높았고, 발코니도 나머지 두 집과 달리 토피어리 관목으로 꾸며져 있지 않았다. 스트라이크는 담배 한 갑을 호주머니에서 슬쩍 꺼내어 로빈에게 한 개비를 권했다. 그녀는 깜짝 놀라서 고개를 저었다. 사무실에서는 그가 담배를 피우는 모습을 본 적이 없었다. 불을 붙이고 깊이 한 모금 빨고 나서 그는 현관에서 눈길을 떼지 않고 말했다.

"브리스토는 그날 밤에 누군가가 눈에 띄지 않고 집 안에 들어갔다가 나왔다고 생각해요."

로빈은 이미 이 건물은 침투가 불가능하다는 결론을 내리고 있었기에 스트라이크가 곧 그 이론을 비웃어 넘길 거라고 생각했지만 그 예측은 빗나갔다.

"그랬다면," 스트라이크는 여전히 문을 바라보며 말했다. "계획된 겁니다. 그것도 아주 철저히. 순전히 운으로 사진사들, 키패드, 그리고 경호원과 굳게 닫힌 안쪽 문을 뚫고 지나갔다가 다시 나올 수 있는 사람은 아무도 없어요. 문제는……." 그는 턱을 긁었다. "그런 철두철미한 계획과 무모한 살인이 서로 어울리지 않는다는 점이죠."

스트라이크는 로빈과 함께 있으면 만족스럽고 마음이 편했다. 자기 말 한마디 한마디를 쫑긋 귀를 세우고 들을 뿐 아니라 침묵을 지킬 때도 귀찮게 굳이 말을 시키지 않기 때문이기도 했지만, 그녀의 세 번째 손가락에 끼워진 작은 사파이어 반지가 깔끔하게 마침표를 찍어주는 덕도 있었다. 여기까지가 끝. 더 이상 갈 수 없음. 이렇게 선이 그어진 게 그로서는 완벽하게 느껴졌다. 심하게는 아니라도 마음 놓고 잘난 척을 해도 되니까. 그건 이제 그에게 남아 있는 몇 안 되는 즐거움 중 하나였다.

"그런데 살인자가 벌써 안에 들어가 있었다면요?"

"그쪽이 훨씬 더 개연성이 있지요." 스트라이크의 말에 로빈은 스스로가 대견해 몹시 뿌듯해졌다. "그리고 살인자가 이미 안에 들어가 있었다면, 경비원 본인은 물론이고 베스티귀 부부, 아무도 모르게 건물 안에 숨어 있던 미지의 인물, 이렇게 선택의 여지가 있어요. 베스티귀 부부 중 한 사람이나 윌슨이었다면 출입에 아무런 제약이 없었겠지요. 원래 있던 자리로 돌아오기만 하면 되니까요. 랜드리가 부상만 당하고 살아남아서 증언을 할 위험이 남긴 하지만, 사전에 계획하지 않은 우발적 범행이라면 그중 한 사람이 했다는 게 훨씬 더 말이 됩니다. 말다툼을 하고 홧김에 눈이 멀어 확 밀친 거죠."

스트라이크는 담배를 피우며 건물 전면을 찬찬히 뜯어보기 시작했다. 특히 1층과 3층 창문들 사이의 간격에 주목했다. 최우선적으로 영화 제작자 프레디 베스티귀를 생각하고 있었다. 로빈이 인터넷에서 찾아낸 바에 따르면, 베스티귀는 두 층 위에 사는 룰라 랜드리가 발코니에서 거꾸로 떨어졌을 때 침대에서 자고 있었다고 한다. 알람을 울린 것이 베스티귀의 부인이라는 사실, 그리고 남편이 자기 옆에 서 있는데 살인자가 아직도 위층에 있다고 주장했던 걸 보면, 적어도 그녀는 남편 짓이라고 여기지 않는다는 의미였다. 그럼에도 불구하고 프레디 베스티귀는 사망 당시 랜드리와 가장 가까운 거리에 있던 남자였다. 스트라이크의 경험으로 볼 때, 일반인은 동기에 집착한다. 그러나 전문가에게 우선순위의 상단을 차지하는 건 기회였다.

그때 로빈이 한 말은 본의 아니게 민간인의 신분을 드러내고 말았다.

"하지만 어째서 굳이 한밤중을 골라서 말다툼을 하겠어요? 이웃과 사이가 나쁘다는 얘기는 전혀 없었잖아요? 그리고 설마 탠지 베스티귀가 그런 짓을 했을 리는 없잖아요, 아닌가요? 방금 룰라를 발코니로 밀어 떨어뜨렸다면, 대체 왜 아래층으로 달려 내려가서 경비원에게 얘기를 했겠어요?"

스트라이크는 즉답을 하지 않았다. 자기 나름대로 생각하던 문제를 파고드는 것 같았다. 그는 1, 2초쯤 사이를 두었다가 말했다.

"브리스토는 여동생이 안에 들어가고 나서 사진사들이 떠나고 경비원이 속이 불편해 데스크를 비운 그 15분에 집착하고 있어요. 그 말은 잠시 로비를 자유롭게 활보할 수 있었다는 뜻이니까요. 그렇지만 건물 밖에 있던 사람이 윌슨이 자리를 비웠는지 아닌지 어떻게 알겠습니까? 현관문이 유리로 된 것도 아니고."

"게다가……." 로빈이 신중하게 덧붙였다. "현관문을 열려면 비밀번호를 알아야 할 테고요."

"사람들은 긴장이 풀어지게 마련이에요. 보안업체 사람들이 정기적으로 비밀번호를 바꾸지 않는 한, 전혀 달갑지 않은 사람들까지 그 번호를 알게 되는 경우가 많죠. 저 아래를 좀 살펴봅시다."

그들은 말없이 오른쪽으로 방향을 틀어 켄티건가든 끝까지 걸어갔고, 거기서 작은 뒷길을 발견했다. 살짝 사선을 이루는 각도로 랜드리가 살고 있는 동네의 집들 후면으로 이어지고 있었다. 스트라이크는 뒷길이 서프스 웨이*라는 이름이라는 걸 알고 은근히 재미있다고 생각했다. 넉넉히 차 한 대가 지나갈 수 있는 폭에 조명도 밝고 숨을 곳도 없는 자갈길 양편으로는 길고 높고 매끈한 벽이 우뚝 서 있었다. 벽을 따라가다 보면 전기로 작동되는 거대한 차고 문이 두 개 나왔다. 벽에 커다란 글자로 '사유지' 라고 쓰

* '농노의 길' 이라는 뜻.

여 있는 차고 문은 켄티건가든의 지하 주차장 입구를 든든하게 지키고 있었다.

대충 18번지 근처까지 왔다는 판단이 섰을 때, 스트라이크는 펄쩍 뛰어 벽에 매달린 뒤, 상체를 번쩍 올려 세심하게 손질한 작은 정원을 들여다보았다. 매끈하게 잘 가꾼 잔디밭과 집마다 지하층으로 이어지는 어두컴컴한 계단이 하나씩 있었다. 집 뒤쪽으로 기어 올라가려면 사다리 또는 밧줄을 고정시켜줄 공범과 튼튼한 밧줄이 필요하다는 게 스트라이크의 견해였다.

그는 슬그머니 벽에서 내려오다가 의족이 땅에 닿는 순간 통증에 숨도 못 쉬고 앓는 소리를 내고 말았다.

"별거 아니에요." 그는 로빈이 걱정스러운 소리를 내자 말했다. 그가 살짝 다리를 전다는 걸 진즉에 눈치챈 로빈은 발목을 삔 걸까 생각했다.

잘린 다리 끝이 쓸리는 아픔은 자갈길을 절뚝거리며 걷다 보니 더 악화되었다. 가짜 발목의 뻣뻣한 소재 덕에 고르지 못한 표면을 걷는 게 훨씬 어려웠다. 스트라이크는 서글픈 마음으로 굳이 벽을 타고 올라갔어야 했던 걸까 자문해보았다. 로빈은 물론 예쁜 여자였지만, 그가 떠나온 그녀와는 비교도 되지 않았다.

3

"그 친구 진짜 탐정인 게 확실해? 왜냐하면 그런 일은 누구나 할 수 있잖아. 구글에서 사람들 뒷조사하는 거 말이야."

매튜는 긴 하루 일과를 보내며 불만에 찬 고객을 상대하고 새 상사와 썩 만족스럽지 못한 면담을 하느라 짜증이 나 있었다. 그런 데다 약혼자가 다른 남자한테 세상 물정 모르고 순진한 선망을 품는다는 게 기분이 좋지 않았다.

"구글로 뒷조사를 한 건 그 사람이 아니야." 로빈이 말했다. "검색은 내가 하고, 그 사람은 다른 사건을 조사하고 있었다니까."

"글쎄, 내가 듣기로는 지금 상황이 별로 마음에 안 드는데. 잠도 사무실에서 잔다면서, 로빈. 좀 수상쩍은 거 같지 않아?"

"말했잖아. 최근에 애인하고 헤어진 거 같다고."

"암, 어련하시겠어." 매튜가 말했다.

로빈은 자기 접시 위에 그의 접시를 포개어 부엌으로 총총 나가 버렸다. 매튜에게 화가 났고, 스트라이크에게도 막연하게 짜증이 났다. 로빈은 그날 사이버 공간에서 룰라 랜드리의 친지를 추적하는 일이 재미있었다. 하지만 매튜의 눈으로 다시 돌이켜보니,

스트라이크가 자기한테 의미도 없고 시간만 때우는 일거리를 던져준 것 같았다.

"이봐, 내가 뭐라고 했다고 그래." 매튜가 부엌 문간에 서서 말했다. "그냥 얘기만 들으면 이상한 사람 같다는 거지. 그리고 대체 오후의 산책은 또 뭐야?"

"오후의 산책이 아니었어, 맷. 우리는 그러니까 그 현장, 아니 의뢰인이 뭔가 사건이 일어났다고 여기는 곳을 보러 간 거야."

"로빈, 뭐 그렇게 대단한 비밀이라고, 나한테까지 꼭꼭 숨길 필요는 없잖아." 매튜는 웃음을 터뜨렸다.

"나는 비밀 보장 서약을 했어." 그녀는 어깨 너머로 샐쭉하게 쏘아붙였다. "사건 얘기는 당신한테 못 해."

"사건이라."

그는 또 짤막하게 코웃음을 쳤다.

로빈은 비좁은 주방을 서성거리며 음식 재료들을 치우고 찬장 문을 쾅쾅 닫았다. 한참을 그러고 돌아다니는 그녀의 모습을 보면서 매튜는 자기가 지나치게 감정적이었다는 생각이 들었다. 그래서 남은 음식물을 긁어 쓰레기통에 버리는 그녀의 등 뒤로 다가가서 두 팔로 감싸 안고 얼굴을 그녀의 목덜미에 묻은 뒤 스트라이크가 사고로 상처 입힌 젖가슴을 쓰다듬었다. 그 일로 인해 매튜는 그 남자를 영원히 색안경을 쓰고 보게 되었던 것이다. 그는 로빈의 꿀빛 머리카락에 대고 달래듯 중얼거렸다. 하지만 그녀는 몸을 빼고 접시들을 싱크대에 넣으러 가버렸다.

로빈은 마치 자기 가치가 폄하된 기분이 들었다. 스트라이크는 그녀가 온라인에서 찾아낸 정보에 관심을 갖는 것처럼 보였다. 스트라이크는 그녀의 효율성과 주도적인 일처리에 감사를 표했다.

"다음 주에 정규직 면접이 몇 개나 있어?" 매튜가 묻자, 그녀는 차가운 수돗물을 틀었다.

"셋." 그녀는 콸콸 쏟아지는 물소리 때문에 소리를 빽 지르며 제일 위에 놓인 접시를 벅벅 문지르기 시작했다.

그녀는 매튜가 다시 거실로 돌아갈 때까지 기다렸다가 수돗물을 잠갔다. 약혼반지 세팅에 끼어 있는 작은 냉동 완두콩 조각이 눈에 띄었다.

4

스트라이크는 금요일 아침 9시 반에 샬럿의 아파트에 도착했다. 반시간 정도 여유를 주면 그녀가 그와 마주치지 않을 만큼 아파트에서 멀찌감치 떨어진 데까지 갈 수 있을 거라 생각했기 때문이다. 물론, 정말로 그녀가 아파트를 비울 생각이라면 말이지만. 그게 아니라 그를 기다리며 매복 중일 수도 있었다. 대로 양편에 즐비한 화려하고 우아한 하얀 건물들, 활엽수들, 1950년대에 머물러 있는 듯한 정육점, 부유한 중산층들로 북적거리는 카페들, 세련된 레스토랑들, 이 모든 게 항상 스트라이크에게는 살짝 비현실적이고 무대 장치처럼 인위적으로 느껴졌었다. 어쩌면 처음부터 마음속 깊은 곳에서는 영원히 머물 수 없다는 걸, 그가 있을 곳이 아니라는 걸 알고 있었는지 모른다.

현관문을 여는 순간까지도 그녀가 있을 거라고 예상했었다. 그러나 문지방을 넘는 순간 아파트가 텅 비어 있다는 걸 알았다. 정적 속에서 사람 없는 방 특유의 나른한 무심함이 풍길 뿐이었다. 그리고 복도를 걷는 그의 발소리가 낯설고 너무 시끄럽게 느껴졌다.

네 개의 마분지 상자들이 안을 살펴볼 수 있도록 열린 채로 거실 마루에 놓여 있었다. 값비싸지는 않지만 쓸 만한 그의 살림들이 떨이 세일에 나온 물건들처럼 마구 뒤섞여 있었다. 몇 가지를 헤집어 속까지 살펴보았지만 박살나고 찢어지고 페인트를 뒤집어쓴 물건은 하나도 없었다. 비슷한 나이의 다른 사람들은 집도 있고 세탁기와 자동차, 텔레비전과 가구, 정원과 산악자전거와 잔디 깎는 기계까지 있는데, 그에게는 달랑 상자 네 개에 다 들어가는 허접쓰레기와 비길 데 없는 추억 말고는 아무것도 없었다.

조용한 실내에서는 자신감 넘치는 고급 취향이 느껴졌다. 앤티크 깔개와 연분홍빛 벽, 고급스러운 검은 목제 가구와 넘치도록 많은 책장들. 일요일 밤 이후로 바뀐 것이라고는 소파 옆 유리 협탁 위뿐이었다. 일요일 밤만 해도 그 자리에 세인트마위스의 바닷가에서 웃고 있는 그와 샬럿의 사진이 있었다. 지금은, 샬럿의 돌아가신 아버지의 초상을 담은 흑백의 스튜디오 사진이 똑같은 은제 액자 속에서 그를 보며 온화하게 웃고 있었다.

벽난로 위에는 18세의 샬럿을 그린 유화가 걸려 있었다. 구름처럼 폭신한 길고 검은 머리칼 속에 플로렌티나의 천사 얼굴이 그려져 있었다. 그녀의 가족은 어린 아이들을 영원히 불멸의 존재로 남기기 위해 화가에게 초상화를 주문하는 그런 집안이었다. 스트라이크에게는 생소하기 짝이 없는 배경이었지만 결국 위험한 외국의 땅처럼 차츰차츰 알게 되었다. 샬럿을 통해서 그는, 그토록 엄청난 부가 불행이나 야만과 공존할 수 있다는 사실을 처음 배웠다. 우아한 매너, 유려하고 호화로운 생활, 학식과 간헐적인 방종, 그 모든 걸 갖췄음에도 불구하고 샬럿의 가문은 심지어 스트라이크의 집안보다 더 심하게 미친, 이상한 족속이었다. 처음 샬럿과 사귀기 시작했을 때 두 사람을 강력하게 묶어준 유대감은 바로 그것이었다.

쓸데없이 이상한 생각이 퍼뜩 드는 바람에 그는 초상화를 올려다보았다. 이게 바로 이 그림을 그린 이유구나. 어느 날, 저 커다란 녹갈색 눈으로 떠나가는 나를 바라보게 하는 것. 눈부시게 아름다운 열여덟 살짜리 샬럿의 눈길을 받으며 텅 빈 아파트를 배회하는 기분이 어떤지, 샬럿은 알고 있었을까? 실제의 그녀보다 그 그림이 제 몫을 훨씬 더 잘해낼 거라는 걸 알고 있었을까?

돌아서서 성큼성큼 다른 방들을 돌아보았지만, 그녀는 그에게 일거리를 하나도 남겨두지 않았다. 치실부터 군화까지, 그의 흔적은 남김없이 치워져 상자 속에 들어 있었다. 그는 특히 침실을 더욱 주의 깊게 살폈고, 방은 그의 시선을 맞받아 노려보았다. 검은 마룻널, 하얀 커튼, 섬세한 화장대는 조용하고 차분했다. 초상화와 마찬가지로 침실도 살아 숨 쉬는 존재 같았다. '여기서 일어났던 일을 기억해. 그리고 앞으로 다시는 일어날 수 없는 일도.'

그는 상자 네 개를 하나씩 하나씩 문간으로 옮겼는데, 마지막 상자를 옮기다가 마침 자기 집 문을 잠그고 있던 재수 없고 잘난 척하는 이웃을 만나고 말았다. 그 남자는 럭비 셔츠 옷깃을 세워 입고, 샬럿이 아무리 가벼운 농담을 해도 말처럼 히힝거리며 떠나가라 웃곤 했다.

"대청소를 하시나 봅니다?" 그가 물었다.

스트라이크는 샬럿의 집 문짝을 그의 면전에서 쿵 닫아버렸다.

그는 복도 거울 앞에 서서 자기 열쇠고리에서 아파트 열쇠를 빼서 조심스럽게 반달형 테이블 위 포푸리 그릇 옆에 놓았다. 거울에 비친 스트라이크의 얼굴은 깊은 골이 팬, 더러운 인상이었다. 오른쪽 눈은 아직도 부기가 빠지지 않은 데다 누렇고 자줏빛이었다. 17년 전의 목소리가 침묵 속에서 되돌아왔다. "너 같은 거시기털대가리가 어떻게 저런 여자를 얻었냐, 스트라이크?" 앞으로 다시는 못 볼 복도에 그렇게 서 있자니, 정말 그랬던 적이 있다는 게 스스로도 믿기지 않았다.

마지막 찰나의 광기가 덮쳐왔다. 심장박동이 한 박자 늦춰졌다. 닷새 전 그녀를 뒤쫓아 뛰쳐나갔던 바로 그때처럼. 여기서 떠나지 않고 머물러 그녀가 돌아올 때까지 기다리고 싶었다. 그리고 두 손으로 그녀의 완벽한 얼굴을 감싸 쥐고 "우리 다시 한 번 노력해보자"라고 말하고 싶었다.

그러나 그들은 이미 노력을 했었다. 하고 또 하고 또 하고 또 했지만, 언제나 결국 세찬 파도처럼 그들을 무섭게 덮친 최초의 갈망이 잦아들면 과거의 추악한 잔해가 다시 드러나 둘이서 새로 쌓고자 하는 모든 것들에 어두운 그림자를 드리우곤 했다.

그는 마지막으로 현관문을 닫고 나왔다. 힝힝 웃어대는 이웃은 가고 없었다. 스트라이크는 상자 네 개를 들고 계단을 내려가 인도로 나왔고, 거기서 기다리다가 검은 택시 한 대를 잡았다.

5

스트라이크는 로빈이 출근하는 마지막 날 오전에 사무실에 늦게 나올 거라고 했다. 그리고 여분의 열쇠를 주면서 먼저 들어가 있으라고도 했다.

아무렇지도 않게 '마지막' 이라는 말을 내뱉는 스트라이크에게 로빈은 마음이 살짝 상했다. 물론 직업적 선을 넘지 않고 조심하긴 했지만 둘이 그렇게 잘 지냈는데, 그 말은 아무리 사무실이 잘 정돈되고 유리문 밖 끔찍한 화장실이 깨끗해졌어도, 테이프로 붙인 종이 쪼가리를 떼어내고 깔끔한 플라스틱 홀더에 이름을 타이핑해서 붙여서 초인종이 훨씬 보기가 나아졌어도(홀더 커버를 벗겨내는 데 30분이나 걸렸을 뿐 아니라 손톱도 두 개나 부러졌다), 메시지를 아무리 효율적으로 전달했어도, 존재하지 않는 게 거의 확실한 룰라 랜드리의 살인자에 대해 아무리 지적인 대화를 함께 나누었어도, 스트라이크는 그녀가 없어질 날만 손꼽아 기다리고 있었다는 말로 들렸다.

스트라이크가 임시 비서를 둘 여건이 되지 않는다는 건 딱 보기만 해도 알 수 있었다. 의뢰인은 두 명뿐이었다. 집도 없는 것 같았다(매튜는 사무실에서 먹고 자는 게 엄청난 죄악인 것처럼 계속 그 얘기를 들먹거렸다). 물론 로빈도 스트라이크의 관점에서 보면 그녀를 계속 데리고 있는 게 말이 안 된다는 걸 알았다. 그러나 월요일이 오는 게 반갑지도 않았다. 낯선 새 사무실에 가게 될 텐데(템퍼러리 솔루션에서 이미 전화로 주소를 알려주었다) 물론 그곳은 깔끔하고 밝고 북적거릴 것이다. 그런 사무실이 다 그렇듯 자기 일에 손톱만 한 관심도 없는 여자들이 연예인이나 주변 사람들 뒷얘기로 이야기꽃을 피우고 있을 테고. 로빈도 살인자의 존재가 믿기지는 않았다. 스트라이크 역시 믿지 않는다는 것도 알고 있었다. 그러나 존재하지 않는다는 걸 입증해내는 과정은 매혹적이었다.

로빈은 매튜에게 도저히 솔직히 털어놓을 수 없을 만큼 지난 일주일이 흥미진진했다. 모든 게, 심지어 프레디 베스티귀의 제작사인 베스트필름에 날마다 두 번씩 전화를 걸어 제작자를 바꿔달라고 했다가 거절당하는 일에서마저, 그간의 직장생활에서는 느끼기 힘들었던, 자신이 중요한 존재라는 기분을 느낄 수 있었다. 로빈은 다른 사람의 내면적 심리가 작동하는 방식에 매료되었다. 심리학 학위 과정도 절반쯤 수료했는데 뜻밖의 사건으로 대학생활이 끝나는 바람에 중단해야 했다.

10시 반인데도 스트라이크는 사무실에 돌아오지 않았고, 오렌지색 코트 차림에 보라색 니트 베레모를 쓴 불안한 미소의 덩치 큰 여자가 아까부터 와 있었다. 이 사람이 후크 부인이었다. 스트라이크에게 딱 한 명 더 있는 의뢰인이었기 때문에 로빈도 그 이름을 잘 알고 있었다. 로빈은 후크 부인을 자기 책상 바로 옆에 있는 푹 꺼진 소파에 안내하고 차를 한 잔 가져다주었다. (아래층의

크라우디 씨가 얼마나 음흉한지 로빈이 어색하게 설명을 했더니, 스트라이크가 그 말을 듣고 값싼 컵들과 홍차 티백 한 상자를 사놓았다.)

"제가 좀 일찍 왔죠." 후크 부인이 뜨거운 홍차를 찔끔찔끔 마시면서 벌써 세 번째로 이 말을 했다. "전에는 보지 못한 거 같은데, 새로 오셨어요?"

"저는 임시직이에요." 로빈이 말했다.

"벌써 다 알겠지만 남편 때문이에요." 후크 부인은 그녀의 말을 듣지도 않고 말했다. "아가씨는 아마 나 같은 여자들을 날마다 보겠죠? 밑바닥을 보고 싶어 하는 여자들요. 얼마나 오랫동안 마음을 정하지 못하고 고민했는지 모른답니다. 그래도 아는 게 낫겠죠? 아는 게 나아요. 코모란이 있을 줄 알았는데. 다른 사건 때문에 외근하는 건가요?"

"네, 그래요." 로빈은 내심 스트라이크가 수수께끼의 사생활과 관련된 일을 하고 있을 거라 짐작했다. 늦을 거라고 말하던 그의 태도에서 경계심이 느껴졌다.

"그 사람 아버지가 누군지 알아요?" 후크 부인이 물었다.

"아뇨, 몰라요." 로빈은 불쌍한 여자가 자기 남편 얘기를 하는 줄 알고 대답했다.

"조니 로커비랍니다." 후크 부인은 극적인 효과를 기대하며 말했다.

"조니 로커—."

로빈은 숨이 턱 막혔다. 후크 부인이 말한 사람이 스트라이크라는 걸 깨달은 바로 그 순간, 그의 거대한 덩치가 유리문 밖에 나타났던 것이다. 뭔가 아주 커다란 물건을 들고 있는 게 보였다.

"잠깐만요, 후크 부인."

"뭐라고요?" 스트라이크가 마분지 상자 너머로 빼꼼 쳐다보며 말했고, 로빈은 유리문 밖으로 쏜살같이 달려 나가 문을 닫았다.

"후크 부인이 와 계세요." 그녀가 속삭였다.

"아, 제기랄. 한 시간이나 일찍 왔네요."

"알아요. 어, 그래서 부인을 모시고 들어가기 전에 사무실을 좀 정리하시는 게 좋지 않을까 싶어서요."

스트라이크는 마분지 상자를 철제 바닥에 내려놓았다.

"이것들이 길바닥에 있는데 갖고 들어와야 해요." 그가 말했다.

"제가 도울게요."

"아니에요. 들어가서 정중하게 대화나 나눠요. 부인은 요즘 도자기를 배우고 있고, 남편이 회계사하고 바람을 피운다고 생각해요."

스트라이크는 상자를 유리문 밖에 내려놓고 절뚝거리며 계단을 내려갔다.

조니 로커비라니. 세상에 정말일까?

"지금 오고 계세요. 금방 오신대요." 로빈은 다시 책상에 앉으며 후크 부인을 보고 명랑하게 말했다. "스트라이크 씨 말씀으로는 도자기를 배우신다고요. 저도 예전부터 배우고 싶었는데……."

5분 동안 로빈은 도자기 강좌의 온갖 놀라운 업적들이며 강의를 맡은 다정하고 이해심 많은 젊은 청년 이야기를 듣는 둥 마는 둥 하고 있었다. 마침내 유리문이 열리더니 스트라이크가 들어왔다. 그는 그새 거추장스러운 상자들을 어디론가 치워버리고, 후크 부인을 향해 예의 바르게 미소 지었다. 후크 부인은 벌떡 일어나 그를 맞았다.

"어머, 코모란, 눈이 왜 그래요!" 그녀가 말했다. "누가 주먹질을 한 거예요?"

"아닙니다." 스트라이크가 말했다. "잠깐만 계시면 제가 가서 파일을 가져오겠습니다."

"일찍 왔다는 건 알아요, 코모란. 정말 미안해요. 어젯밤에 도통 잠을 이룰 수가 없어서……."

"찻잔은 제가 받아드릴게요, 후크 부인." 로빈은 스트라이크가 안쪽 문을 열고 들어가는 몇 초 동안 의뢰인이 조립식 침대와 침낭, 그리고 주전자를 보지 못하도록 주의를 돌리는 데 성공했다.

몇 분 후, 스트라이크는 인공 라임 향을 풍기며 나타났고 후크 부인은 로빈을 향해 겁에 질린 표정을 던지며 그의 사무실 안으로 따라 들어갔다. 두 사람의 등 뒤로 문이 닫혔다.

로빈은 다시 책상 앞에 앉았다. 아침에 온 우편물은 벌써 다 열어본 후였다. 회전의자를 좌우로 빙글빙글 돌리다가 컴퓨터로 가서 아무렇지도 않게 위키피디아를 열었다. 그리고 무심한 태도로, 마치 자기 손가락이 무슨 단어를 치는지 잘 모른다는 듯이, 두 개의 이름을 쳐 넣었다. '로커비 스트라이크.'

검색 결과는 금세 떴다. 40년 동안 유명세를 날린, 한눈에 알아볼 수 있는 남자의 흑백사진이 맨 앞에 나타났다. 어릿광대처럼 갸름한 얼굴과 광기 어린 눈빛을 갖고 있는 그 얼굴은 캐리커처로 묘사하기에 아주 좋았다. 약간 사시라서 왼쪽 눈이 살짝 돌아가 있었다. 한껏 벌린 입, 얼굴에서 줄줄 흐르는 땀, 머리카락을 휘날리며 마이크에 대고 포효하는 모습.

조너선 레너드 '조니' 로커비. 1948년 8월 1일생. 70년대의 록밴드 **데드비츠**의 리드 싱어다. **'로큰롤 명예의 전당'** 에 올랐으며 여러 번 **그래미 상**을 수상했다……

스트라이크는 그와 전혀 닮은 데가 없었다. 유일하게 약간 닮은 데라면 양쪽 눈이 대칭이 아니라는 정도였는데, 그나마 스트라이크에게서는 가끔씩 스치듯 나타날 뿐이었다.

로빈은 스크롤을 아래로 내리며 항목을 읽어 내려갔다.

……**멀티플래티넘** 앨범 **〈홀드 잇 백〉**을 1975년에 발표했다. 신기록을 세운 미국 투어는 LA에서 대대적인 마약 수사로 중단되었다. 새 **기타리스트 데이빗 카**가 체포되었던 것……

그러다가 그녀는 '사생활' 이라는 대목에 도달했다.

로커비는 세 번 결혼했다. 예술학교에서 만난 애인 셜린 뮬렌스(1969~1973)와 결혼해서 딸 메이미를 낳았고, 모델 겸 여배우 겸 인권운동가인 **칼라 아스톨피**(1975~1979)와는 딸 둘, **텔레비전 앵커**인 **가브리엘라 로커비**와 보석 디자이너 **다니엘라 로커비**를 낳았다. 그리고 (1981~현재) 영화 제작자 **제니 그레이엄**과의 사이에서는 두 아들, 에드워드와 앨을 두었다. 또한 여배우 린제이 팬스롭과의 사이에서 얻은 딸 **프루던스 돈리비**와 1970년대의 **슈퍼그루피**였던 **레다 스트라이크**와의 사이에서 얻은 아들 코모란이 있다.

로빈의 등 뒤로, 안쪽 사무실에서 찌르는 듯한 비명 소리가 들려왔다. 그녀가 벌떡 일어나자 바퀴 달린 의자가 주루룩 미끄러져 멀어졌다. 비명 소리는 점점 크고 날카로워졌다. 로빈은 달려가서 안쪽 사무실 문을 열었다.

후크 부인은—오렌지색 코트와 보랏빛 베레모를 벗은 그녀는 청바지에 헐렁한 꽃무늬 셔츠 차림이었다—스트라이크의 가슴에 몸을 던지고서 주먹으로 쾅쾅 때리고 있었다. 그러면서 연신 끓는 주전자 같은 소리를 내는 것이었다. 단음의 비명 소리는 끝도 없이 이어져서 숨을 쉬지 않으면 질식해 죽을 것만 같았다.

"후크 부인!" 로빈은 여자의 축 늘어진 팔뚝을 뒤에서 붙잡고 혼자 몸싸움을 하고 있는 스트라이크의 부담을 덜어주려 했다. 그러나 후크 부인은 보기보다 훨씬 힘이 셌다. 비명을 잠깐 멈추고 숨은 쉬었지만 스트라이크의 가슴을 계속해서 주먹으로 때리는 바람에 결국 그는 어쩔 도리 없이 부인의 양 손목을 붙잡아 번쩍 치켜들고 말았다.

그러자 후크 부인은 손목을 비틀어 빼고 개처럼 울부짖으며 이번에는 로빈에게 풀썩 몸을 던졌다.

흐느껴 우는 여자의 등을 도닥거리며 로빈은 그녀를 찔끔찔끔 다시 바깥 사무실 쪽으로 데리고 나왔다.

"괜찮아요, 후크 부인. 괜찮아요." 그녀는 소파에 부인을 앉히며 달랬다. "차 한 잔 갖다드릴게요. 괜찮아요."

"정말 유감입니다, 후크 부인." 스트라이크가 자기 사무실 문간에 서서 의례적으로 말했다. "이런 소식을 전하는 건 항상 어려운 일이에요."

"나, 나는 발레리인 줄 알았어요. 내, 내 친동생이 아니라."

"차 갖다드릴게요!" 기겁을 한 로빈이 속삭였다.

주전자를 갖고 문밖으로 막 나오는 참에 자기가 조니 로커비의 사생활을 모니터에 그대로 띄워두었다는 사실이 기억났다. 이런 위기 상황에서 자기가 후다닥 뛰어 들어가서 컴퓨터를 끄면 굉장히 이상할 것 같아서, 황급히 그냥 사무실 밖으로 나가면서 스트라이크가 후크 부인 때문에 정신이 없어서 눈치채지 못하기만을 바랐다.

후크 부인이 차를 두 잔째 마시고 로빈이 층계참 화장실에서 갖다준 휴지 반 통을 다 쓸 때까지 40분이 더 걸렸다. 마침내 사무실을 떠난 부인의 손에는 고발성 사진들이 잔뜩 든 폴더와 사진을 찍은 시간과 장소를 꼼꼼하게 적은 목록이 꼭 쥐어져 있었다. 부인은 그때까지도 가슴을 들썩거리며 눈가를 훔치고 있었다.

스트라이크는 부인이 거리 끝까지 갈 때까지 기다렸다가 기분 좋게 콧노래를 흥얼거리며 나가서 자기와 로빈 몫의 샌드위치를 사 왔고, 두 사람은 로빈의 책상에서 그것을 맛있게 먹었다. 함께 보낸 일주일을 통틀어 이런 친절은 처음이었다. 로빈은 자기가 곧 사라질 거라서 이렇게 대해주는 게 분명하다고 믿어버렸다.

"오늘 오후에 나가서 데릭 윌슨하고 인터뷰해야 하는 거 알고 있죠?" 그가 물었다.

"설사병이 났던 경비원 말이죠." 로빈이 말했다. "네."

"내가 돌아왔을 때는 아마 퇴근한 후일 테니까, 가기 전에 미리 근무시간 확인표에 결재를 해줄게요. 그리고 말이죠, 아까 그 일은……."

스트라이크는 텅 빈 소파 쪽으로 고갯짓을 했다.

"아, 당연하죠. 불쌍한 부인."

"그래요. 어쨌든 이젠 남편한테 우위를 점했으니까요. 그리고……." 그는 말을 이었다. "이번 주 내내 해준 일들 모두 고마워요."

"해야 할 일인데요." 로빈은 가볍게 말했다.

"비서를 둘 사정이 되기만 해도……. 하지만 그쪽은 머지않아 엄청난 부자의 개인비서로 빵빵한 연봉을 받게 되겠죠."

로빈은 어쩐지 기분이 나빠졌다.

"그건 제가 원하는 류의 일자리가 아니에요." 그녀가 말했다.

미묘하게 긴장감이 감도는 침묵이 이어졌다.

스트라이크는 마음속으로 갈등을 겪고 있었다. 다음 주가 되어 로빈의 책상이 빈다고 생각하니 우울하기 짝이 없었다. 그녀는 함께 있어도 부담이 없어서 기분이 좋았고, 효율적인 업무 능력도 신선했다. 그러나 그가 무슨 부유하고 병약한 빅토리아 시대의 갑부도 아닌데 친구를 돈 주고 사다니, 돈 낭비도 낭비지만 한심한 일 아닌가? 템퍼러리 솔루션은 수수료를 게걸스럽게 챙겨가는 회사였다. 로빈은 그가 감당할 수 없는 호사였다. 아버지 얘기를 꼬치꼬치 물어보지 않았다는 사실도 (스트라이크는 컴퓨터 모니터에 떠 있던 조니 로커비의 위키피디아 항목을 보았다) 로빈을 더욱 좋게 볼 이유가 되었다. 흔치 않은 절제심이 필요한 일이었고, 이것이야말로 새로 사람을 사귈 때 스트라이크가 중시하는 판단 기준이었기 때문이다. 그러나 차가운 현실에 비하면 아무 의미가 없었다. 그녀를 보내야 했다.

스트라이크가 그녀에게 느끼는 감정은, 열한 살 때 트레베일러 숲에서 생포한 풀뱀한테 느꼈던 마음과 비슷했다. 그때 조앤 숙모를 오랫동안 졸라대며 애원하고 들들 볶아댔었다. "제발 제가 기르게 해주세요. 제발요……."

"이제 난 나가봐야 되겠어요." 그는 로빈의 근무시간표에 사인을 해주고 샌드위치 포장과 빈 물병을 책상 아래 쓰레기통으로 던져 넣으며 말했다. "전부 다 고마웠어요, 로빈. 좋은 직장에 취직하길 바라요."

그는 코트를 들고 유리문 밖으로 나갔다.

계단 꼭대기에서, 하마터면 그녀를 죽일 뻔했다가 목숨을 구했던 바로 그 자리에서, 그는 발길을 멈췄다. 애걸복걸하는 개처럼 육감은 발톱으로 그를 움켜쥐고 놓지 않았다.

유리문이 등 뒤에서 활짝 열리자 그가 돌아섰다. 로빈의 얼굴이 분홍색으로 물들어 있었다.

"있잖아요." 그녀가 말했다. "우리가 개인적으로 계약을 해도 되지 않을까요. 템퍼러리 솔루션을 빼버리고 직접 저한테 돈을 주시면 되잖아요."

그는 망설였다.

"에이전시에서는 좋아하지 않을 텐데요. 앞으로 일자리 소개받긴 힘들 겁니다."

"상관없어요. 다음 주에 정규직 면접이 세 개나 잡혀 있는 걸요. 잠깐 시간을 내서 인터뷰에 갈 수 있게 해주신다면—."

"네, 그야 물론이죠." 그는 스스로를 말릴 새도 없이 말해버렸다.

"좋아요, 그러면 앞으로 한두 주일 더 여기서 일할게요."

짧은 침묵. 이성이 육감, 그리고 소망과 잠시 격렬한 싸움을 벌였으나 압도적으로 패하고 말았다.

"네…… 그럽시다. 뭐, 그렇다면 프레디 베스티귀한테 다시 한 번 전화를 걸어봐 줄래요?"

"네, 그럼요." 로빈은 차분하고 효율적인 태도로 위장하고 뛸 듯한 기쁨을 감추었다.

"그럼 월요일 오후에 봅시다."

그건 그가 처음으로 용기를 내어 그녀에게 보인 미소였다. 그런 자신이 짜증스러워야 할 판인데도 서늘한 오후 거리로 나서는 스트라이크는, 후회는커녕 이상할 정도로 낙관적인 기분에 휩싸였다.

6

스트라이크도 자기가 어렸을 때 다닌 학교가 몇 군데나 되는지 세어보려 했던 적이 있다. 그렇지만 열일곱쯤 되자 중간에 아무래도 한두 군데를 빼먹은 기분이 들었다. 브릭스턴의 애틀랜틱 로드에서 어머니와 이부동생과 함께 무단 점거 생활을 했던 두 달간의 소위 홈스쿨링 기간도 제외되었다. 그 당시 어머니의 남자친구는 훗날 '숌바'로 개명한 백인 라스타파리* 추종자였는데, 학교 제도는 가부장적이고 물질주의적 가치관을 강화한다면서 관습법상의 자기 자식들한테 그런 더러운 물이 들게 할 수는 없다고 우겼다. 스트라이크가 두 달 동안 홈스쿨링을 받으며 배운 가장 큰 교훈이라면 마리화나는 그것을 영적인 목적으로 사용하든 아니든 간에 사람을 멍청한 편집증 환자로 만든다는 것이었다.

그는 데릭 윌슨을 만나기로 한 카페에 가면서 괜히 중간에 브릭스턴 시장을 들러 돌아갔다. 차양을 친 가판대에서 풍기는 생선 비린내, 활짝 문을 열어놓은 슈퍼마켓들의 알록달록한 전경, 넘

* 성경을 흑인의 편에서 해석하여 예수가 흑인이었다고 주장하는 신앙.

치도록 쌓인 아프리카와 서인도 제도의 생경한 과일과 야채들, 할랄 정육점과 미용실들, 창문에 붙어 있는 정교한 땋은 머리와 곱슬머리 사진들, 그리고 가발을 쓴 하얀 마네킹 머리들이 끝없이 줄지어 세워져 있는 진열장들. 이 모든 풍경이 스트라이크를 26년 전으로 돌아가게 해주었다. 어머니와 숍바가 무단 점거한 집구석에서 더러운 쿠션을 깔고 누워 자다 깨다 하면서 막연하게 아이들이 배워야 할 중요한 개념을 논하고 있는 사이, 여동생 루시를 데리고 브릭스턴 거리를 돌아다니며 보냈던 몇 달의 시간.

일곱 살의 루시는 서인도제도 여자아이들 같은 머리를 그렇게 하고 싶어 했었다. 브릭스턴에서의 삶을 종결짓고 다시 세인트마위스로 돌아오던 기나긴 자동차 여행길에 루시는 테드 삼촌과 조앤 숙모의 모리스 마이너 뒷좌석에 앉아 구슬 달린 땋은 머리에 대한 열렬한 소망을 피력했다. 스트라이크는 그 스타일이 정말 예쁘다고 차분하게 동의하던 조앤 숙모를 기억했다. 미간 사이에 잡힌 주름이 백미러로 비쳐 보였다. 조앤은 아이들 앞에서 어머니를 깎아내리지 않으려고 애썼지만, 세월이 갈수록 힘들어하는 게 역력했다. 스트라이크는 어떻게 테드 삼촌이 자기네 거처를 알아낸 건지 끝내 알 수 없었다. 그가 아는 건 루시와 함께 무단 점거한 숙소에 들어갔더니 방 한가운데서 엄청난 거구의 삼촌이 버티고 서서 숍바에게 코피 터지고 싶으냐고 협박하고 있더라는 것뿐이었다. 이틀도 못 되어 그와 루시는 다시 세인트마위스로 돌아와서 몇 년 동안 다니다 말다 하던 초등학교를 다니게 되었다. 아예 떠난 적이 없는 것처럼 옛 친구들과 다시 어울리고, 어머니 레다가 데리고 다니는 곳마다 위장용으로 익힌 지방 사투리도 금세 버렸다.

데릭 웜슨이 로빈한테 알려준 길 안내는 어차피 필요도 없었다. 옛날 콜드하버레인 지역에 자리한 피닉스 카페는 이미 알고 있었다. 가끔씩 슘바와 어머니가 그들을 데리고 왔었다. (슘바와 어머니처럼 채식주의자가 아니라면) 갈색 칠을 한 헛간 같은 이 작은 가게에서 푸짐하고 맛있는 아침 식사를 먹을 수 있었다. 이 가게에서는 달걀과 베이컨을 산더미처럼 쌓아주고 티크 목재처럼 진한 홍차를 머그잔에 듬뿍 담아주었다. 카페는 기억 속 모습과 거의 똑같았다. 아늑하고 포근하고 지저분하고. 사방의 벽에 붙은 거울들은 인조 목재 포마이카 테이블들과 검붉은색과 흰색 타일이 깔린 얼룩덜룩한 바닥, 곰팡이가 핀 벽지로 도배된 타피오카 빛깔의 천장을 비추고 있었다. 쭈그리고 앉아 있는 중년의 웨이트리스는 짧은 생머리에 달랑거리는 오렌지색 플라스틱 귀걸이를 하고 있었다. 그녀는 스트라이크가 카운터를 지나갈 수 있도록 옆으로 비켜섰다.

건장한 체격의 서인도 남자가 '푸카 파이' 라는 딱지가 붙은 플라스틱 시계 밑에서《선》지를 읽으며 한쪽 테이블에 혼자 앉아 있었다.

"데릭?"

"그렇소만…… 그쪽이 스트라이크요?"

스트라이크는 웜슨의 커다랗고 메마른 손을 잡고 악수를 한 후 자리에 앉았다. 그는 웜슨의 키가 거의 자신의 키에 맞먹을 거라고 가늠했다. 경비원의 티셔츠 소매는 지방뿐 아니라 근육으로 우람하게 부풀어 있었다. 머리를 바짝 깎고 면도도 깔끔하게 한 얼굴에 잘생긴 아몬드 모양의 눈을 가진 사람이었다. 스트라이크는 손글씨로 끼적거려 뒤쪽 벽에 걸어놓은 메뉴판에서 파이와 매시트포테이토를 주문했고, 이제 4.75파운드를 비용 청구할 수 있겠다는 생각에 기분이 좋아졌다.

"맞아요, 여기 파이와 매시트포테이토가 맛있지." 윌슨이 말했다.

희미한 카리브해의 어조가 런던 억양에 배어 있었다. 목소리는 깊고 차분하고 계산적이었다. 스트라이크는 그에게 경비원 제복을 입혀 놓으면 아주 든든하겠다는 생각을 했다.

"만나주셔서 감사합니다. 존 브리스토는 여동생의 사건 심리 결과가 썩 마음에 들지 않는 모양입니다. 증거를 다시 살펴봐달라고 저한테 의뢰했어요."

"네." 윌슨이 말했다. "압니다."

"나하고 얘기하는 대가로 그 친구가 돈을 얼마나 주던가요?" 스트라이크는 별거 아니라는 말투로 물었다.

윌슨은 눈을 껌벅이더니 약간 찔리는 듯, 목쉰 소리로 킬킬 웃었다.

"25파운드요." 그가 말했다. "그렇지만 그 사람 기분이 그래야 나아진다는데 뭐 어쩌겠소? 그렇다고 달라질 건 하나도 없지. 그 여자는 자살했어요. 하지만 물어볼 게 있으면 물어보쇼. 난 상관없으니까."

그는 《선》지를 덮었다. 일면에는 눈이 붓고 피곤해 보이는 고든 브라운의 사진이 있었다.

"경찰에서 이미 다 하신 얘기겠지요." 스트라이크가 수첩을 펼쳐 접시 옆에 놓으며 말했다. "그렇지만 그날 밤 무슨 일이 일어났는지 직접 말해주시면 도움이 될 겁니다."

"예, 좋습니다. 키에란 콜로바스 존스가 올지도 모릅니다." 윌슨이 덧붙였다.

그게 누군지 스트라이크가 이미 알고 있을 거라고 생각하는 눈치였다.

"누구요?" 스트라이크가 물었다.

"키에란 콜로바스 존스요. 룰라의 운전기사였어요. 그 사람도 당신하고 얘기를 하고 싶답니다."

"아, 잘됐네요." 스트라이크가 말했다. "그 사람은 언제 이리로 온답니까?"

"몰라요. 근무 중이라. 올 수 있으면 올 겁니다."

웨이트리스가 그 앞에 홍차 머그를 놓자 스트라이크는 감사 인사를 하며 볼펜을 딸깍 눌러 심을 꺼냈다. 그런데 뭐라고 질문을 하기도 전에 윌슨이 말했다.

"전직 군인이시라고요. 브리스토 씨가 그러더군요."

"예." 스트라이크가 말했다.

"우리 조카는 아프가니스탄에 있어요." 윌슨이 홍차를 마시며 말했다. "헬만드 지역에."

"무슨 부대에 있습니까?"

"통신 부대예요." 윌슨이 말했다.

"거기 얼마나 나가 있었습니까?"

"넉 달이오. 그 애 엄마가 잠을 제대로 못 자요." 윌슨이 말했다. "그쪽은 왜 전역했어요?"

"폭발로 다리가 잘려 나가서요." 스트라이크는 평상시와 달리 솔직히 털어놓았다.

그건 진실의 단면에 불과했지만 낯선 사람에게 말하기에는 제일 쉬웠다. 군에 계속 남아 있을 수도 있었다. 그들도 그를 붙잡아 두고 싶어 했었다. 그러나 정강이와 발을 잃음으로써 지난 2, 3년간 슬그머니 미뤄오던 결정이 빨라진 것뿐이었다. 개인적으로도 한계 지점이 다가온다는 걸 느끼고 있었다. 그때 떠나지 않으면 전역해서 민간인의 삶에 적응하는 게 너무 번거로워질 것 같았다. 군대에서 보내는 세월은 사람을 눈에 띄지 않게 조금씩 변화시켰다. 닳고 닳아 겉보기에 순응적인 인간이 돼야만, 파도 같은 군대 생활에 이리저리 휩쓸리는 게 훨씬 수월해진다. 스트라이크는 끝끝내 그 물살에 온몸을 푹 담그지 않았고, 그런 사태 전에 그만두는 쪽을 택했다. 그렇지만 아직도 정든 SIB*를 생각할 때면 따스한 그리움이 느껴졌다. 다리 한쪽이 반이나 없어졌어도 그런 감정에는 변함이 없었다. 그렇게 단순한 애정으로 샬럿을 추억할 수 있으면 얼마나 좋을까.

윌슨은 스트라이크의 설명에 천천히 고개를 끄덕였다.

"고생했구만." 그는 낮은 목소리로 말했다.

"그래도 다른 친구들에 비하면 가볍게 치르고 나온 거죠."

"그렇지요. 조카네 부대에서도 2주 전에 폭사한 친구가 하나 있다더군요."

윌슨은 홍차를 마셨다.

"룰라 랜드리와는 잘 지내셨나요?" 스트라이크는 펜을 들고 물

* 육군 헌병대의 특수수사대.

었다. "얼굴은 많이 봤습니까?"

"그냥 들어갔다 나올 때 데스크 앞을 지나치는 정도요. 늘 안녕하세요, 부탁합니다, 감사합니다, 하고 인사를 해줬는데, 사실 그 정도도 안 하는 부잣집 개새끼들이 하도 널려 있어서 말이오." 윌슨은 간결하게 말했다. "제일 오래 얘기를 나눴던 건 자메이카에 대해서였소. 그쪽에서 일을 해볼까 생각한다면서. 어디서 묵는 게 좋으냐, 어떤 곳이냐 묻더군요. 그리고 조카 녀석 제이슨의 생일이라 사인을 한 장 받았어요. 카드에 사인을 받아서 아프가니스탄에 보냈지요. 죽기 겨우 3주 전 일이에요. 그 후로는 날 볼 때마다 제이슨 이름을 꺼내면서 잘 있느냐고 안부를 물었어요. 그래서 난 그 아가씨를 좋아했지요. 내가 이 바닥에서 구른 지가 굉장히 오래됐는데, 자기 대신 당연히 총알받이가 되어줄 거라고 생각하면서 이름도 기억 못 하는 치들이 흔해요. 뭐, 그 아가씨는 사람이 괜찮았지."

스트라이크가 주문한 파이와 매시트포테이토 요리가 김이 펄펄 나도록 뜨거운 상태로 나왔다. 푸짐하게 담긴 음식을 바라보며 두 사람은 잠시 그녀에 대한 존중의 뜻으로 침묵했다. 그러다 입안에 침이 고여서 스트라이크는 결국 나이프와 포크를 들고 말했다.

"룰라가 죽던 날 있었던 일을 쭉 설명해주실 수 있을까요? 외출했다고 했는데, 그게 몇 시였습니까?"

경비원은 티셔츠 소매를 걷어 올리더니 생각에 잠겨 팔뚝을 긁었다. 스트라이크의 눈에 팔뚝의 문신이 들어왔다. 십자가와 이니셜들이었다.

"그날 저녁 7시쯤 나갔을 거예요. 친구인 키아라 포터와 함께 있었어요. 내 기억으로는, 아가씨들이 문을 나서는데 베스티귀 씨가 들어왔어요. 그게 왜 기억이 나냐면, 베스티귀 씨가 룰라에게 뭐라고 말을 했거든. 무슨 말인지는 못 들었는데, 아무튼 룰라가 좋아하지 않았어요. 얼굴 표정을 보고 알 수 있었죠."

"어떤 표정이오?"

"기분 나쁜 표정." 윌슨은 이미 대답을 준비해놓고 있었다. "그래서 모니터로 두 사람을 봤죠. 룰라하고 포터가 자동차를 타는 모습을 지켜봤어요. 문간에 카메라가 있거든요. 데스크의 모니터에 연결돼 있어서 누가 입구에서 초인종을 누르는지 알 수 있어요."

"녹화 영상이 있습니까? 테이프를 좀 볼 수 있을까요?"

윌슨은 고개를 저었다.

"베스티귀 씨가 문간에는 절대 그런 걸 달 수 없다고 했어요. 녹화 장비는 없습니다. 입주 마감이 끝나기 전에 제일 먼저 아파트를 산 사람이라, 그 사람 의견이 많이 반영됐지요."

"카메라는 그럼 그냥 첨단기술로 만든 문구멍이다?"

윌슨은 고개를 끄덕였다. 왼쪽 눈 바로 밑에서 광대뼈 한가운데까지 미세한 흉터가 있었다.

"그래요. 그래서 내가 아가씨들이 차에 타는 걸 본 거지. 오늘 여기서 만나기로 한 키에란은 그날 운전을 하지 않았어요. 디비 맥을 데리러 가게 되어 있었거든."

"그날 밤 운전기사는 그럼 누굽니까?"

"'엑서카' 에서 나온 믹이라는 친구예요. 전에도 룰라의 차를 몰아본 적이 있었죠. 자동차가 출발하는데 주위를 죄 에워싼 사진사들이 보이더군요. 에반 더필드하고 다시 사귄다는 소식을 듣고 일주일 내내 냄새를 맡고 다녔던 거지."

"룰라와 키아라가 떠난 후 베스티귀는 뭘 했습니까?"

"나한테 우편물을 받아서 자기 아파트로 올라갔어요."

스트라이크는 한 입 먹을 때마다 포크를 놓고 메모를 했다.

"그 후로 나가거나 들어온 사람은 없나요?"

"있어요. 케이터링 업체 사람들요. 베스티귀 씨네 집에서 그날 밤에 손님들을 받는다고 올라가더군요. 8시가 지났을 때 어떤 미국인 부부가 들어와서 1호 아파트로 올라갔는데, 그들이 자정 가까운 시각에 다시 나간 다음에는 들어오거나 나간 사람이 아무도 없었어요. 룰라가 대략 1시 반쯤 집에 들어올 때까지 다른 사람은 아무도 못 봤지요.

밖에서 파파라치들이 룰라의 이름을 부르는 소리가 들리더군요. 그때쯤에는 상당한 인파가 몰려 있었어요. 나이트클럽에서부터 따라온 치들이 한 무리 있었고, 디비 맥 때문에 벌써부터 와서 기다리고 있던 치들도 상당히 많았어요. 대충 12시 반쯤 거기 도착하게 되어 있었거든. 룰라가 초인종을 누르기에 내가 문을 열어줬지요."

"키패드에 비밀번호를 입력하지 않았습니까?"

"파파라치들한테 둘러싸여 있었으니까요. 빨리 들어오고 싶었던 겁니다. 고래고래 소리를 지르면서 그녀를 마구 밀쳐댔거든요."

"파파라치를 피해서 그냥 지하 주차장으로 들어오면 안 됩니까?"

"그래도 되죠. 키에란과 같이 다닐 때는 가끔 그랬어요. 차고의 전동 문 리모컨을 키에란한테 맡겼거든요. 하지만 믹한테는 그게 없어서 정문으로 들어올 수밖에 없었어요.

안녕하시냐고 인사를 하고, 머리에 눈이 묻었기에 밖에 눈이 오느냐고 물었어요. 얇은 원피스 한 장 달랑 입고 달달 떨고 있더라고요. 기온이 영하로 아주 뚝 떨어졌다고, 그런 얘기를 했어요. 그러니까 그러더라고. '다들 꺼져버렸으면 좋겠어요. 밤새도록 여기 진을 치고 있을 작정인가?' 파파라치 얘기였죠. 아직 디비 맥을 기다리고 있다고, 올 시간이 지났는데 오지 않는다고 하면서 보니까 아주 얼굴이 썩었더구만. 그러더니 승강기를 타고 아파트로 올라갔어요."

"얼굴이 썩었다고요?"

"그래요, 정말 푹 썩었더라고요."

"칵 죽어버리고 싶을 만큼 썩었어요?"

"아니요." 윌슨이 말했다. "화가 나서 썩은 거죠."

"그다음에는 어떻게 됐나요?"

"그다음에 뒷방으로 갔죠. 속이 진짜 좋지 않았어요. 화장실이 급했어요. 롭슨이 걸렸던 병에 옮은 겁니다. 그 친구가 배탈이 나서 휴가를 냈거든요. 한 15분 정도 자리를 비웠을 거예요, 아마. 어쩔 수 없었어요. 그런 똥은 진짜 처음 싸본다니까. 화장실에 들어앉아 있는데 큰 소리가 나기 시작하더군요. 아니지!" 그는 자기 말을 자기가 수정했다. "처음 들은 소리는 쿵, 하는 큰 소리였어요. 멀리서 들리는 소리. 나중에 보니까, 그게 시체였던 거 같아요. 그러니까 룰라가 떨어진 소리 말이에요."

"그다음에 시끄러운 소리들이 들리기 시작하더니 점점 커져서 계단 밑으로 내려왔어요. 그래서 바지춤을 올리고 로비로 달려 나왔죠. 그랬더니 베스티귀 부인이 속옷 차림으로 덜덜 떨면서 비명을 질러대고 아주 미친 사람처럼 난리를 치고 있더라고요. 룰라가 죽었다면서, 아파트 발코니에서 어떤 남자가 밀어 떨어뜨렸다는 겁니다.

거기 그대로 있으라고 하고 앞문으로 뛰쳐나갔어요. 거기 있더군요. 길바닥 한가운데 얼굴을 눈에 처박고 엎어져 있었어요."

윌슨은 차를 꿀꺽 마시고는 커다란 손으로 머그잔을 그대로 감싸 쥐고 있었다.

"머리가 반이 움푹 꺼졌더라고요. 눈 속에 피가 흥건하고. 보니까 목이 부러졌더군요. 게다가…… 아무튼."

절대 오해할 수 없는 들척지근한 인간 뇌의 냄새가 스트라이크의 코를 찌르는 느낌이었다. 여러 번 맡아본 적이 있는 냄새다. 결코 잊을 수 없는.

"다시 안으로 달려 들어갔어요." 윌슨이 다시 말하기 시작했다. "베스티귀 부부가 둘 다 로비에 나와 있더군요. 옷을 좀 입혀서 와이프를 안으로 데리고 들어가려고 했지만, 여자는 계속해서 고래고래 소리를 지르고 있었죠. 그 사람들한테 경찰을 부르고 승강기를 잘 보고 있으라고 했죠. 혹시 놈이 그리로 내려올까 해서. 나는 뒷방에서 마스터키를 찾아서 위층으로 냅다 달렸어요. 계단에는 아무도 없더이다. 룰라의 아파트 문을 열고—."

"호신용으로 무기를 챙길 생각은 하지 않았습니까?" 스트라이크가 말을 끊었다. "그 안에 누가 있다고 생각했다면요. 그것도 방금 여자를 죽인 놈이라면……."

한참 아무 말도 없었다. 여태껏 가장 긴 침묵이었다.

"솔직히 아무것도 필요 없다고 생각했소이다." 윌슨이 말했다. "놈은 문제없이 잡을 수 있다고 생각했으니까."

"누굴 잡는단 말씀이죠?"

"더필드요." 윌슨이 조용히 말했다. "더필드가 위에 있을 줄 알았어요."

"어째서요?"

"내가 화장실에 간 사이에 들어왔나 보다 생각했던 거예요. 그는 비밀번호를 알고 있었어요. 그치가 위층에 올라갔고 룰라가 문을 열어줬을 거라고 생각했죠. 전에도 싸우는 소리를 들은 적이 있으니까. 놈이 화를 내는 소리도 들었고. 그래요, 놈이 밀쳐 떨어뜨렸을 거라 생각했어요.

그렇지만 아파트에 올라가 봤더니 텅 비어 있었어요. 방마다 돌아봤는데 아무도 없더군요. 옷장도 다 열어봤지만 허사였어요.

라운지의 창문이 활짝 열려 있더군요. 그날은 기온이 영하였어요. 그래도 창문을 닫지 않고, 아무것도 손대지 않았지요. 나와서 승강기 버튼을 눌렀어요. 문이 당장 열리더군요. 아직도 그 층에 있었던 거죠. 텅 비어 있었습니다.

아래층으로 다시 뛰어 내려갔어요. 베스티귀 부부네 집 앞을 지나치면서 보니 부부는 자기 아파트에 있더군요. 소리가 들렸어요. 여자는 아직도 울부짖고 있고 남편은 고래고래 악을 쓰고 있더군요. 그들이 경찰을 불렀는지는 알 수가 없었지요. 그래서 보안 데스크에서 휴대전화를 갖고 나와서 다시 정문으로, 그러니까 룰라에게로 갔는데, 혼자 널브러져 있게 두는 게 마음이 좋지 않더라고. 거리에 나가서 경찰을 불러야겠다, 확실히 신고를 해야겠다고 생각했죠. 그런데 전화기에 9자를 찍기도 전에 사이렌 소리가 들리더군요. 굉장히 빨리 왔어요."

"베스티귀 부부 중에 누가 신고를 한 거군요?"

"그래요, 남편이 한 거예요. 정복 경찰 둘이 순찰차를 타고 왔더군요."

"좋습니다." 스트라이크가 말했다. "이거 하나는 확실히 하고 넘어가고 싶은데요. 꼭대기 층에서 남자 목소리를 들었다는 베스티귀 부인의 말을 믿으셨던 거죠?"

"아, 그럼요." 윌슨이 말했다.

"왜죠?"

윌슨은 얼굴을 살짝 찌푸리며 생각에 잠겼다. 눈길은 스트라이크의 어깨 너머 거리를 바라보고 있었다.

"그 시점에 부인이 자세한 설명은 하지 않았잖아요, 그렇죠?" 스트라이크가 물었다. "남자 목소리를 들었을 때 뭘 하고 있었다든가. 왜 새벽 2시에 깨어 있었는지 그런 얘기도 없었고."

"그럼요." 윌슨이 말했다. "그런 설명은 하지 않았죠. 워낙 난리법석을 쳐서 말입니다. 비를 쫄딱 맞은 개처럼 달달 떨고 있었어요. 계속 '저 위에 남자가 있어요. 밀어 떨어뜨렸단 말이에요.' 그 소리만 했죠. 완전히 겁에 질려 있었어요.

그렇지만 아무도 없었습니다. 우리 애들 목숨을 걸고 장담할 수 있어요. 아파트는 텅 비어 있었다고요. 승강기도 텅텅 비고 계단도 텅텅 비어 있었어요. 놈이 거기 있었다면, 어디로 갔단 말입니까?"

“경찰이 오고 나서…….” 스트라이크는 머릿속으로 다시 눈 내린 밤거리로, 만신창이가 된 시체로 돌아가려 했다. “그다음에 무슨 일이 있었습니까?”

“베스티귀 부인은 창밖으로 경찰차를 보고 실내용 가운 차림으로 곧장 다시 내려왔어요. 남편이 헐레벌떡 뒤를 쫓아 내려왔고요. 눈밭이 된 대로로 나와서 건물에 살인자가 있다고 고래고래 악을 쓰기 시작했지요.

그때쯤엔 사방에 조명이 환하게 다 들어와 있었죠. 창문마다 얼굴을 내밀고 구경하느라 난리였고. 그 골목 사람들 절반이 자다가 깬 것 같았어요. 아예 인도로 나와 보는 사람들도 생기고.

경찰관 한 명이 시체를 지키고 무전으로 지원을 요청하는 사이, 또 한 명은 우리와 함께—나하고 베스티귀 부부 말입니다—건물 안으로 다시 들어왔어요. 부부한테는 집에 들어가 있으라고 하더니 나더러 건물을 좀 보여달라고 하더군요. 다시 꼭대기 집으로 올라갔지요. 룰라의 아파트 문을 열고 내부와 열린 창문을 보여줬소이다. 꼼꼼하게 확인하더군요. 아직도 그 층에 머물러 있는 승강기도 보여줬어요. 우리는 다시 계단으로 내려왔습니다. 중간층 아파트는 어떠냐고 물어봐서, 마스터키로 열어줬지요.

껌껌했고, 들어가는데 알람이 울렸어요. 불 켜는 스위치나 경보기를 찾기도 전에, 경찰이 곧장 홀 한가운데 테이블로 걸어가더니 어마어마하게 큰 장미꽃 화병을 넘어뜨려 깼지 뭡니까. 박살이 나서 파편이 사방으로 날아갔어요. 물하고 유리하고 꽃으로 마룻바닥이 엉망이 되고. 나중에 그것 때문에 또 말썽이 이만저만이 아니었다니까.

아무튼 거기도 살펴봤어요. 방방마다 장도 다 열어봤지만 아무것도 없었죠. 창문은 굳게 닫혀 빗장으로 잠겨 있고. 그래서 다시 로비로 나왔어요.

그때는 사복 형사들까지 와 있더군요. 지상층 헬스장과 수영장, 주차장 열쇠도 달라고 하더라고요. 한 사람은 베스티귀 부인한테 진술을 받으러 가고 또 다른 사람은 앞에 나와서 지원을 더 요청하고 있었어요. 그때는 길거리에 이웃들이 훨씬 더 많이 나와 있었고 그중에 반은 전화통화를 하고 또 사진을 찍는 사람들도 여럿 있었거든. 정복 경찰들이 사람들을 자기 집으로 돌려보내려 하고 있었어요. 눈이 내리고 있었죠. 엄청나게 펑펑…….

법의학 팀이 오자마자 사체 주위에 천막을 쳤습니다. 언론이 거의 동시에 도착했죠. 경찰이 거리 절반을 테이프로 봉쇄하고, 경찰차들로 길을 막았습니다."

스트라이크는 접시를 싹싹 비웠다. 접시를 옆으로 치우고 두 사람 다 차를 새로 갖다달라고 주문한 후 다시 펜을 들었다.

"18번지에서 일하는 사람이 몇 명입니까?"

"경비는 세 명이에요. 나하고 콜린 맥레오드, 그리고 이안 롭슨까지. 교대로 일하는데, 24시간 내내 누군가 한 명은 자리를 지키고 있죠. 그날 밤은 내가 쉬는 날인데 롭슨이 오후 4시쯤인가 전화를 해서 배에 탈이 났다면서, 속이 아주 안 좋다고 하는 거예요. 그래서 내가 다음 교대 시간까지 남아서 맡아주겠다고 했지. 집안일 때문에 그전 달에 그 친구가 시간을 바꿔준 적이 있어서 빚진 게 있기도 하고. 그래서 내가 있게 된 거죠." 윌슨은 잠시 말없이 앉아 있었다. 원래 달라졌어야 하는 상황을 생각하며.

"다른 경비원들은 룰라하고 잘 지냈나요?"

"그럼요. 나하고 다 똑같은 소리를 할 겁니다. 착한 여자였어요."

"거기서 일하는 다른 사람들은 없습니까?"

"폴란드 출신 청소부들이 한두 명 있는데. 둘 다 영어를 잘하지 못해요. 물어봤자 별게 안 나올 겁니다."

윌슨의 증언은 보기 드물게 품질이 좋다고, 스트라이크는 앨더쇼트에 마지막으로 방문했을 때 슬쩍해 온 SIB 수첩에다가 끼적끼적 적으면서 생각했다. 간결하고 정확하고 관찰력도 뛰어났다. 질문에 정확하게 대답하는 사람은 극소수였다. 후속 질문으로 정보를 캐낼 필요가 없을 정도로 생각을 정리해서 말할 줄 아는 사람은 더 없었다. 스트라이크는 트라우마에 시달리는 사람들의 기억에서 폐허를 탐구해 복원하는 고고학자 노릇을 하는 데 익숙했다. 주먹이나 덩치 들과도 속내를 털어놓는 친구가 되기도 했다. 겁에 질린 자는 윽박지르고 위험한 자에게는 미끼를 던지고 교활한 자에게는 덫을 놓았다. 윌슨에게는 이런 기교가 전혀 필요하지 않았다. 그는 존 브리스토의 편집증이 아무 쓸데없는 탐색작업을 벌이는 바람에 지쳐 있는 것처럼 보이기까지 했다.

하지만 스트라이크는 철두철미한 성격이 고질병이었다. 하루 종일 속옷 바람으로 간이침대에 누워 담배나 피우면서 빈둥거리는 걸 도저히 못 참는 성격으로, 인터뷰를 대충 한다는 건 꿈에도 있을 수 없는 일이었다. 원래 성격도 그렇고 훈련도 그렇게 받았거니와, 의뢰인뿐 아니라 자기 자신에게도 예를 갖춰야 했기 때문에, 정교하고 꼼꼼하게 인터뷰를 진행했다. 군대에서는 이런 성격 때문에 존경도 받았지만 미움도 많이 샀었다.

"잠시 뒤로 돌아가서 사망 전날의 일을 좀 말씀해주시겠습니까? 출근은 몇 시에 하셨습니까?"

"평상시랑 똑같이 9시에 왔죠. 콜린한테서 인수인계를 받았고요."

"건물을 드나드는 사람들을 기록하나요?"

"예. 주민 말고는 드나드는 사람들 서명을 다 받지요. 데스크에 장부가 있습니다."

"그날 누가 출입했는지 기억이 나시나요?"

윌슨은 잠시 머뭇거렸다.

"존 브리스토가 그날 아침 일찍 동생을 만나러 왔었죠, 아닙니까?" 스트라이크가 거들었다. "하지만 룰라가 들여보내지 말라고 했고요."

"그 사람이 그 얘기를 당신한테 했군요?" 약간 안심이 된다는 투로 윌슨이 말했다.

"그래요, 그랬죠. 하지만 그 친구가 안됐더라고. 돌려줄 계약서도 있다고 하고. 걱정을 하기에 올려 보내줬어요."

"건물에 출입한 사람 중에 아는 사람은 또 누가 있습니까?"

"네, 레치신카가 이미 와 있었죠. 청소부예요. 항상 7시에 출근해서 내가 들어갈 때쯤에는 계단을 쓸고 있죠. 그 밖에는 알람 정비 때문에 온 경비업체 사람 말고는 아무도 오지 않았어요. 여섯 달에 한 번씩 알람을 확인하죠. 아마 9시 40분쯤 왔을 겁니다. 그쯤 될 거예요."

"아는 친구였나요? 경비업체 사람 말입니다."

"아니, 새로 온 친구였어요. 아주 젊더라고. 만날 다른 사람을 보내요. 베스티귀 부인하고 룰라가 아직 집에 있어서 중간층 아파트로 들여보내 계기판 위치를 알려주고 일을 시작하게 했죠. 내가 거기 있는 동안 룰라가 나갔어요. 그 친구한테 퓨즈 상자하고 비상용 버튼을 보여주고 있었지요."

"룰라가 나가는 모습을 봤군요?"

"네, 열려 있는 문 앞으로 지나갔으니까요."

"인사를 했나요?"

"아니요."

"보통 인사를 한다고 하지 않았나요?"

"날 보지 못한 것 같았어요. 바쁜 일이 있는 눈치였거든요. 아픈 어머니를 만나러 가는 길이었지요."

"그걸 어떻게 압니까? 말도 하지 않았는데."

"사후 심리요." 윌슨이 간결하게 말했다. "보안업체 사람한테 뭐가 어디 있는지 다 보여주고 나서 나는 아래층으로 내려갔고, 베스티귀 부인이 나가고 나서는 또 그 집 문을 열어주고 시스템을 점검하게 했죠. 거기서는 굳이 내가 이래라저래라 할 필요가 없었어요. 퓨즈 상자나 패닉 버튼은 다 똑같은 데 있으니까."

"베스티귀 씨는 어디 있었습니까?"

"진작 출근했죠. 날마다 8시에 나갑니다."

딱딱한 헬멧을 쓰고 노란 형광색 웃옷을 입은 사람들 셋이 팔 밑에 신문을 끼고 카페에 들어와 옆 테이블에 앉았다. 장화에 오물이 덕지덕지 붙어 있었다.

"경비업체 사람이랑 함께 있을 때 몇 분씩 자리를 비운 것 같습니까?"

"아마 중간층에서 5분쯤?" 윌슨이 말했다. "나머지는 1분도 안 됐을 거예요."

"경비업체 사람은 언제 나갔나요?"

"오전 시간 늦게였는데, 정확히는 기억이 나지 않아요."

"하지만 확실히 나가긴 한 거죠?"

"아, 그럼요."

"또 다른 사람이 찾아온 건?"

"배달이 몇 건 있었지만, 그 주의 다른 날들과 비교하면 조용한 편이었어요."

"주초에는 좀 바빴나 보지요?"

"그래요. 디비 맥이 LA에서 온다고, 들어가고 나가는 게 많았지. 제작사 사람들이 2호 아파트에 들락날락하면서, 제대로 맞을 준비가 되어 있나 확인하고, 냉장고도 채우고 뭐 그랬죠."

"그날은 어떤 배달이 왔는지 기억나십니까?"

"맥하고 룰라한테 소포가 왔어요. 그리고 장미꽃도. 어마어마하게 커서 내가 배달하는 친구를 도와서 위층까지 올라갔었지요." 윌슨은 커다란 손을 벌려 크기를 표시했다. "어마어마하게 큰 화병이었어요. 그래서 2호 아파트 복도에 있는 테이블에 놨지요. 그게 박살 난 거였어요."

"그래서 말썽이 좀 있었다고 하셨죠. 무슨 뜻으로 하신 말씀입니까?"

"베스티귀 씨가 디비 맥한테 보낸 꽃이라서, 망가졌다고 하니까 성질을 부렸죠. 미친 사람처럼 악을 쓰고."

"그게 언제 일이죠?"

"경찰이 와 있을 때니까…… 경찰이 부인에게 진술을 얻어내려 하던 때예요."

"방금 창문 앞으로 여자가 뛰어내려 죽었는데 누가 자기 꽃병을 깼다고 화를 냈단 말입니까?"

"그래요." 윌슨이 어깨를 슬쩍 으쓱하며 말했다. "원래 그런 사람이에요."

"디비 맥과는 아는 사이랍니까?"

윌슨이 또 어깨를 으쓱했다.

"이 래퍼가 아파트에 오기는 했어요?"

윌슨이 고개를 저었다.

"우리가 이 생고생을 했는데, 그 친구는 호텔로 갔어요."

"2호 아파트에 꽃병을 놓으러 가면서 몇 분이나 자리를 비우셨습니까?"

"아마 5분쯤 될 거예요. 길어도 10분. 그다음에는 내내 데스크에 앉아 있었어요."

"맥과 룰라에게 소포가 왔다고 하셨는데."

"그래요. 무슨 디자이너였는데. 하지만 레치신카한테 아파트에 갖다 놓으라고 줬어요. 맥 것은 옷이고 룰라 것은 핸드백이었지요."

"그렇다면 그날 들어온 사람은 전부 다 나간 걸로 알고 계신다는 말씀이지요?"

"암요." 윌슨이 말했다. "모두 프런트 데스크의 장부에 기록했어요."

"외부 키패드 비밀번호는 얼마나 자주 바꿉니까?"

"룰라가 죽고 나서 한 번 바뀌었죠. 수사가 끝날 무렵에는 경찰 절반쯤이 비밀번호를 알고 있었으니까." 윌슨이 말했다. "그렇지만 룰라가 여기 사는 동안은 석 달이나 바뀌지 않았어요."

"비밀번호가 뭐였는지 말해줄 수 있습니까?"

"1966이오."

"〈이제 다 끝났다고들 하는데(They Think It's All Over)〉* 말이군요."

"그래요. 맥레오드가 늘 불평을 했어요. 바꿔야 한다고."

"룰라가 죽기 전에 비밀번호를 알고 있던 사람이 몇이나 될까요?"

"그렇게 많지는 않을 겁니다."

"배달 오는 사람들? 우체부? 가스 검침하는 사람?"

"그런 사람들은 늘 초인종을 누르고 우리가 문을 열어줍니다. 데스크에서요. 주민들은 보통 키패드를 쓰지 않아요. 카메라로 보면 보이니까 문을 열어주거든요. 키패드는 데스크에 사람이 없을 때를 대비해서 달아놓은 겁니다. 가끔 뒷방에 가 있기도 하고, 위층에 일이 있으면 해결하러 올라가기도 하니까."

"그리고 아파트마다 별도의 자물쇠가 있지요?"

"그럼요. 개별 경보 시스템도 있고요."

"룰라도 그걸 맞춰놨습니까?"

"아니요."

* 1995년에 영국 BBC에서 방영한 코미디 시리즈. 1966년 월드컵 때 해설가 케네스 울스턴홈이 했던 말에서 비롯해 유명해진 표현이다. "다 끝났다고들 생각하는데…… 이젠 정말 끝이 났군요(They think it's all over…… it is now)!"

"수영장과 헬스장은 어때요? 알람이 있나요?"

"그냥 열쇠만 있어요. 건물에 사는 사람은 다 아파트 열쇠뿐 아니라 수영장과 헬스장 열쇠를 하나씩 갖고 있죠. 지하 주차장으로 통하는 열쇠도요. 그 문에는 알람도 붙어 있고."

"그건 작동이 되었나요?"

"모르겠어요, 그걸 확인할 때는 내가 없어서. 그랬을 겁니다. 보안업체 사람이 그날 아침에 알람을 다 살펴보고 갔어요."

"이 문들이 그날 밤에 다 잠겨 있었나요?"

윌슨은 망설였다.

"전부는 아니에요. 수영장으로 통하는 문이 열려 있었거든요."

"그날 수영장을 누가 썼나요? 혹시 아십니까?"

"누가 쓴 기억은 없어요."

"그러면 얼마나 오래 열려 있었나요?"

"전날 밤에는 콜린이 근무해서 모르겠습니다. 그 친구가 확인을 했어야 하니까요."

"좋습니다." 스트라이크가 말했다. "베스티귀 부인이 소리를 들은 남자가 더필드라고 생각했다고 하셨죠? 예전에 싸우는 소리를 들은 적이 있다고 하셨고요. 그게 언제 일입니까?"

"헤어지기 얼마 전이었어요. 죽기 두 달 전쯤. 그녀가 집 밖으로 더필드를 쫓아내서 문을 주먹으로 쾅쾅 두드리고 발길질을 하고, 문을 깨부수려고 하면서 더러운 욕설을 해댔어요. 내가 올라가서 데리고 나와야 했죠."

"완력을 쓰셨습니까?"

"그럴 필요가 없었지. 나를 보더니 자기 물건을 집어 들고—룰라가 그를 쫓아내고 나서 외투와 구두도 내던진 모양이예요—그냥 지나쳐 걸어가 버리던데요. 약에 취해 있었어요." 윌슨이 말했다. "유리알처럼 눈도 번들거리고, 땀도 줄줄 흘리고, 더러운 티셔츠에 오물이 묻어 있고. 대체 그놈이 뭐가 좋아서 만났는지 모르겠다니까. 아, 저기 키에란이 왔네." 그의 말투가 밝아졌다. "룰라의 운전사요."

7

20대 중반의 남자가 비좁은 카페로 조심조심 들어오고 있었다. 키가 작고 왜소한 체격에 터무니없이 잘생긴 얼굴이었다.

"안녕하세요, 데릭." 운전사와 경비원은 악수를 하고 주먹을 대며 과장된 인사를 나누었고, 콜로바스 존스는 윌슨의 앞자리에 앉았다.

해독이 불가능할 정도로 인종이 뒤섞인 혼혈이 만들어낸 걸작이었다. 콜로바스 존스의 피부는 올리브와 황동빛이 섞여 있었고, 광대뼈는 깎아지른 듯했으며, 살짝 매부리코에 검은 속눈썹과 암갈색 눈동자를 가졌고, 찰랑거리는 생머리는 미끈하게 붙여 넘기고 있었다. 깜짝 놀랄 만큼 잘생긴 외모는 보수적인 넥타이 정장 차림과 대조되어 더 부각돼 보였으며, 웃는 얼굴은 의식적으로 겸손해 보이려는 의도로 보였다. 다른 남자들의 경계심을 풀고 괜히 악감정을 품지 못하게 미리 달래려는 것처럼 보이기도 했다.

"차는 어디 두고?" 데릭이 물었다.

"일렉트릭레인이오." 콜로바스 존스는 엄지로 어깨 너머를 가리켰다. "아마 20분 정도밖에 있지 못할 것 같아요. 웨스트엔드에

4시까지 가야 하거든요. 안녕하세요?" 그는 스트라이크에게 손을 내밀었고, 두 사람은 악수를 했다. "키에란 콜로바스 존스입니다. 성함이?"

"코모란 스트라이크요. 데릭 말로는—."

"네, 네." 콜로바스 존스가 말했다. "중요한 일인지는 모르겠어요. 아마 아니겠죠. 경찰은 콧방귀도 안 뀌더라고요. 그냥 누구한테 말이라도 해야겠어서 말이죠. 자살이 아니라는 얘기는 아닙니다. 아시죠." 그가 덧붙여 말했다. "그저 이 문제를 깔끔하게 마무리하고 넘어가고 싶어서요. 커피 좀 주세요, 미인 아가씨." 그가 중년 웨이트리스에게 친근하게 말했지만, 무표정한 웨이트리스에게는 그의 매력이 통하지 않았다.

"신경 쓰이시는 일이 뭡니까?" 스트라이크가 물었다.

"내가 항상 룰라의 기사 노릇을 했거든요, 네?" 콜로바스 존스가 이야기를 시작하는 말투에서 스트라이크는 그가 미리 연습을 하고 온 것 같다는 인상을 받았다. "항상 나를 찾았다고요."

"그쪽 회사와 계약이 되어 있었지요?"

"네. 뭐……."

"프런트 데스크를 통해서 연락이 갑니다." 데릭이 말했다. "기본으로 제공되는 서비스죠. 자동차가 필요하면 우리가 엑서카에 전화를 하는 거예요. 키에란네 회사죠."

"그래요. 하지만 룰라는 항상 나를 찾았어요." 콜로바스 존스는 단호하게 되풀이해 말했다.

"두 분이 사이가 좋으셨나 봐요?"

"네, 우리는 아주 잘 지냈죠." 콜로바스 존스가 말했다. "우리는, 그러니까 친한 사이는 아니었지만……. 아니 뭐, 가까웠다고 해도 되죠. 서로 우호적이었어요. 운전사와 고객을 넘어선 사이였다고 할까요, 네?"

"그래요? 얼마나 넘어선 사이였죠?"

"아니, 절대 그런 건 아니고요." 콜로바스 존스는 씩 웃으며 말했다. "그런 건 전혀 아니에요."

그러나 스트라이크는 운전기사가 그런 추론이 나왔다는 것 자체를, 그런 개연성을 생각했다는 것 자체를 즐기고 있다는 걸 눈치챌 수 있었다.

"룰라의 운전기사로 1년을 일했어요. 얘기도 많이 나눴죠. 공통점도 아주 많았고. 배경도 비슷하고 말이에요, 네?"

"어떤 면에서요?"

"혼혈이라는 거죠." 콜로바스 존스가 말했다. "그리고 우리 집안도 집안 꼴이 말이 아니었거든요. 그래서 룰라의 사정을 이해했어요. 그녀는 자기 같은 사람들을 별로 알지 못했어요. 유명해지고 나서는 한 명도 못 봤고. 제대로 된 말상대가 없었던 거죠."

"혼혈이었다는 게 문제였군요?"

"백인 가족 사이에서 흑인으로 컸는데 오죽했겠어요?"

"비슷한 유년기를 보내셨나요?"

"우리 아버지는 반은 서인도제도 혈통이고, 반은 웨일즈인이에요. 어머니는 반은 리버풀 출신, 반은 그리스인이죠. 룰라는 내가 부럽다는 말을 자주 했어요." 그는 자세를 살짝 고쳐 반듯하게 앉았다. "족보가 사방팔방 흩어져 있어도 최소한 어디 출신인지는 알지 않느냐면서. 그리고 맞다, 내 생일날에도……." 자기 눈에는 중요한 문제인데 스트라이크는 별로 감명을 받지 못한 느낌인지 그는 덧붙여 말했다. “이 기 소메 재킷을 줬는데, 이게 900파운드 가까이 나가는 옷이라니까요.”

뭔가 반응을 기대하는 눈치가 역력해서, 스트라이크는 고개를 끄덕였다. 콜로바스 존스가 이 자리에 나온 건 그저 누군가에게 자기가 룰라 랜드리와 가까운 사이였다는 얘기를 하고 싶어서가 아닐까 하는 생각이 들었다. 운전기사가 흡족해하면서 이야기를 계속했다.

“그러니까 맞다, 죽기 전날—죽기 전날이라고 해야겠죠—아침에 어머니 댁에 데려다줬거든요? 그런데 룰라의 기분이 좋지 않았어요. 어머니 만나러 가는 걸 좋아했던 적이 없어요.”

“왜요?”

“그 여자가 좆나 이상하거든.” 콜로바스 존스가 말했다. “둘을 함께 태우고 나갔던 날이 있는데요, 그 엄마라는 사람의 생일이었던 것 같아요. 씨발 진짜 소름 끼쳐요, 브리스토 부인은. 말끝마다 룰라한테 ‘아가야, 우리 아가야’ 라고 부르거든요. 전에는 아주 딱 달라붙어서 다녔어요. 좆나 이상하고 소유욕도 강하고, 암튼 좀 과해요, 네?”

“아무튼 그날, 맞다, 그 엄마가 방금 병원에서 나왔나 그랬어요. 뭐 그리 유쾌하지는 않았을 거 아니에요? 룰라도 엄마를 별로 만나고 싶어 하지 않는 것 같고. 전에 한 번도 본 적 없는 딱딱한 분위기더라고요.

그날 밤에는 내가 운전을 할 수 없다고, 디비 맥을 데리러 가야 한다고 했더니 그것도 기분 나빠했어요.”

"왜요?"

"내가 운전하는 게 좋으니까요, 네?" 콜로바스 존스는 마치 스트라이크가 말귀를 못 알아듣는다는 듯이 말했다. "파파라치며 뭐며 내가 많이 도와줬거든요. 집 안에 들어갔다 나갔다 할 때는 보디가드 노릇도 하고."

얼굴 근육을 슬쩍 뒤트는 것만으로도 월슨은 콜로바스 존스가 보디가드 노릇을 한다는 것에 대한 자기 의견을 확실히 전달했다.

"다른 기사하고 바꾸고 맥 대신 룰라 차를 운전해줄 수도 있었잖아요."

"그럴 수도 있었죠. 하지만 별로 그러고 싶지 않았어요." 콜로바스 존스가 솔직히 털어놓았다. "제가 디비를 엄청 좋아하는 팬이거든요. 만나고 싶었어요. 그래서 룰라가 삐친 거예요. 아무튼요." 그는 황급히 다음 얘기로 넘어갔다. "어머니네 집에 데려다주고 기다렸는데, 여기서부터가 내가 해주고 싶은 얘기예요, 네?"

"어머니 집에서 나오는데 좀 이상하더라고요. 전에 한 번도 본 적이 없는 모습이랄까? 조용하니, 진짜 말이 없었어요. 무슨 충격을 받거나 한 사람처럼. 그러더니 펜을 달라고 해서 파란색 종이에다 뭘 끄적거리기 시작하는 거예요. 나한테 말도 걸지 않았어요. 아무 말도 하지 않고 그냥 글만 썼어요.

그래서 배슈티까지 데려다줬죠. 거기서 친구를 만나서 점심을 먹기로 했다고 해서—."

"배슈티가 뭔데요? 어떤 친구?"

"배슈티는 상점이에요. 부티크라고 하죠. 그 안에 카페도 있고, 트렌디한 그런 데예요. 그리고 친구는……." 콜로바스 존스는 손가락을 여러 번 퉁기면서 인상을 썼다. "정신적인 문제로 입원해 있을 때 친해진 그 친군데……. 빌어먹을 이름이 뭐더라? 둘이 같이 여기저기 다니기도 했었어요. 이런…… 루비? 록시? 라켈? 뭐 아무튼 그런 건데. 해머스미스의 세인트엘모스 호스텔에 살고 있었어요. 집이 없어서.

아무튼 룰라가 가게로 들어갔어요, 네. 어머니네 가던 길에는 틀림없이 거기서 점심을 먹을 거라고 했거든요. 그런데 얼마 안 돼서 가게에서 혼자 나와서는 집으로 데려다 달라고 하는 거예요. 그러니까 그건 좆나 이상하잖아요, 네? 게다가 라켈인지 뭔지 아무튼—좀 있다 생각날 거예요— 그 친구는 같이 있지 않았어요. 보통 둘이 만나서 놀고 나면 우리가 라켈을 데려다 주곤 했거든요. 그리고 그 파란 종이도 없어진 거예요. 그리고 룰라는 집까지 가는 길 내내 저한테 한마디도 안 했어요."

"파란 종이 얘기를 경찰한테 했나요?"

"네. 똥만큼도 중요하게 보지 않는 거 같더라고요." 콜로바스 존스가 말했다. "아마 쇼핑 목록일 거라면서."

"어떻게 생겼는지 기억합니까?"

"그냥 파란색이었어요. 항공우편 편지지처럼."

그는 시계를 내려다보았다.

"10분 후에 가야 해요."

"그러니까 룰라를 마지막으로 본 게 그때라는 거죠?"

"네, 그래요."

그는 손톱 테두리를 팠다.

"룰라가 죽었다는 얘기를 들었을 때 처음으로 무슨 생각이 들던가요?"

"모르겠어요." 콜로바스 존스는 손톱 주위의 거스러미를 잘근잘근 물어뜯으며 말했다. "졸나 충격 받았죠. 상상도 못 했던 일이잖아요? 불과 몇 시간 전에 본 사람인데. 언론이 전부 더필드 짓이라고 하대요. 두 사람이 나이트클럽에서 싸우고 어쩌고 해서요. 솔직히 나도 그 자식이 그랬을 거 같더라고요. 개새끼."

"그럼 더필드도 알고 있었군요?"

"두세 번 태운 적이 있어요." 콜로바스 존스가 말했다. 코를 벌름거리고 입가 주름이 팽팽해지는 걸 보니 냄새가 좋지 못했던 모양이었다.

"그 사람은 어떻게 봤습니까?"

"재능 없는 머저리라고 생각했어요." 갑자기 그는 의외로 몹시 능숙한 솜씨로 단조롭고 느릿한 말투를 흉내 내기 시작했다. "우리 이따가 기사가 필요할까, 룰즈? 이 친구가 좀 기다리는 게 좋겠지, 응?" 콜로바스 존스는 빠득빠득 신경질을 내면서 말했다. "한 번도 나한테 직접 말을 한 적이 없어요. 무식한 새끼."

윌슨이 나직한 목소리로 말했다. "키에란은 배우예요."

"그냥 단역이죠." 콜로바스 존스가 말했다. "지금까지는요."

그러더니 그는 잠시 딴소리를 하며 자기가 나왔던 텔레비전 드라마 얘기를 늘어놓기 시작했다. 스트라이크가 보기에는, 자기 생각보다 훨씬 더 중요한 사람으로 대접받고 싶은 욕구가 뚜렷한 인간이었다. 예측 불가능하고 위험하며 사람을 딴판으로 바꿀 수 있는 힘, 즉 명성을 갈구하는 사람. 자신이 자동차 뒷좌석에 그토록 자주 태우고 다니는 그 유명한 승객들의 덕을 볼 수 없다는 게

(스트라이크 생각에는) 감질나고 화가 치솟는 일일 터였다.

"키에란은 프레디 베스티귀한테 가서 오디션을 본 적도 있어요." 윌슨이 말했다. "안 그래?"

"그래요." 콜로바스 존스가 보여주는 열없는 태도가 결과를 뚜렷이 말해주고 있었다.

"어떻게 오디션을 보게 됐어요?" 스트라이크가 물었다.

"늘 하는 대로죠." 콜로바스 존스는 슬쩍 도도한 기미를 흘리며 말했다. "에이전트를 통해서요."

"그런데 잘되지 않았어요?"

"다른 방향으로 가기로 했대요." 콜로바스 존스가 말했다. "그 역할을 없애버렸어요."

"좋아요. 그래서 디비 맥을 그날 밤에 어디서 태웠죠? 히스로?"

"5번 터미널이오, 그래요." 콜로바스 존스는 정신을 차리고 진부한 일상의 현실로 돌아온 눈치였다. 그는 흘끔 시계를 보았다. "저, 아무래도 가봐야겠네요."

"좋아요. 자동차까지 바래다드려도 될까요?" 스트라이크가 물었다.

윌슨은 자기도 따라가겠다고 했다. 스트라이크는 세 사람 몫을 다 지불하고 가게에서 나왔다. 거리로 나와서 스트라이크는 동행 두 사람에게 담배를 권했다. 윌슨은 거절했고 콜로바스 존스는 받아 들었다.

은빛 메르세데스가 모퉁이 너머 그리 멀지 않은 일렉트릭레인에 주차되어 있었다.

"디비가 도착했을 때 어디로 데리고 갔나요?" 스트라이크는 자동차로 다가가며 콜로바스 존스에게 물었다.

"클럽에 가고 싶다고 해서 바락에 데려다줬어요."

"몇 시에 거기 내려줬습니까?"

"모르겠어요. 11시 반? 45분? 약에 좀 취해 있었어요. 잠들고 싶지 않다고 하더군요."

"왜 하필 바락에 데려다줬죠?"

"금요일 밤의 바락은 런던에서 제일 좋은 힙합 나이트클럽이거든요." 콜로바스 존스는 그런 건 상식이라는 듯 피식 웃음을 터뜨렸다. "굉장히 마음에 들었던 거 같아요. 3시도 훌쩍 넘어서 나왔거든요."

"그러면 켄티건가든까지 데려다주고 경찰들이 있다는 걸 알았나요, 아니면……."

"벌써 무슨 일이 일어났는지 그 전에 자동차에서 라디오로 들었죠." 콜로바스 존스가 말했다. "디비가 다시 차에 탔을 때 말을 해줬어요. 수행원들이 전부 전화를 돌리기 시작하더군요. 레코드 회사 사람들을 깨우고, 다른 데를 알아본다고 난리였어요. 클래리지 호텔에 특실을 잡아줬죠. 그래서 거기 데려다줬어요. 새벽 5시가 넘을 때까지 집에도 못 갔다니까요. 뉴스를 틀고 스카이 채널로 다 봤죠. 빌어먹을. 믿기지가 않더라고요."

"18번지 앞에서 죽치고 있던 파파라치들한테 디비 맥이 몇 시간 내에는 오지 않을 거라고 알려준 사람이 누군지 궁금하더라고요. 누가 알려준 게 틀림없거든요. 그래서 룰라가 추락하기 전에 다들 그 거리에서 철수한 거고."

"그래요? 모르겠네요." 콜로바스 존스가 말했다.

그는 아주 살짝 발걸음을 재촉했고, 다른 두 사람보다 먼저 자동차에 도착해 문을 열었다.

"맥한테 여행 가방이 잔뜩 있지 않던가요? 그 짐도 당신 자동차에 실었어요?"

"아니요. 그건 벌써 며칠 전에 레코드 회사가 받아서 보냈죠. 그냥 작은 수하물 가방 하나 들고 비행기에서 내렸어요. 열 명쯤 되는 경호원을 대동하고요."

"그러니까 당신 말고도 다른 차들이 맥을 데리러 갔겠군요."

"넉 대가 갔죠. 하지만 디비는 내 차를 탔어요."

"나이트클럽에 있는 동안 어디서 기다렸습니까?"

"그냥 주차해놓고 기다렸죠." 콜로바스 존스가 말했다. "글라스하우스 스트리트 바로 앞에서."

"다른 차 석 대와 함께요? 전부 함께 있었나요?"

"이봐요, 런던 한가운데에 차 넉 대를 나란히 주차할 공간이 어디 있습니까? 다른 차들은 어디 있었는지 몰라요."

운전석 차 문을 계속 열어둔 채로 그는 윌슨을 흘끔 보더니 곧 이어 스트라이크에게 눈길을 주었다.

"이게 어째서 중요합니까?" 그가 물었다.

"그냥 궁금해서요." 스트라이크가 물었다. "기사분들이 고객을 모실 때 어떻게 돌아가는지 말입니다."

"뒈지게 지루해요." 콜로바스 존스가 돌연 짜증을 벌컥 내며 말했다. "그렇다니까요. 기사질이라는 게 기다리는 시간이 태반이지요."

"룰라가 준 지하 주차장 리모컨을 아직도 갖고 계십니까?" 스트라이크가 물었다.

"뭐라고요?" 콜로바스 존스는 되물었지만, 스트라이크는 운전기사가 자기 말을 똑똑히 알아들었다고 맹세할 수 있었다. 번득이는 적대감은 이제 숨김없이 적나라하게 드러났고, 스트라이크뿐 아니라 윌슨한테까지 뻗치는 듯했다. 윌슨은 콜로바스 존스가 배우라는 얘기를 한 이후로 아무 말 없이 듣기만 하고 있었다.

"아직도 혹시—."

"네, 아직도 갖고 있어요. 지금도 베스티귀 씨를 모시니까요, 네?" 콜로바스 존스가 말했다. "됐어요, 가야겠어요. 나중에 봐요, 데릭."

그는 반쯤 피우다 만 꽁초를 길바닥에 던지고 자동차에 탔다.

"뭐 다른 게 생각나시면, 룰라가 배슈티에서 만났던 친구 이름이나 뭐든 생각나면 연락 주십시오."

그는 콜로바스 존스에게 명함을 건넸다. 벨트를 잡아당기고 있던 운전기사는 쳐다보지도 않고 명함을 받았다.

"늦겠어요."

윌슨은 작별 인사로 손을 들었다. 콜로바스 존스는 차 문을 쾅 소리 나게 닫고 엔진 시동을 걸고는 인상을 잔뜩 쓴 채 후진해서 주차 공간에서 나왔다.

"스타병이 좀 심하게 들었지." 멀어져가는 자동차를 보며 윌슨이 말했다. 그게 젊은 친구를 두둔하는 변이었다. "룰라를 태우고 다니는 걸 아주 좋아했어요. 유명한 사람들은 다 자기가 맡고 싶어 하고. 베스티귀가 자기를 캐스팅했으면 하고 벌써 2년째 기대하고 있어요. 그 역할을 따내지 못해서 굉장히 화가 났었지."

"무슨 역할이었는데요?"

"마약 거래상. 참 대단한 영화 났지."

그들은 같이 브릭스턴 지하철역 쪽으로 걷기 시작했다. 파란 격자무늬 스커트를 입은 흑인 여학생들 한 무리가 곁을 지나쳐 갔다. 한 소녀의 길게 땋은 머리를 보니, 스트라이크는 또 여동생 루시 생각이 났다.

"베스티귀는 아직도 18번지에 살고 있는 거죠?" 스트라이크가 물었다.

"아, 그럼요." 윌슨이 대답했다.

"다른 아파트 두 채는요?"

"2호는 우크라이나 브로커 부부가 세 들어 살고 있고. 3호에 관심을 보이는 러시아 사람이 있긴 한데, 아직 계약 단계는 아닌 모양이에요."

"혹시라도 말이죠." 구약성경에 나오는 사람처럼 후드를 뒤집어쓰고 수염을 길게 기른 왜소한 남자가 그들 바로 앞에서 딱 멈춰 서서 천천히 혓바닥을 내미는 바람에 잠깐 발걸음을 멈춘 사이를 틈타 스트라이크가 물었다. "제가 언제 한번 가서 안을 좀 볼 수 있을까요?"

"아, 괜찮죠." 잠시 말이 없던 사이 윌슨의 눈길이 슬쩍 스트라이크의 발치로 향했다. "전화해요. 하지만 베스티귀가 나갔을 때라야 됩니다, 워낙 트집을 잡아대는 위인이라서. 나도 내 모가지가 소중하거든."

8

월요일에도 사무실을 같이 쓸 사람이 있다는 생각을 하니, 스트라이크는 혼자 보내는 주말 시간이 신선하게 느껴졌다. 고독이 그리 성가시지도 않고 오히려 소중하게 느껴졌다. 조립식 침대도 마음 놓고 밖에 내놓을 수 있었다. 안쪽 사무실과 바깥쪽을 가르는 문도 활짝 열어놓을 수 있고, 다른 사람 비위 걱정 없이 볼일도 시원하게 볼 수 있었다. 인공 라임 향이 지긋지긋해서 책상 뒤에 있는 창문을 간신히 열었더니 차갑고 깨끗한 산들바람이 불어 들어와 작은 방 두 개의 퀴퀴한 구석구석을 싹 훑어주었다. 샬럿과 함께 나누었던 죽도록 괴롭고 또 황홀했던 시간을 떠올리게 하는 CD나 노래는 무조건 피한다는 원칙하에 톰 웨이츠를 골라 작은 CD플레이어로 커다랗게 틀어놓았다. 살아서 다시는 보지 못할 거라 생각했던 그 CD플레이어는 샬럿의 집에서 가져온 상자 밑바닥에서 꺼낸 것이었다. 스트라이크는 바삐 움직이며 허접한 실내용 안테나가 달린 포터블 텔레비전을 설치하고 낡은 옷가지들을 검은 봉지에 담아 몇백 미터 거리에 있는 빨래방에 가져갔다. 다시 사무실로 돌아와서는 안쪽 사무실을 가로질러 걸어놓은 빨랫줄에

셔츠와 속옷을 널고 아스널과 스퍼즈의 3시 경기를 보았다.

이런 통상적인 일들을 처리하는 내내 스트라이크는 입원 기간 동안 그를 괴롭히던 망령이 다시 돌아와 곁에 있다는 느낌에 시달렸다. 망령은 허름한 사무실 모퉁이에 숨어 있었다. 눈앞의 일에 집중하다가 잠시라도 주의가 느슨해지면 어김없이 망령의 속삭임이 들려왔다. 망령은 그가 얼마나 한심하게 전락했는지 똑똑히 보라고 부추겼다. 네 나이를, 궁핍을, 박살 난 연애를, 그리고 집도 절도 없는 신세를 두 눈 똑바로 뜨고 보라고. '서른다섯이야.' 망령은 속삭였다. '그렇게 오래 죽도록 일했는데도 뭐 하나 그럴싸하게 내놓을 게 없네. 기껏해야 종이 상자 몇 개에 불과한 살림에 어마어마한 빚더미뿐.' 망령은 팟누들을 더 사러 간 슈퍼마켓에서 맥주 깡통 쪽으로 그의 눈길을 끌며 유혹했다. 마룻바닥에 쭈그리고 앉아서 셔츠를 다리는 그를 비웃었다. 하루가 저물어갈 무렵 망령은 아직도 현역인 것처럼 바깥 길거리까지 나와 담배를 피우는 그를 보고 야유를 퍼부었다. 이 하찮은 절제가 무정형의 재앙 같은 현재에 형식과 질서를 부여할 수 있을 것 같으냐고 조롱했다. 그래서 그는 책상에서 담배를 피우기 시작했고 옛날에 독일의 한 술집에서 술 내기를 해서 딴 싸구려 양철 재떨이에 꽁초들이 잔뜩 쌓였다.

그러나 일이 있다고, 그는 스스로에게 계속 환기시켰다. 돈을 받고 하는 일이 있다고. 아스널이 스퍼즈를 이기자 스트라이크는 기분이 좋아졌다. 텔레비전을 끄고 망령에 도전하듯 곧장 책상으로 가 앉아서 일을 시작했다.

이제는 마음대로 증거를 모으고 대조해볼 자유가 있는데도 스트라이크는 여전히 범죄 수사 규약의 절차를 철저히 따르고 있었다. 지금 그가 쫓고 있는 건 존 브리스토의 혼란스러운 상상력이 만들어낸 환상에 불과하다고 믿고 있어도 달라질 건 없었다. 브리스토, 윌슨, 그리고 콜로바스 존스와 면접을 할 때도 철저하고 정확하게 기록했다.

루시가 저녁 6시에 전화를 했다. 한창 일에 몰두해 있을 때였다. 동생은 스트라이크보다 두 살 어리지만 자기가 누나라고 생각했다. 젊은 나이에 주택 담보대출 할부금과 둔한 남편, 세 아이들, 성가신 직장이라는 묵직한 짐을 짊어진 루시는 책임이라면 무조건 떠맡고 보았다. 현실에 발을 묶어줄 닻은 아무리 많아도 모자란다고 생각하는 것 같았다. 스트라이크는 항상 루시가 소위 '야반도주'를 일삼던 어머니와 자신은 닮은 데가 전혀 없다는 걸 입증하고 싶어 한다는 생각이 들었다. 어머니는 두 아이를 전국으로 끌고 다니면서 이 학교 저 학교를 전전하게 만들고 무단 점거한 임시숙소나 캠프를 헤매고 새로운 열정의 대상 혹은 새 남자를 끊임없이 찾아 헤맸다. 루시는 스트라이크의 여덟 형제자매들 중에서 유일하게 어린 시절을 함께 보낸 동생이었다. 그가 루시보다 더 애틋한 마음을 품는 사람은 없건만, 막상 만나면 늘 아쉬움이 남았다. 두 사람의 조우는 매번 똑같은 불안감과 말다툼으로 얼룩지기 일쑤였다. 루시는 오빠가 걱정스러운 한편으로 실망스럽기도 했고, 그런 마음을 숨기지 못했다. 그래서 스트라이크는 다른 많은 친구들에게는 털어놓았을 신상 얘기라도 동생에게만큼은 정직하게 다 말하지 않게 되었다.

"그래, 아주 잘되고 있어." 그는 활짝 열어둔 창가에 서서 아래쪽 거리의 사람들이 상점을 들락날락하는 모습을 지켜보며 말했다. "사업이 요즘 두 배로 번창하고 있거든."

"어디 있어? 자동차 소리가 들리는데."

"사무실에. 서류 작업 할 게 있어서."

"토요일에? 그러면 샬럿이 뭐라고 안 해?"

"샬럿은 집을 비웠어. 어머니를 뵈러 갔거든."

"두 사람 사이는 어떻게 돼가고 있어?"

"좋지 뭐." 그가 말했다.

"확실한 거야?"

"그래, 확실해. 그렉은 어때?"

루시는 남편이 얼마나 일이 많은지 잠깐 읊어주고는 공격을 재개했다.

"길레스피가 아직도 돈 내놓으라고 들들 볶아?"

"아니."

"있잖아, 스틱 오빠……." 어렸을 때 별명이 나오는 건 좋지 않은 징조였다. 그의 마음을 누그러뜨리려는 거니까. "내가 좀 알아봤는데, 영국 재향군인회에다 신청하면……."

"제기랄! 루시." 그는 그만 참지 못하고 말해버렸다.

"뭐라고?"

목소리에 배어 나오는 아픔과 분노는 지긋지긋하게 익숙했다. 그는 눈을 꼭 감았다.

"재향군인회의 도움 따위는 필요 없어, 루스. 알았어?"

"그렇게까지 잘난 척할 필요는 없잖아……."

"애들은 어때?"

"잘 있어. 있잖아, 스틱 오빠, 내 생각에는 로커비가 변호사를 써서 오빠를 괴롭히려고 하는 건 진짜 말도 안 되는 거 같아. 평생 오빠한테 동전 한 푼 안 줬으면서. 오빠가 어떻게 살았는지 생각하면 선물을 줘도 모자랄 판에—."

"사업이 잘된다니까. 대출금은 갚을 거야." 스트라이크가 말했다. 길모퉁이에서 10대 커플이 말다툼을 하고 있었다.

"오빠하고 샬럿 사이는 정말 괜찮은 거야? 왜 어머니를 보러 갔대? 서로 싫어하는 사이 아니야?"

"요즘은 사이가 좀 좋아졌어." 10대 소녀가 마구 손을 휘젓고 발을 구르더니 돌아서서 가버렸다.

"오빠, 아직 반지 안 사줬어?" 루시가 물었다.

"등짝에 들러붙은 길레스피부터 떨쳐내라며?"

"반지가 없어도 정말 괜찮대?"

"그럼, 전혀 문제 없다고 하지." 스트라이크가 말했다. "반지는 바라지 않는대. 내 돈은 다 사업에 쓰라고 했어."

"정말로?" 루시는 늘 자기가 샬럿에 대한 깊은 증오심을 아주 잘 감추는 줄 착각하고 있었다. "잭의 생일파티에 올 거야?"

"언제인데?"

"일주일 전에 초대장 보냈잖아, 스틱 오빠!"

사무실에 자리가 없어서 층계참에 그냥 두고 아직 풀어보지도 않은 상자 속에다 샬럿이 그 초대장을 넣었을까? 스트라이크는 생각했다.

"그래, 갈게." 그보다 더 하기 싫은 일도 별로 없었다.

통화는 끝났고, 그는 다시 컴퓨터 앞으로 돌아가 일하기 시작했다. 윌슨과 콜로바스 존스를 인터뷰한 메모는 곧 마무리될 테지만, 답답한 기분은 가시지 않았다. 전역한 후로 단순한 감시 업무 이상이 요구되는 사건은 이번이 처음이었다. 그런데 날이 갈수록 이 일이, 이제는 권력도 권위도 모두 사라져버렸다는 사실을 그에게 상기시키기 위해 꾸며낸 사건 같았다. 룰라 랜드리가 사망하던 시점에 가장 근접해 있던 영화제작자 프레디 베스티귀는 얼굴도 없는 졸개들 뒤에 숨어 만나볼 수조차 없었다. 존 브리스토는 스트라이크와 얘기하도록 탠지 베스티귀를 설득해보겠다고 장담했지만 아직 인터뷰 날짜도 잡지 못했다.

희미한 무력감과 로빈의 약혼자가 보내는 것 못지않은 자기 경멸감 속에, 스트라이크는 바닥에 떨어진 우울한 자존감을 쫓아버리기 위해 사건과 관련된 인터넷 검색 결과를 더 많이 찾아보았다. 키에란 콜로바스 존스도 온라인에서 찾을 수 있었다. 운전사는 자기가 드라마 〈더 빌〉의 한 에피소드에서 대사 두 줄을 읊었다고 했는데 그건 사실이었다. '갱 조직원 2—키에란 콜로바스 존스'. 연극 쪽 에이전트도 있었다. 웹사이트에는 키에란의 사진이 작게 올라와 있고, 짤막한 출연작 목록에는 〈이스트엔더즈〉와 〈캐주얼티〉*에서 대사 없는 단역을 맡았던 것까지 포함되어 있었다. 엑서카 회사 홈페이지에는 키에란의 사진이 훨씬 크게 나와 있었다. 여기서는 키에란이 높은 실크해트와 유니폼을 입고 영화 스타 같은 모습으로 혼자 서 있었다. 회사에서 제일 잘생긴 운전기사가 분명해 보였다.

* 둘 다 영국에서 오랫동안 인기를 누리는 드라마 시리즈다.

창밖은 점차 어둠이 깃들어 저녁에서 밤으로 넘어갔다. 톰 웨이츠가 구석에 놓인 포터블 CD 플레이어에서 그르렁대고 앓는 소리를 내는 사이, 스트라이크는 사이버 공간에서 룰라 랜드리의 그림자를 추적하며 가끔씩 브리스토, 윌슨, 그리고 키에란과 이야기를 나눌 때 끼적였던 메모에 뭔가 덧붙여 적곤 했다.

랜드리의 페이스북 페이지는 찾을 수 없었고, 트위터를 했던 것 같지도 않았다. 그녀 자신은 사생활 정보를 캐내고자 하는 팬들의 게걸스러운 욕망을 절대 부추기지 않겠다고 마음을 굳게 먹었던 모양이지만, 오히려 그 빈자리를 채우고자 하는 다른 사람들에게 영감을 준 것으로 보였다. 헤아릴 수도 없는 웹사이트들이 그녀 사진들을 올리는 데 매달렸고, 강박적으로 그녀의 삶에 대한 논평을 써냈다. 여기 있는 정보의 절반이라도 진짜라면, 브리스토는 스트라이크에게 동생의 자기 파멸 욕구에 대해 몹시 파편적이고 미화된 설명을 했던 게 틀림없었다. 그런 경향은 이른 청소년기에 처음 발현했던 것으로 보이는데, 바로 양아버지인 알렉 브리스토 경이 갑자기 심장마비로 쓰러져 사망했던 시기다. 알렉 브리스토 경은 전자회사 '알브리스'를 창립한 기업인으로, 턱수염을 기른 인상 좋은 호인이었다. 룰라는 그 후 학교 두 군데에서 도망치고 세 번째 학교에서는 퇴학당했다. 전부 값비싼 사립학교였다. 손목을 긋고 흥건하게 고인 피 웅덩이에 누워 있는 걸 기숙사 친구가 발견한 적도 있었다. 험한 삶을 살다가 무단 점거 지역까지 추적한 경찰에 의해 발견되기도 했다. 성을 알 수 없는 사람이 운영하는 'LulaMyInspirationForeva.com'이라는 팬 사이트에서는 룰라가 이 시기 동안 몸을 팔아서 생계를 유지한 적도 있다고 주장했다.

그러다가 정신건강법에 따라 격리치료를 받게 되고 양극성 장애로 진단받은 중증 젊은이들을 위한 안전 병동에 입원한다. 거의 1년이 지난 후, 어머니와 함께 옥스퍼드 스트리트에 옷을 사러 나왔다가 모델 에이전시에서 동화 같은 제안을 받게 된다.

랜드리의 초기 사진들은 네페르티티*의 얼굴을 가진 열여섯 소녀를 보여준다. 그녀는 노련한 세속성과 천진한 무방비함을 절묘하게 조합해 렌즈에 투사해내는 능력이 있었다. 패션 에디터들은 눈부시게 아름다운 얼굴과 함께 얼룩말처럼 길고 가느다란 다리와 왼쪽 팔 안쪽에 죽 그어져 있는 깔쭉깔쭉한 흉터를 흥미로워하는지 가끔 화보에서 그 부분을 도드라지게 부각시키곤 했다. 룰라의 아름다움은 모순의 극치였고, (신문 부고와 히스테리에 휩싸인 블로그들에서) 그토록 찬미하는 매력은 돌연 폭발하곤 하는 성질과 위험할 정도로 짧은 인내심과 늘 나란히 존재했다. 언론과 대중은 그녀를 사랑했고, 또 그녀를 증오하기를 즐겼던 것 같았다. 한 여성 저널리스트는 그녀가 "이상할 정도로 다정하고, 뜻밖의 천진무구함을 지니고 있다"고 썼고, 또 다른 이는 "바닥을 들여다보면 치밀하게 계산적인 디바에 불과하다. 교활하고 터프하다"라고 쓰기도 했다.

9시 정각에 스트라이크는 차이나타운으로 걸어가 저녁 끼니를 샀다. 그리고 사무실로 돌아와 톰 웨이츠를 꺼내고 엘보우를 대신 튼 후, 에반 더필드에 관한 온라인 기사들을 검색하기 시작했

* 고대 이집트 제8왕조 아케나톤 왕의 비.

다. 모든 사람이, 심지어 존 브리스토까지도, 애인의 살인자는 아니라고 입을 모으는 남자다.

키에란 콜로바스 존스가 직업적인 질투심을 드러내기 전까지는, 스트라이크한테 더필드가 왜 유명한지 아느냐고 누가 물었다면 대답하지 못했을 것이다. 이제 그는 더필드가 평단의 호평을 받은 독립영화에 참여해 자기 자신과 구분하기 힘든 역할을 연기하는 바람에 일약 스타덤에 올랐다는 걸 알게 되었다. 헤로인에 중독된 뮤지션으로 약을 살 돈을 구하기 위해 도둑질을 하는 역할이었다.

더필드의 밴드는 리드 싱어의 갑작스러운 명성을 타고 앨범을 발표해 상당히 호평을 받기도 했지만, 더필드가 룰라를 만날 무렵 상당한 악감과 분쟁 끝에 해산했다. 여자친구와 마찬가지로 더필드 역시 사진에서 걸출한 미모를 자랑했다. 심지어 더러운 옷을 걸치고 비실비실 길을 걸어가는 모습으로 찍힌 보정도 안 한 망원렌즈 사진에서도, 사진사들에게 격분해 덤벼드는 (이런 사진들은 꽤 많았다) 모습으로도 그는 사진발을 꽤 잘 받았다. 상처입고 아름다운 두 사람의 조합은, 각자의 매력을 엄청나게 배가시키고 충전시켰던 것으로 보인다. 둘 다 상대를 훨씬 더 흥미롭게 보이게 만들었고, 그 매력은 다시 반사되어 자신에게 돌아왔다. 그건 일종의 영구 운동이었다.

연인의 죽음으로 더필드는 그 어느 때보다도 더 확고하게 우상화되고 비난받고 신격화되는 스타의 자리를 확보하게 되었다. 그에게서는 어쩐지 어둡고 체념한 듯한 분위기가 풍겼다. 그를 열렬하게 숭배하거나 비난하는 사람들은 모두 그가 이미 한 발을 사후세계에 담그고 있다는 사실을 즐기는 것 같았다. 이제 그는 불가피하게 절망과 망각의 구덩이로 전락할 수밖에 없다고 믿었다. 그는 자신의 연약함을 그럴싸하게 포장해 과시했고, 스트라이크는 더필드가 조그맣고 흔들리는 유튜브 비디오에서 전매특허인 마약에 취한 상태로, 콜로바스 존스가 정확하게 성대모사한 바로 그 목소리로, 죽음이란 파티 장을 빠져나가는 것에 불과하며, 조금 일찍 집에 간다고 해서 울고불고 할 필요는 없다는 둥 횡설수설하는 걸 한참 더 쳐다보고 있었다.

숱한 정보원에 의하면, 룰라가 죽은 날 더필드는 여자친구가 떠나고 나서 얼마 되지 않아 늑대 가면을 쓰고—스트라이크는 이게 의도적인 쇼맨십이 아니면 뭔가 싶었다—나이트클럽에서 나갔다고 한다. 그리고 그 이후 그가 설명한 그날 밤의 행적이 온라인의 음모론자들을 잠재우기엔 충분치 않았는지 몰라도, 경찰만큼은 그가 향후 켄티건가든에서 벌어진 일들과 무관하다는 걸 확신했던 것으로 보인다.

스트라이크는 뉴스 사이트와 블로그라는 험준한 땅을 헤매며 논리적 사고의 흐름을 따라갔다. 이곳저곳에서 벌어진 열띤 추론과 랜드리의 죽음에 대한 이론들은 꿋꿋이 경찰들이 놓친 단서들을 언급하며 살인자가 있었다는 브리스토의 확신에 힘을 실어주는 것처럼 보였다. LulaMyInspirationForeva는 아예 장문의 목록을 작성해 '해답을 찾지 못한 문제들' 을 정리해두었다. 5번 질문은 "그녀가 추락하기 전 파파라치들에게 전화를 걸어 해산시킨 사람은 누구인가?" 였고, 9번은 "어째서 새벽 2시에 얼굴을 가리고 그녀의 아파트에서 도망치던 사람들은 끝내 자수하지 않았는가? 그들은 누구이며 어디에 있는가?" 였다. 13번에는 "어째서 룰라는 추락할 때 집에 입고 왔던 옷과 다른 옷을 입었는가?" 라는 질문도 있었다.

자정이 되었을 때 스트라이크는 맥주를 마시며 브리스토가 말했던 사후의 논쟁에 대한 기사들을 읽고 있었다. 당시에도 막연하게 들어 알고는 있었지만 별로 관심을 두지 않았던 문제였다. 사건 심리에서 자살 판정이 나오고 일주일 후 디자이너 기 소메의 광고 화보를 둘러싸고 격렬한 논쟁이 벌어졌다. 화보에서 두 모델은 더러운 뒷골목에서 포즈를 취하고 있었다. 전략적으로 배치한 핸드백, 스카프와 보석 외에는 전라의 모습이었다. 랜드리는 쓰레기통 위에 쭈그리고 앉아 있었고, 키아라 포터는 땅바닥에 드러누워 있었다. 두 사람 모두 어마어마한 크기의 휘어진 천사 날개를 달고 있었다. 포터의 날개는 백조처럼 흰색이었고 랜드리의 날개는 녹색이 감도는 검은색과 번들거리는 황동빛을 아우르고 있었다.

스트라이크는 몇 분 동안 그 사진을 뚫어져라 바라보았다. 죽은 소녀의 얼굴이 왜 그렇게 불가항력으로 눈길을 끄는지, 어떻게 이렇게까지 사진을 완벽하게 장악하는지 정확한 이유를 알아내고 싶었다. 어쨌든 그녀는 보는 사람으로 하여금 부조화와 인위성마저도 끝내 믿게 만들었다. 정말로 그 손에 꼭 움켜쥐고 있는 그 액세서리들을 탐낸 나머지 하늘에서 내던져진 천사로 보였던 것이다. 오히려 석고처럼 새하얀 미모에도 불구하고 키아라 포터는 대조되는 배경으로만 보였다. 창백한 얼굴과 수동성 때문에 생명 없는 조각 같았다.

디자이너 기 소메는 그 사진을 선택했다는 이유로 엄청난 비난을 한 몸에 받았다. 그중에는 악의가 담긴 인신공격도 있었다. 많은 사람들은 죽은 지 얼마 되지 않는 랜드리를 이용해 돈을 번다는 생각 자체를 불쾌하게 여겼고, 소메가 대변인을 통해 전한 고인에 대한 깊은 사랑을 비웃었다.

그러나 LulaMyInspirationForeva는 룰라 본인이 그 화보가 사장되지 않고 활용되는 쪽을 원했을 거라는 주장을 폈다. '기 소메는 둘도 없이 절친한 친구였다. 룰라는 기를 친오빠처럼 사랑했기에 그가 이렇게 마지막으로 자신의 작업과 미모에 찬사를 바치는 쪽을 바랐을 것이다. 이 사진은 영원히 하나의 아이콘으로 살아남아, 룰라를 사랑했던 우리가 생생히 살아 있는 그녀를 기억 속에 간직하게 해줄 것이다.'

스트라이크는 마지막 맥주를 들이켜고 이 문장의 마지막 구절을 곰곰 생각해보았다. 그는 만나본 적도 없는 스타들에게 느끼는 팬들의 친밀감이 늘 이해가 되지 않았다. 사람들은 가끔 그를 앞에 두고 그의 친부를 '조니 그 친구'라고 부르곤 했다. 피차 잘 아는 친구 얘기를 하듯 만면에 환한 미소를 띠고 기사에 닳도록 많이 나온 얘기나 일화들을 자기가 직접 겪은 일처럼 되풀이하는 것이었다. 트레스코틱의 술집에서 만난 어떤 남자는 스트라이크에게 그런 말을 했었다. "씨발, 자네보다는 내가 자네 부친에 대해 훨씬 더 많이 안단 말이야!" 데드비츠의 최고 히트 앨범에서 연주한 세션 뮤지션들 이름을 줄줄 읊을 수 있고, 로커비가 화가 나서 색소폰을 철썩 치는 바람에 이가 부러진 유명한 일화의 주인공이 누구인지 안다는 게 근거였다.

새벽 1시였다. 스트라이크는 두 층 밑에서 쿵쿵거리는 베이스 기타 소리나 위층 옥탑 아파트에서 가끔씩 들리는 삐걱대는 소리며 물소리도 까맣게 잊었다. 위층에 사는 술집 지배인이 샤워 후 집에서 요리한 음식으로 호사를 누리고 있는 모양이었다. 피곤하긴 하지만 그렇다고 침낭에 기어들 정도는 아니라서, 그는 좀 더 인터넷을 파헤쳐 기 소메가 어디 사는지 대강의 주소를 알아내고 찰스 스트리트와 켄티건가든이 굉장히 가깝다는 사실에 주목했다. 그리고 오랜 근무를 끝내고 나서 자동으로 자기 동네로 향하듯 'www.arrse.co.uk' 라는 웹 주소를 타이핑했다.

육군 루머 서비스에 접속한 건 몇 달 전 컴퓨터에서 이 사이트를 브라우징하고 있는 걸 샬럿에게 들킨 이후로 처음이었다. 그녀는 마치 애인이 포르노사이트를 들여다보고 있었던 것처럼 격하게 반응했다. 그렇게 심하게 말다툼을 했던 이유는, 그가 현재의 생활에 불만을 품고 과거의 삶에 연연한다고 생각했기 때문이었다.

이 사이트에는 군인의 사고방식이 낱낱이 드러나 있었고, 모든 글이 스트라이크 역시 유창하게 말할 수 있는 언어로 쓰여 있었다. 눈 감고도 줄줄 외울 수 있는 약어들이 즐비했고, 외부인들은 감도 잡을 수 없는 농담들이 올라와 있었다. 아들이 키프로스의 학교에서 괴롭힘을 당하고 있다는 아버지부터 이라크전 청문회에서 수상의 잘못을 뒤늦게 비판하는 글까지 군 생활의 온갖 고민들이 올라와 있었다. 스트라이크는 글들을 읽으며 가끔 코웃음을 치기도 했지만 한편으로는 잘 알고 있었다. 이렇게 함으로써 그는 지금도 등짝에 달라붙어 목덜미에 숨을 내뱉고 있는 망령에게 저항의 수위를 낮추고 있다는 걸.

이것이 그의 세계였고 그곳에서 그는 행복했었다. 군 생활은 불편하고 난관도 많았지만, 그래서 결국 다리 한 짝을 잃고야 말았지만, 그래도 그는 복역 기간을 단 하루도 후회하지 않았다. 하지만 심지어 그들 한가운데 있을 때조차 그는 그들과 같은 부류가 아니었다. 처음에는 공병이었고 나중에는 양복 차림의 기관원이 되어 보통의 병사들에게 두려움과 혐오의 대상이 되었으니까.

'SIB가 말을 걸면 무조건 "노 코멘트입니다. 변호사를 불러주십시오"라고 말하라. 아니면 간단하게 "저를 눈여겨보아 주시다니 감사합니다"도 좋다.'

스트라이크는 굵은 목소리로 껄껄 웃음을 터뜨리고 나서, 돌연 사이트를 닫아버리고 컴퓨터를 껐다. 너무 진이 빠져서 의족을 빼는 데 평소보다 두 배나 오래 걸렸다.

9

날씨가 좋았던 일요일 아침, 스트라이크는 샤워를 하러 런던 유니온 대학교에 다시 갔다. 아니나 다를까 이번에도 의식적으로 어깨를 당당하게 펴고 자연스럽게 인상을 쓰자, 눈을 내리깔고 데스크를 지나치는 그에게 감히 누구도 말을 걸지 못할 만큼 험상궂게 보일 수 있었다. 탈의실에서 서성거리며 옷 갈아입는 학생들의 눈길을 피해 샤워할 수 있는 한적한 시간을 기다렸다. 괜히 의족을 보여줘서 뚜렷이 각인되는 일은 피하고 싶었다.

그는 씻고 면도를 한 다음 지하철을 타고 해머스타인 브로드웨이로 가서 유리로 뒤덮인 쇼핑가 창문으로 간간이 쏟아지는 햇빛을 즐겼다. 저 멀리 킹 스트리트의 가게들에는 사람들이 복작거렸다. 꼭 토요일 같았다. 늘 붐비고 정 붙이기 힘든 도심 상업 지구지만, 스트라이크는 여기서 10분만 걸어가면 템스 강변의 나른한 시골길이 펼쳐진다는 걸 알고 있었다.

자동차 가도를 옆에 끼고 걷다 보니 어린 시절 교회와 해변만 빼고 전부 문을 닫던 콘월의 일요일이 기억났다. 그 시절의 일요일에는 특별한 분위기가 있었다. 메아리치고 속삭이는 정적, 도

자기 찻잔이 달그락거리는 소리, 그레이비소스 냄새, 인적 없는 대로만큼이나 심심한 텔레비전, 어쩔 수 없이 자연에서 즐거움을 찾으려고 그가 루시와 함께 해변의 자갈을 밟으며 달리면 지칠 줄 모르고 밀려오던 파도.

어머니가 이런 말을 한 적이 있었다. "조앤 말대로 내가 지옥에 떨어진다면, 그건 아마 세인트마위스의 일요일이 영원히 계속되는 곳일 거야."

상업 지구에서 템스 강을 향해 걸어가는 길에 스트라이크는 의뢰인에게 전화를 걸었다.

"존 브리스토입니다."

"네, 주말에 방해해서 죄송합니다, 존……."

"코모란?" 존은 곧 상냥하게 말했다. "괜찮아요, 전혀 상관 없어요! 윌슨과는 어떻게 됐나요?"

"아주 좋았습니다. 큰 도움이 됐어요. 룰라의 친구 한 명을 찾는데 도움을 받을 수 있을까 해서 전화를 드렸습니다. 치료 도중에 만난 여자인데요, 이름은 R로 시작해요, 레이첼이나 라켈처럼. 그리고 룰라가 죽었을 때 해머스미스의 세인트엘모스 호스텔에서 살고 있었답니다. 혹시 뭐 생각나는 것 있으세요?"

잠시 침묵이 이어졌다. 브리스토가 다시 입을 열었을 때는 짜증에 가까운 실망이 말투에 묻어났다.

"그 여자와 무슨 얘기를 하겠다는 겁니까? 탠지는 위층에서 들린 목소리가 남자였다고 분명히 말했는데요."

"용의자가 아니라 목격자로서 찾는 겁니다. 룰라는 어머니의 아파트에서 당신과 만난 직후에 배슈티라는 상점에서 그 여자와 약속이 있었어요."

"네, 압니다. 심리 때 나온 얘기죠. 아, 물론 일은 그쪽이 잘 알겠지만, 그 여자가 그날 밤에 일어난 일을 어떻게 안다는 건지 모르겠군요. 잠깐만요, 코모란. 여기가 어머니 댁이라 다른 사람들도 있어서…… 조용한 자리를 찾아야 해서요."

부스럭거리며 이동하는 소리가 들리고, "실례합니다"라고 낮게 중얼거리는 소리가 들렸다. 그리고 잠시 후 브리스토의 목소리가 다시 들려왔다.

"미안해요. 간병인 앞에서 이런 이야기를 하고 싶지 않아서. 아까는 사실 더필드 건으로 전화한 다른 사람으로 잘못 알았거든요. 내가 아는 사람은 모조리 전화해서 그 이야기를 했어요."

"무슨 이야기를요?"

"《뉴스 오브 더 월드》를 읽지 않는 모양이군요. 사진까지 다 거기 나와 있습니다. 더필드가 어제 갑자기 어머니를 찾아왔거든요. 사진기자들이 집 밖에 진을 쳤어요. 민폐도 이만저만이 아니라 이웃들이 몹시 화가 났습니다. 나는 그때 앨리슨과 외출 중이었습니다. 내가 있었다면 그자를 절대 집 안에 들이지 않았을 텐데 말입니다."

"뭘 원한답니까?"

"좋은 질문이군요. 토니 삼촌은 돈이라고 하시지만, 그분이야 원래 대체로 모든 게 돈 때문이라고 여기시죠. 어쨌든 내가 변호사니까 그쪽으로는 별일 없었죠. 대체 왜 왔는지는 아무도 모릅니다. 그나마 다행인 건, 어머니께서 그가 누군지 모르는 눈치라는 거예요. 굉장히 강한 진통제를 쓰고 있거든요."

"신문사에서는 그가 오는 걸 어떻게 알았답니까?"

"그거 정말 훌륭한 질문이군요." 브리스토가 말했다. "토니 삼촌은 그자가 직접 전화한 거라고 생각하세요."

"어머니는 어떠십니까?"

"상태가 아주 안 좋으세요. 몇 주는 버티실 거라는 얘기도 있고 당장이라도 잘못될 수 있다고도 하네요."

"유감입니다." 스트라이크가 말했다. 그는 차들이 시끄럽게 지나다니는 고가 아래를 지나는 참이라 언성을 높였다. "음, 배슈티에 같이 있었던 룰라의 친구 이름이 생각나시면……."

"그 여자에게 왜 그렇게 관심을 갖는지 사실 아직도 이해가 안 되는군요."

"룰라는 그 친구더러 해머스미스에서 노팅힐까지 오게 한 다음, 15분만 만나고는 나가버렸습니다. 왜 더 있지 않았을까요? 왜 그렇게 잠깐 만난 걸까요? 말다툼을 했을까요? 갑작스러운 죽음 전후에 일어난 이상한 일이라면 뭐든 관련이 있을 수 있습니다."

"알겠어요." 브리스토가 망설이며 말했다. "하지만…… 음, 룰라에게 그런 행동은 사실 이상한 일이 아닙니다. 그 애가 조금…… 조금 이기적으로 굴 때가 있다고 했잖아요. 잠깐 얼굴만 내밀어도 친구가 좋아할 거라고 생각했을 겁니다. 잠깐 잘해주다가 금세 사람을 팽개치는 일은 비일비재했거든요."

존이 수사 방향에 심하게 낙담한 눈치였기에 스트라이크는 의뢰인이 내는 엄청난 수임료가 헛되지 않음을 넌지시 알려주는 게 좋겠다고 판단했다.

"전화를 드린 또 한 가지 이유는 내일 저녁에 이 사건을 담당했던 경찰관을 만나게 됐다고 알려드리기 위해서입니다. 에릭 워들이라고 하는데, 경찰 파일을 얻으려고 합니다."

"잘됐어요!" 브리스토는 반색했다. "빨리 손을 썼군요!"

"아, 네. 경찰청에 잘 아는 사람들이 있어서요."

"그럼 러너에 관해서 대답을 좀 얻어낼 수 있겠군요! 내가 쓴 메모는 다 읽으셨나요?"

"네, 큰 도움이 됐습니다." 스트라이크가 말했다.

"이번 주에 탠지 베스티귀와 점심 약속을 잡겠습니다. 증언을 직접 들려드릴 수 있도록. 제가 비서에게 전화하면 되겠죠?"

"좋습니다."

전화를 끊은 뒤 스트라이크는 이래서 돈이 부족해도 비서를 두나 보다 생각했다. 프로다운 인상을 주니까.

노숙자들을 위한 세인트엘모스 호스텔은 시끄러운 콘크리트 고가도로 바로 뒤에 있었다. 룰라의 메이페어 집과 마찬가지로 비율이 잘 맞지 않는 현대식 건물로, 수수하고 지저분한 흰색으로 마감한 붉은 벽돌집이었다. 돌층계도 정원도 고상한 이웃도 없고 문틀 페인트가 다 벗겨진 낡은 문이 곧장 길거리로 통했다. 실용주의로 점철된 현대적 세계는 점점 팽창하다 못해 전혀 어울리지 않는 환경에서 불쌍하게 웅크리고 있었다. 고작 20미터 거리에 고가도로가 있어서 위층 창문이 곧장 콘크리트 벽과 끝없이 지나가는 자동차들을 내다보게 되어 있었다. 현관문 옆에 붙어 있는 커다란 은색 초인종과 스피커는 누가 봐도 공공시설이라는 인상을 강하게 풍겼고, 전선을 축 늘어뜨린 흉물스러운 검은색 카메라도 마찬가지였다.

입가가 곪아 터진 앙상한 여자가 지저분한 남성용 티셔츠를 입고서 현관 앞에서 담배를 피우고 있었다. 벽에 기댄 채 걸어서 5분 거리도 안 되는 상업 지구 쪽을 멍하니 바라보고 있던 여자는 스트라이크가 호스텔에 들어가려고 초인종을 누르자 그의 능력을 가늠하기라도 하는 것처럼 열심히 머리를 굴리는 표정으로 쳐다보았다.

문을 열고 들어가자 곰팡이 냄새를 풍기는 조그만 로비가 나왔다. 양쪽으로 잠긴 유리문 두 개가 나 있고, 아무 장식도 없는 복도와 전단지를 잔뜩 올려놓은 테이블 하나, 오래된 다트보드와 벽에 구멍이 숭숭 뚫린 음침한 방이 보였다. 바로 앞에는 철제 창살로 막아놓은 매점풍의 프런트가 있었다.

한 여자가 프런트 데스크에 앉아 껌을 짝짝 씹으며 신문을 읽고 있었다. 스트라이크가 레이첼인지 뭔지 하는 이름을 가진 룰라 랜드리의 친구와 이야기를 나눌 수 있을지 묻자, 여자는 수상쩍다는 듯 못마땅한 얼굴을 했다.

"당신 기자예요?"

"아뇨, 친구의 친구입니다."

"그럼 이름을 알아야죠, 안 그래요?"

"레이첼? 라켈? 뭐 그런 이름인데요."

의심이 많은 여자 뒤로 머리가 벗겨진 남자가 들어왔다.

"전 사립탐정입니다." 스트라이크가 언성을 높이자 남자가 흥미롭다는 듯 주위를 두리번거렸다. "제 명함입니다. 룰라 랜드리 오빠의 부탁을 받고 그 아가씨와 이야기를—."

"아, 로셸을 찾는 거요?" 대머리 사내가 창 쪽으로 다가오며 말했다. "어, 걔는 여기 없는데. 떠났소."
스트라이크에게 그렇게 쉽게 말해주는 동료에게 짜증이 난 여자는 카운터를 비우고 나가버렸다.
"그게 언제입니까?"
"몇 주 됐지. 두 달쯤 됐나."
"어디로 갔는지 혹시 아세요?"
"몰라요. 아마 다시 떠돌아다니고 있겠지. 벌써 몇 번째 드나들던 애거든요. 골치 아픈 성격이야. 정신 이상이지. 잠깐, 캐리앤이 뭘 좀 알지도 모르겠군. 캐리앤! 어이, 캐리앤!"
입술에 딱지가 앉은 창백한 소녀가 눈을 가늘게 뜨고서 햇볕에서 나왔다.
"왜요?"
"로셸 말이야. 봤어?"
"그년을 내가 왜 봐?"
"그럼 못 봤어?" 대머리 남자가 말했다.
"어. 담배 있어?"
스트라이크가 담배를 한 개비 건넸다. 소녀는 귀 뒤에 담배를 끼웠다.
"아직 이 근처에 있을 거야. 재닌이 봤댔어." 캐리앤이 말했다. "로셸이 방을 얻었다나 뭐라나. 구라만 치는 년. 룰라 랜드리가 다 물려줬다는데, 개소리지. 로셸은 왜요?" 소녀는 스트라이크에게 물었다. 돈이 오가는 일인지, 그렇다면 혹시 자기가 대신 때울 수 있는지 궁금한 눈치가 역력했다.
"그냥 뭐 좀 물어보려고요."

"왜요?"

"룰라 랜드리 때문에."

"아." 캐리앤이 머리를 굴리느라 눈을 반짝이며 쳐다보았다. "걔들 별로 친하지 않았어요. 로셸 그 거짓말 잘하는 년이 하는 말은 다 믿으면 안 돼."

"로셸이 무슨 거짓말을 했지요?" 스트라이크가 물었다.

"죄다 거짓말이에요. 랜드리가 사줬다는 것 중에 반은 훔친 거라니까요."

"이봐, 캐리앤." 대머리 남자가 부드럽게 말했다. "그 둘은 친구였어요." 그가 스트라이크에게 말했다. "랜드리가 여기 와서 로셸을 차에 태워 가기도 했고요. 그래서 다른 친구들 신경이 날카로워지기도 했고." 남자는 캐리앤을 흘깃 쳐다보며 말했다.

"나는 안 그랬어." 캐리앤이 쏘아붙였다. "랜드리가 잘난 체한다고 생각했지. 걔는 그렇게 예쁘지도 않았거든."

"로셸의 숙모가 킬번에 있다고 했어요." 대머리 남자가 말했다.

"서로 연락은 안 하는 사이야." 소녀가 말했다.

"그 사람 이름이나 주소가 있습니까?" 스트라이크가 물었지만 둘 다 고개를 저었다. "로셸의 성은 뭐죠?"

"몰라요. 캐리앤, 너는 아냐? 보통 이름만 아는 사이라."

그들에게서는 더 알아낼 것이 없었다. 로셸이 마지막으로 들어왔을 때는 두 달 이상을 그곳에서 지냈다. 대머리 사내는 로셸이 잠깐 세인트토머스 병원의 외래병동에 다니긴 했는데 아직도 다니는지는 모른다고 했다.

"정신병 발작 때문에 약을 잔뜩 먹고 있어요."

"갠 룰라가 죽었을 때 아무렇지도 않았어요." 캐리앤이 불쑥 말했다. "아무렇지도 않게 쌩까더라니까."

두 남자가 모두 캐리앤을 쳐다보았다. 캐리앤은 불쾌해도 사실인데 어쩌겠냐는 듯이 어깨를 으쓱했다.

"저, 로셸을 다시 보게 되면 이 연락처로 전화 좀 해달라고 전해주겠어요?"

스트라이크가 내민 명함을 두 사람은 흥미로운 눈빛으로 이리저리 뜯어보았다. 그렇게 정신을 팔고 있는 틈을 타서 스트라이크는 아까 껌 씹던 여자가 보던 《뉴스 오브 더 월드》지를 창살 밑 조그만 구멍으로 슬쩍 빼내서 팔 밑에 꼈다. 그리고 밝은 목소리로 인사를 하고 나왔다.

따사로운 봄날 오후였다. 스트라이크는 해머스미스 다리로 걸어갔다. 연녹색 페인트와 정교한 금박 장식들이 햇빛을 받아 반짝반짝 빛났고, 백조 한 마리가 저 멀리 강둑 옆 템스 강물 위에 떠다니고 있었다. 사무실과 상점들이 수백 킬로미터는 떨어져 있는 것처럼 아득했다. 오른쪽으로 돌아 강둑을 따라 테라스가 달린 야트막한 강변 옆 건물들이 즐비한 인도를 걸었다. 발코니도 있고, 늘어진 등나무에 뒤덮인 집도 있었다.

스트라이크는 블루앵커에서 맥주 한 잔을 사 들고 나와서 나무 벤치에 앉아, 파랗고 하얀 집들을 등지고 강물을 바라보았다. 담배에 불을 붙이고 신문을 펼쳤다. 4면에 (고개를 푹 숙이고 손에 커다란 흰 꽃다발을 든 채 검은 코트 자락을 휘날리는) 에반 더필드의 컬러 사진과 함께 '더필드, 임종을 앞둔 룰라 모친 병문안'이라는 헤드라인이 박혀 있었다.

기사 내용은 사진을 장황하게 설명하는 것뿐이었다. 아이라인과 휘날리는 코트 자락, 뭔가에 사로잡힌 듯 넋을 놓은 얼굴을 보니 죽은 애인의 장례식장으로 향하던 더필드의 모습이 떠올랐다. 당시 사진 밑에 적혀 있던 몇 줄의 묘사에 따르면, 그는 "참담한 표정의 배우 겸 가수 에반 더필드"였다.

호주머니에서 스트라이크의 휴대전화가 진동했다. 꺼내보니 낯선 번호에서 온 문자였다.

《뉴스 오브 더 월드》지 4면 기사, 에반 더필드. —로빈

그는 작은 액정화면을 보며 씩 웃고 나서 전화기를 주머니에 다시 넣었다. 머리와 어깨에 닿는 볕이 따스했다. 갈매기들이 끼룩거리며 머리 위를 날고 있었다. 문득 가야 할 곳도, 기다리는 사람도 없다는 사실을 실감하고 행복해진 스트라이크는 따사로운 벤치에서 다시 신문을 펴고 처음부터 끝까지 읽기 시작했다.

10

로빈은 출근 시간 베이커루 노선의 만원 지하철 승객들과 함께 이리저리 흔들리며 서 있었다. 사람들은 모두 월요일 아침에 어울리는 뿌루퉁하고 우울한 표정이었다. 로빈은 코트 주머니 속에서 울리는 휴대전화를 어렵사리 끄집어냈다. 뒤에 서서 입 냄새를 풍기는 양복 차림 남자의 축 늘어진 살점에 로빈의 팔꿈치가 깔려 있었던 것이다. 문자를 보낸 사람이 스트라이크라는 사실에 로빈은 잠시 흥분을 느꼈다. 어제 신문에서 더필드를 본 것만큼이나 짜릿했다. 문자에는 이렇게 적혀 있었다.

나갑니다. 변기 뒤에 열쇠 두었어요. —스트라이크

로빈은 전화기를 주머니에 도로 넣지 않고 전철이 어두운 터널을 지나며 흔들리는 동안 손에 꼭 쥔 채, 살이 출렁거리는 남자의 구취를 들이마시지 않으려고 애썼다. 안 그래도 찌무룩한 기분이었는데. 로빈과 매튜는 그 전날 매튜의 대학 시절 친구 둘과 함께 매튜가 좋아하는 펍인 '윈드밀 온 더 커먼'에서 점심 식사를 했다. 그런데 로빈은 옆 테이블에 펼쳐진 《뉴스 오브 더 월드》에서 에반 더필드의 사진을 발견했고, 매튜가 한참 이야기를 하고 있는 도중에 미안하다며 황급히 일어나 밖으로 나가서 스트라이크에게 문자를 보냈다.

그러자 매튜는 예의에 어긋난 행동이라며 로빈을 타박했고, 터무니없는 비밀을 지킨답시고 무슨 일인지 설명하지 않는 건 더 나쁘다고 했다.

로빈은 손잡이를 꽉 잡았고, 전철이 속도를 줄여 뚱뚱한 남자가 몸을 기대오자 바보짓을 하고 있는 기분이 되어버렸다. 두 남자가 다 원망스러웠다. 특히 룰라 랜드리의 전 애인이 평소와 다른 움직임을 보였는데도 과소평가하는 탐정이 더 미웠다.

여느 때처럼 어지러운 공사판을 지나 덴마크 스트리트로 접어들어 문자의 지시대로 화장실에서 열쇠를 찾아 들어온 로빈은 역시나 프레디 베스티귀의 고고하신 비서한테 푸대접을 받고서 그만 짜증이 폭발하고 말았다.

스트라이크는 바로 그 순간 아무것도 모른 채 로빈이 평생 최고로 낭만적인 순간을 누린 장소를 지나가고 있었다. 스트라이크가 세인트제임스에서 글라스하우스 스트리트 쪽으로 걷고 있던 오늘 아침, 에로스 조각상 계단에는 이탈리아에서 온 10대들이 와글와글 모여 있었다.

피카딜리 서커스에서 조금만 걸어가면 디비 맥이 로스앤젤레스에서 오자마자 몇 시간씩 죽칠 정도로 좋아했던 나이트클럽 바락의 입구가 나왔다. 공업용 콘크리트처럼 보이게 꾸민 건물 전면에 반짝이는 검은 글씨로 상호를 수직으로 배치해놓아 눈에 잘

띄었다. 클럽은 4층까지 차지하고 있었다. 스트라이크의 예상대로 입구에는 폐쇄회로 카메라가 설치되어 있었고, 카메라의 촬영 범위는 거리를 거의 다 아우르는 것으로 보였다. 그는 화재 비상구를 확인하고 건물을 돌아보면서 근처 지리를 대충 머릿속에 그려놓았다.

전날 밤에 두 번째로 오랫동안 인터넷 검색을 한 스트라이크는 디비 맥이 공공연히 표명한 룰라 랜드리에 대한 관심이 어떤 것인지 비로소 확실히 파악했다고 생각했다. 래퍼인 디비 맥은 두 장의 앨범에 수록된 세 곡의 가사에서 룰라를 언급했다. 여러 번의 인터뷰에서 룰라가 이상형이자 소울메이트라고 말하기도 했다. 맥이 얼마나 진지한 의도로 그런 말들을 했는지는 가늠하기 어려웠다. 스트라이크가 읽은 인터뷰 기사들을 보면, 일단 음흉한 맥의 유머감각을 감안해야 했고 기자들이 그와 만날 때 두려움과 경외심을 함께 느낀다는 점도 고려해야 했다.

고향 로스앤젤레스에서 총기와 약물 관련법 위반으로 구속된 전력이 있는 맥은 이제 음반 작업 외에도 여러 가지 사업에서 성공한 백만장자였다. 레코드 회사가 맥을 위해 룰라의 아파트 아래층을 임대했다는 이야기가 흘러나왔을 때, 로빈의 말을 빌리자면 언론은 '흥분' 했다. 디비 맥이 꿈의 여인 바로 아래층에 살게 되면 과연 어떤 일이 벌어질지, 이 새로운 전개로 인해 랜드리와 더필드 사이의 바람 잘 날 없는 관계는 추이가 어떻게 될지 온갖 예측이 쏟아져 나왔다. 근거 없는 기사들에는 가짜가 분명한 양측 친지들의 논평이 양념처럼 따라다녔다. '맥이 벌써 룰라한테 전화해서 데이트 신청을 했다.' '맥이 런던에 도착했을 때 룰라가 간단한 파티 준비를 했다.' 우르르 쏟아져 나온 추측성 기사들로 인해 두 차례 구속된 전과범이면서 음악으로 과거의 범죄 행위를 찬양하는 맥에게 입국허가를 내주면 절대 안 된다는 의견은 묻혀 버렸다.

바락 주위의 거리에서는 더 이상 알아낼 것이 없다고 판단한 스트라이크는 계속 걸어가면서 주위의 노란 선과 금요일 밤 주차 금지 안내, 개인 소유 보안카메라를 갖고 있는 옆 건물들에 대해 수첩에 적어두었다. 기록을 마친 스트라이크는 이만하면 차 한 잔과 베이컨 빵 하나를 먹어도 될 만큼은 일했다고 생각하고 작은 카페에서 차와 빵을 즐기며 누가 버리고 간 《데일리 메일》을 읽었다.

스트라이크가 두 잔째 차를 따르면서 수상이 마이크가 켜진 상태인 줄 모르고 나이 지긋한 여성 유권자를 고집불통이라고 부른 사건을 재미있게 읽고 있는데 휴대전화가 울렸다.

일주일 전, 그는 달갑지 않은 임시직원의 전화가 곧바로 음성메시지로 연결되도록 설정해두었다. 하지만 오늘은 전화를 받았다.

"로빈, 잘 있었어요?"

"네. 메시지를 전하려고 전화 드렸어요."

"말해요." 스트라이크가 펜을 꺼내며 말했다.

"앨리슨 그레스웰이 방금 전화했어요. 존 브리스토의 비서요. 내일 1시에 치프리아니에 예약을 해뒀고 탠지 베스티귀를 소개해 준대요."

"잘됐군요."

"프레디 베스티귀의 프로덕션 회사에는 다시 전화를 해봤어요. 그쪽 사람들이 짜증을 내고 있어요. LA에 있대요. 탐정님께 전화

부탁한다고 다시 요청해놨어요."

"잘했어요."

"그리고 피터 길레스피도 또 전화했어요."

"아아." 스트라이크가 말했다.

"급한 일이라면서 가급적 빨리 연락 달라고 했어요."

스트라이크는 로빈에게 길레스피한테 전화해 웃기지 말라고 전해달라고 할까 생각했다.

"그래요, 알았어요. 참, 나이트클럽 우지의 주소를 문자로 보내줄래요?"

"네."

"그리고 가이 소메라는 자의 번호도 알아봐주고요. 디자이너예요."

"'기'라고 발음해요." 로빈이 말했다.

"네?"

"그 사람 이름이오. 프랑스어로 '기'라고 발음해요."

"아, 그렇군요. 아무튼 그 사람 연락처 좀 알아봐줄래요?"

"네." 로빈이 말했다.

"나하고 얘기를 좀 나눌 수 있을지 물어봐줘요. 내가 누군지, 내 의뢰인이 누군지 이야기하고요."

"네."

스트라이크는 로빈의 말투가 어쩐지 냉랭하다는 느낌을 받았다. 그런데 잠시 생각해보니 이유를 알 것 같았다.

"참, 어제 보내준 문자 고마워요." 그가 말했다. "답장을 보내지 못해서 미안해요. 그때 문자를 보냈다면 같이 있던 사람들이 이상하게 생각했을 거예요. 어쨌든 더필드의 에이전트 나이젤 클레멘츠에게 전화해서 약속을 잡아주면 고맙겠군요."

그가 바랐던 대로 그녀의 가시 돋친 태도는 일거에 무너졌다. 이제 로빈의 목소리는 급격히 온도가 상승해 있었다. 사실은, 따뜻하다 못해 뜨거울 정도였다.

"하지만 더필드는 아무런 관련이 없겠죠? 확실한 알리바이가 있으니까요!"

"네, 그건 두고 봐야죠." 스트라이크는 짐짓 불길한 말투로 이야기했다. "그리고 로빈, 살인 협박이 또 들어온다면 보통 월요일에 도착하거든요."

"네?" 로빈이 간절한 목소리로 물었다.

"파일에 넣어놔요." 스트라이크가 말했다.

스트라이크는 그다음 말을 제대로 들은 것인지 의심했다. 설마. 로빈은 정말 참한 인상인데. 하지만 아무리 생각해도 방금 "니 맘대로 하세요, 그럼"이라는 말을 들은 것 같았다.

스트라이크는 지루해도 꼭 해야 하는 작업을 처리하면서 남은 하루를 보냈다. 로빈이 문자로 보낸 주소를 받아 그날 두 번째로 나이트클럽을 찾아갔다. 사우스켄징턴에 위치한 우지는 바락과는 극단적인 대조를 이루는 곳이었다. 점잖은 입구는 세련된 주택이라 해도 믿을 것 같았다. 역시 여기에도 문 앞에 보안카메라가 달려 있었다. 그다음에 스트라이크는 버스를 타고 기 소메가 사는 게 확실한 찰스 스트리트로 가서 디자이너의 집 주소와 랜드리가 죽은 집을 최단으로 연결하는 길을 걸어보았다.

늦은 오후가 되자 다리가 또 심하게 아파져서, 에릭 워들과 약속을 잡아둔 경찰청 앞 '페더스'로 출발하기 전에 잠시 앉아 쉬면서 샌드위치를 먹었다.

페더스 역시 빅토리아 양식의 펍이었다. 천장에서 바닥까지 이어지는 커다란 통창들이 제이콥 에프스타인의 조각으로 장식된 웅장한 1920년대 건물을 바라보고 있었다. 가장 가까운 조각은 문 위에 설치되어 펍의 창문을 물끄러미 내려다보고 있었다. 맹폭한 신이 어린 아들에게 안겨서 앉아 있는 조각이었는데 몸이 기묘하게 뒤틀려 성기가 보였다. 시간이 흘러 이젠 별로 충격적으로 보이지 않았다.

페더스 안으로 들어가자 기계들이 짤랑거리고 덜컥거리며 원색의 불빛을 번쩍이고 있었다. 가죽으로 감싼 벽에 걸린 PDP TV에서는 웨스트 브롬위치 알비온과 첼시의 경기가 화면만 나왔고, 스피커에서는 에이미 와인하우스의 신음 소리가 흘러나왔다. 기다란 바 뒤편 크림색 벽에 맥주 종류가 적혀 있었고, 맞은편으로 널찍한 나무 계단과 반짝이는 금속 난간이 위층으로 이어져 있었다.

스트라이크는 주문을 기다리며 주위를 둘러보았다. 남자들이 많았는데 대부분 군인처럼 짧은 머리를 하고 있었다. 오렌지빛으로 태닝한 여자 셋은 반짝이는 미니드레스를 입고 아찔한 힐을 신은 차림으로 과하다 싶게 스트레이트 파마를 한 머리를 휘날리고 있었다. 그녀들은 유일하게 혼자 술을 마시고 있는, 가죽 재킷 차림의 소년처럼 잘생긴 남자가 창가에 앉아 노련한 눈으로 점수를 매기듯 자신들을 찬찬히 살펴보고 있다는 사실을 모르는 척하고 있었다. 스트라이크는 둠바 맥주 한 잔을 사 들고 여자들을 감정하고 있는 남자에게 다가갔다.

"코모란 스트라이크입니다." 그는 워들의 테이블로 다가가 말했다. 워들은 스트라이크가 부러워하는 머릿결을 갖고 있었다. 아무도 워들에게 '거시기털대가리' 라고 하지는 않을 것이다.

"그쪽일 줄 알았어요." 워들이 악수를 하며 말했다. "앤스티스가 덩치가 좋다고 했거든요."

스트라이크가 의자를 당기자 워들이 단도직입적으로 말했다. "나한테 준다는 게 뭡니까?"

"지난달에 일링브로드웨이 근처에서 칼부림으로 사람이 죽었죠? 리암 예이츠라고. 경찰 끄나풀 맞아요?"

"네, 목에 칼침을 맞았죠. 하지만 누가 한 짓인지는 압니다." 워들이 잘난 척 웃으며 말했다. "런던 사람 절반은 알고 있다고요. 그게 준다는 정보라면—."

"하지만 어디 있는지는 모르지요?"

끗끗이 모른 척하는 여자들을 슬쩍 바라보고 나서 워들은 주머니에서 수첩 하나를 꺼냈다.

"그래서요."

"해크니 로드의 벳버스터스에서 일하는 쇼나 홀랜드란 여자가 있습니다. 그 마권 업자 집 근처에 살고 있어요. 지금 그 여자한테 반갑지 않은 손님이 와 있는데, 브렛 피어니라고, 동생을 상습적으로 폭행했답니다. 그자의 요구를 거절하기 힘든 모양이더군요."

"정확한 주소가 있습니까?" 워들이 재빨리 적으며 물었다.

"세입자 이름과 우편번호 절반을 알려줬잖아요. 수사 좀 하시죠?"

"어디서 얻은 정보라고 했죠?" 워들이 테이블 밑 허벅지에 수첩을 대고 재빨리 받아 적으며 물었다.

"말하지 않았어요." 스트라이크가 맥주를 한 모금 마시며 침착하게 말했다.

"쓸 만한 친구들이 좀 있나 봅니다?"

"그렇죠. 자, 그럼 공정한 거래를 위해……."

워들은 수첩을 도로 호주머니에 넣더니 웃었다.

"방금 알려준 게 헛소리일 수도 있잖습니까."

"그렇지 않습니다. 규칙대로 하시죠, 워들 경사."

워들은 흥미와 의심 사이에서 갈등하듯 스트라이크를 잠시 쳐다보았다.

"원하는 게 뭡니까?"

"전화로 얘기했잖습니까. 룰라 랜드리에 대한 내부 정보라고."

"신문 안 읽습니까?"

"내부 정보라고 했습니다. 내 의뢰인은 뭔가 반칙이 있다고 생각합니다."

워들의 표정이 굳어졌다.

"타블로이드하고 엮였어요?"

"아뇨." 스트라이크가 말했다. "랜드리의 오빠입니다."

"존 브리스토가?"

워들은 제일 가까운 여자의 허벅지를 뚫어지게 바라보며 술을 길게 한 모금 마셨다. 그가 낀 결혼반지에 핀볼 머신이 내뿜는 붉은 빛이 반사되었다.

"아직도 폐쇄회로 화면에 매달리고 있어요?"

"그 이야기도 하더군요." 스트라이크가 인정했다.

"그자들을 찾아보려고 했습니다." 워들이 말했다. "흑인 두 사람 말입니다. 사람 찾는 광고도 냈지만 아무도 나타나지 않았어요. 놀랄 일도 아니죠. 그자들이 지나갔을 만한 시간에 자동차 경보음이 울렸어요. 놈들은 그걸 타려고 했을 겁니다. 마세라티요. 쫙 빠진 차."

"차를 훔치려고 했다는 거죠?"

"딱 꼬집어서 차를 훔치러 갔다고 말하기는 힘들어요. 거기 세워놓은 차를 보고 기회다 했을 수도 있죠. 어떤 얼간이가 마세라티를 길거리에 세워놓는답니까? 하긴 새벽 2시쯤이고 기온은 영하였으니 그 시간에 메이페어 스트리트에서 만나기로 한 다른 이유가 있는지는 모르죠. 우리가 알기론 둘 다 그 동네에 사는 것도 아닌데."

"어디서 왔는지, 그 후에 어디로 갔는지도 모릅니까?"

"브리스토가 집착하는 놈, 그러니까 룰라가 뛰어내리기 직전에 아파트로 걸어간 놈은 11시 15분에 윌튼 스트리트에 도착해 38번 버스에서 내린 게 확실합니다. 한 시간 반 뒤 벨러미 로드 끝에서 카메라를 지나간 다음에는 뭘 했는지 알 수 없어요. 랜드리가 뛰어내리고 나서 10분 뒤에 다시 그 카메라를 지나 벨러미 로드를 달려갔는데 웰든 스트리트로 우회전했을 가능성이 높습니다. 비슷한 인상착의의 남자가 지나간 기록이 있거든요. 키가 크고 흑인인 데다 후드를 뒤집어쓰고 얼굴을 스카프로 가렸어요. 20분쯤 뒤에 테오볼즈 로드에서 찍혔어요."

"20분 만에 테오볼즈까지 갔으면 빨리 움직였군요." 스트라이크가 말했다. "클러켄웰 쪽으로 나가는 길이잖아요? 3, 4킬로미터는 됐을 텐데. 게다가 빙판길이었고."

"아, 맞아요. 그놈이 아닐 수도 있어요. 화질이 엉망이라. 브리스토는 놈이 얼굴을 가린 게 아주 수상하다고 했지만, 그날 밤은 기온이 영하 10도라 나도 털모자를 쓰고 있었어요. 어쨌든, 놈이 테오볼즈 로드에 있었든 아니든, 그자들을 봤다고 나서는 사람은 없었어요."

"다른 쪽은요?"

"200미터쯤 떨어진 할리웰 스트리트로 달려갔어요. 그 후로는 행방이 묘연합니다."

"그 지역에 언제 들어갔는지도 모른단 말이죠?"

"어디서 왔는지 알 수가 없어요. 그자가 찍힌 화면은 하나도 없습니다."

"런던에 폐쇄회로 카메라가 1만 개는 있잖습니까?"

"아직 전역에 설치된 건 아닙니다. 지속적으로 관리하면서 모니터하지 않는 한 카메라가 우리 문제를 해결해주진 못해요. 개리먼 스트리트에 있던 건 꺼져 있었고, 메도필드 로드나 하틀리 스트리트엔 하나도 없어요. 댁도 다른 사람들과 똑같군요. 아내한테 일한다고 하고 랩댄스 클럽에 앉아 있을 땐 사생활 운운하면서, 누가 욕실 창문을 열고 침입하려고 들면 집을 24시간 감시해주길 원하고. 둘 다 가질 수는 없어요."

"난 둘 다 별로인데." 스트라이크가 말했다. "도망자 2호에 대해 아는 대로 말해달라는 것뿐이죠."

"친구와 마찬가지로 얼굴을 다 가렸어요. 보이는 건 손뿐이었죠. 내가 놈이면, 그리고 마세라티 때문에 켕기는 게 있었다면, 바에 들어가서 사람들 틈에서 흥청거렸을 겁니다. 할리웰 스트리트에 '보조스'라는 데가 있는데, 놈이 거기 들어가서 술을 마셨을 수도 있어요. 물론 우리도 확인해봤습니다." 워들이 스트라이크의 질문을 예상하고 미리 답했다. "사진만 보고는 아무도 알아보지 못하더군요."

둘은 잠시 아무 말 없이 술을 마셨다.

"놈들을 찾아낸다 한들," 워들이 잔을 내려놓으며 말했다. "얻을 수 있는 거라곤 추락 장면의 목격자뿐입니다. 아파트에서 미확인 유전자는 검출되지 않았어요. 거기 있어서는 안 될 사람이 들어간 적은 없습니다."

"브리스토가 그런 생각을 하게 된 건 폐쇄회로 녹화 내용 때문만은 아닙니다. 탠지 베스티귀도 이래저래 만났으니까." 스트라이크가 말했다.

"빌어먹을 탠지 베스티귀 얘기는 꺼내지도 말아요." 워들이 짜증을 냈다.

"내 의뢰인은 탠지 말이 옳다고 믿으니 꺼내지 않을 수가 없죠."

"포기를 못 하고 아직도 그러고 있군요? 어디, 베스티귀 부인 얘기를 해줄까요?"

"해보시죠." 스트라이크는 한 손으로 가슴께에 맥주를 꼭 쥐고서 말했다.

"랜드리가 길바닥에 떨어지고 20분이나 25분쯤 지나서 카버와 내가 현장에 도착했죠. 정복 경관들은 이미 와 있었고. 우리가 봤을 때 탠지 베스티귀는 여전히 극심한 히스테리 발작 상태였습니다. 건물에 살인자가 있다고 횡설수설하고 부들부들 떨면서 소리를 질러대고 있었지요.

그 여자 이야기는 2시쯤에 자다가 일어나서 화장실에 소변을 보러 갔다는 겁니다. 그런데 두 층 위에서 고함 소리가 들리더니 랜드리가 창밖으로 떨어지는 걸 봤다는 거죠.

그런데 아파트 창문은 삼중 코팅인지 뭔지가 되어 있어요. 난방이나 냉방을 할 때 단열이 되고 시끌벅적한 길거리 소음을 막도록 되어 있단 말입니다. 우리가 그 여자한테 진술을 받을 때는 순찰차와 이웃 사람들로 길거리가 시끌벅적했을 때인데도, 그 위에서는 번득이는 파란 불빛 말고는 전혀 모르겠더라고요. 거기 들어오는 소음을 다 합쳐봤자 빌어먹을 피라미드 안에 있는 것처럼 괴괴했단 말입니다.

그래서 내가 말했죠. '고함 소리를 들은 게 확실합니까, 베스티귀 부인? 아파트에 방음이 잘되어 있는 것 같아서 말입니다.'

여자는 한 치도 물러서지 않았어요. 한마디도 빼놓지 않고 다 들었다는 겁니다. 랜드리가 '너무 늦었어' 라고 소리를 질렀고, 어떤 남자가 '거짓말이나 하는 씨발년' 이라고 했대요. 그런 걸 환청이라고 하죠." 워들이 말했다. "코카인을 너무 들이마셔서 뇌가 콧구멍으로 줄줄 흘러나올 지경이 되면 이런저런 소리가 들린답디다."

그는 술을 또 한 모금 쭉 들이켰다.

"아무튼, 우리는 여자가 도저히 소리를 들었을 리 없다는 걸 확실히 증명했습니다. 베스티귀 부부는 이튿날 기자들을 피해 친구 집으로 옮겨 갔거든요. 그래서 두어 녀석을 그 아파트에 데려다 놓고 랜드리의 발코니에 또 한 녀석을 보내서 목청이 터져라 소리를 지르라고 시켰죠. 2층에 있던 녀석들은 한마디도 못 들었어요.

말짱한 정신으로 들어보려고 했는데도 안 들렸답니다.

하지만 우리가 거짓말을 증명하고 있는 사이에, 베스티귀 부인은 이미 런던 시민 절반한테 전화를 걸어서 자기가 룰라 랜드리 살인 사건의 유일한 목격자라고 떠벌리고 있었죠. 침입자가 있었다고 고래고래 악을 쓰는 걸 들은 이웃들이 있으니 언론이 이미 냄새를 맡고 들러붙었고 말이죠. 우리가 베스티귀 부인을 다시 보기도 전에 신문에서는 에반 더필드를 범인으로 지목했어요.

우리는 그 여자에게 부인이 들었다는 소리를 실제로 절대 들을 수 없다는 사실을 증명했다고 말했습니다. 흠, 하지만 전부 상상이었다는 걸 인정하지 않더군요. 자기가 무슨 룰라 랜드리라도 되는 것처럼 기자들이 집 앞에 몰려드니 이제 신이 난 거예요. 그러더니 돌아와서 '참, 내가 그 얘길 안 했던가? 내가 열었다니까요. 바람을 쐬려고 창문을 열었어요' 라는 소리를 하는 겁니다."

워들이 키득거렸다.

"바깥 기온이 영하에다 눈이 오고 있었는데."

"게다가 속옷 차림이었죠?"

"부지깽이에다 플라스틱 귤 두 개를 붙여놓은 몰골이었죠." 비유가 그렇게 술술 나오는 걸 보니 스트라이크에게 처음 한 얘기일 리가 없었다. "우리는 새로 나온 얘기를 이중 삼중으로 확인했어요. 지문도 체크했는데 당연히 창문을 연 적은 없었고요. 빗장이고 뭐고 어디에도 지문이 없었다니까요. 랜드리가 죽기 전날 아침에 청소부가 왔다 갔고, 그 후로는 들어온 적도 없습니다. 창문은 잠겨 있었고 우리가 도착해서 열었으니 결론은 하나 아니냐고요. 탠지 베스티귀 부인은 빌어먹을 거짓말쟁이인 거죠."

워들이 잔을 비웠다.

"한 잔 더 합시다." 스트라이크는 대답을 기다리지 않고 곧장 바로 갔다.

테이블로 돌아오던 스트라이크는 워들의 호기심 어린 눈초리가 자기 다리를 훑고 있다는 걸 알아차렸다. 상황이 달랐다면 스트라이크는 의족으로 테이블 다리를 쾅 차고 "이쪽 다리다"라고 말했을 것이다. 하지만 그는 술잔 두 개와 안주를 내려놓고서 이야기를 계속했다.

"그래도 탠지 베스티귀가 창밖으로 떨어지는 랜드리를 본 건 확실하지 않습니까? 윌슨 말로는 랜드리가 추락하자마자 베스티귀 부인이 소리를 지르기 시작했다던데요."

"봤을지도 모르지만 오줌을 눈 건 아닙니다. 욕실에서 코카인을 영접하고 계셨다니까. 잘 잘라서 준비해놓은 코카인을 찾아냈거든요."

"좀 남긴 모양이죠?"

"그렇죠. 창문으로 랜드리가 떨어지는 걸 보고 흥이 깨진 모양인지."

"욕실에서 창문이 보입니까?"

"네. 간신히 보이더군요."

"현장에 상당히 빨리 도착했죠?"

"정복 경관들은 8분 만에 도착했고, 카버랑 나는 20분쯤 걸렸죠." 워들은 경찰의 발 빠른 대처에 건배하듯 잔을 치켜들었다.

"경비원 윌슨하고 이야기를 좀 해봤습니다." 스트라이크가 말했다.

"그래요? 그 사람 잘못은 없죠." 워들은 살짝 잘난 체하며 말했다. "좀 돌아본 거야 뭐 잘못입니까. 어쨌든 그 사람은 아무것도 건드리지 않았고 주변도 제대로 살폈어요. 뭐, 그만하면 잘했죠."

"경비원들이 비밀번호를 좀 게으르게 관리했던데요."

"그야 늘 그렇죠. 기억할 비밀번호가 너무 많잖습니까. 그 심정은 나도 알아요."

"브리스토는 윌슨이 화장실에 간 15분 사이에 무슨 일이 있었는지 관심을 갖고 있습니다."

"우리도 한 5분쯤 그랬었죠. 하지만 알고 보니 베스티귀 부인은 이름 날리는 데 목숨을 건 코카인 중독자더라 이겁니다."

"윌슨 말로는 풀장 문이 열려 있었다고 하던데."

"자기 코앞을 지나지 않고 살인범이 풀장으로 들어갔다가 나올 길이 있다고 하던가요? 빌어먹을 풀장이 우리 체육관 풀만큼 크더라고요." 워들이 말했다. "딱 세 집이서 쓰는 건데 말이에요. 경비 데스크 바로 뒤 지상층에는 헬스장도 있고. 지하에는 주차장에, 대리석에다 뭐에다…… 빌어먹을 5성급 호텔 뺨치더군요."

워들은 부의 불평등한 분배를 생각하며 천천히 고개를 저었다.

"딴 세상입디다." 그가 말했다.

"전 중간층이 궁금합니다." 스트라이크가 말했다.

"디비 맥의 아파트 말이에요?" 워들이 말했다. 형사의 얼굴에 떠오른 진심 어린 따뜻한 미소를 보고 스트라이크는 깜짝 놀랐다. "거기가 뭐요?"

"거기 들어가 봤습니까?"

"보긴 했지만 브라이언트가 이미 수색을 했어요. 비어 있었어요. 창문은 잠겨 있고 경보기도 잘 맞춰져 있고."

"브라이언트가 테이블에 부딪쳐 커다란 화병을 깨뜨린 사람입니까?"

워들은 코웃음을 쳤다.

"그 얘기 들었어요? 그것 때문에 베스티귀 씨 심기가 몹시 불편했죠. 맞습니다. 쓰레기통만 한 크리스털 꽃병에 흰 장미 200송이가 꽂혀 있었죠. 아마 맥의 공연장 물품 목록에 흰 장미가 있다는 얘기를 들었나 봅니다. 소위 '추가 조항' 이라는 요구사항 말입니다." 스트라이크의 침묵을 모른다는 뜻으로 오해한 워들은 다시 말했다. "그런 치들이 공연장 대기실에 갖다달라고 요구하는 물건들 말이에요. 그쯤은 알고 있는 줄 알았는데."

스트라이크는 그 말이 내포한 암시를 무시했다. 앤스티스가 소개해준 친구가 고작 이 정도라니.

"베스티귀가 맥에게 장미를 보낸 이유는 찾았습니까?"

"그냥 침이나 발라두려고? 아마 맥을 영화에 쓰고 싶었겠죠. 브라이언트가 화병을 깨뜨린 걸 알고 길길이 날뛰더군요. 지붕이 다 날아가게 소리를 질러대는데 정말."

"이웃이 머리가 박살난 채로 길바닥에 누워 있는데 한낱 꽃 때문에 난리를 치는 걸 이상하게 본 사람은 없습니까?"

"베스티귀 그 인간이 워낙 역겨운 놈이에요." 워들이 감정을 섞어 말했다. "말만 떨어지면 다들 벌떡벌떡 일어나서 차렷 자세를 하는 데 익숙한 거죠. 우리를 다 스태프 취급하다가 그게 별로 똑똑한 짓이 못 된다는 걸 깨달았죠.

하지만 고래고래 난리를 친 건 사실 꽃 때문이 아니었습니다.

마누라의 난동을 덮으려고, 그래서 정신 차릴 기회를 주려고 했던 겁니다. 취조만 하려고 하면 사사건건 껴들었어요. 프레디 영감이 워낙 덩치도 크잖아요."

"뭘 걱정했던 걸까요?"

"고래고래 악을 쓰고 동상 걸린 개새끼처럼 덜덜 떨면 코카인을 한 게 점점 더 확실해지지 않겠습니까? 베스티귀는 코카인이 자기 아파트 어딘가에 있다는 걸 알았어요. 마약수사반이 뛰어드는 게 달가웠을 리가 없죠. 그래서 500파운드어치 꽃을 핑계로 패악을 떨어서 사람들 주의를 분산시킨 겁니다.

어디서 읽었는데 이혼할 거라고 하더군요. 놀랄 일도 아니죠. 베스티귀는 워낙 소송을 좋아하는 인간이라 언론이 자기 눈치를 보며 조심하는 데 익숙해요. 부인이 입을 다문 후 자신에게 쏟아진 기자들의 관심을 즐겼을 위인이 아닙니다. 언론이 아주 이때다 하고 신이 났거든요. 신인들한테 접시를 던진다는 둥 회의 때 주먹질을 한다는 둥 케케묵은 얘기까지 다 재탕했죠. 전부인한테 어마어마한 거액을 주고 법정에서 섹스 문제를 거론하지 못하게 입을 막았다죠. 워낙 거물 말종으로 유명한 작자라니까요."

"그 사람을 용의자로 보진 않았습니까?"

"아, 엄청 많이 봤죠. 놈은 현장에 있었고 폭력 전과가 있었으니까. 그렇지만 아무리 봐도 말이 안 되더라고. 그 여자는 남편이 무슨 짓을 했거나, 랜드리가 떨어졌을 때 남편이 밖에 나가 있었다면 분명히 우리한테 알려줬을 거예요. 우리가 도착했을 때 여자는 제정신이 아니었는데도 남편은 자고 있었다고 했고, 흐트러진 잠자리를 보니 누가 자다 일어난 것 같았어요.

그리고 마누라도 모르게 집에서 나가서 랜드리 집으로 올라간 거면, 윌슨을 어떻게 피하느냐 하는 문제가 남아요. 승강기를 탈 수는 없었으니 내려오다가 계단에서 윌슨과 마주쳤어야 한다 이겁니다."

"그럼 타이밍 때문에 용의선상에서 제외한 겁니까?"

워들이 머뭇거렸다.

"음, 가능성이 있긴 해요. 만약 베스티귀가 나이나 체중에 안 맞게 몸이 빨라서 랜드리를 밀어버린 그 순간부터 달리기 시작했다면 가능하죠. 그래도 그 아파트에서 유전자가 전혀 발견되지 않았던 거나, 마누라 몰래 아파트를 나갔다는 문제나, 랜드리가 그자를 왜 집에 들였는지 같은 자잘한 문제들은 남아 있어요. 친구들 모두 랜드리가 그자를 싫어했다고 했으니까요." 워들은 잔을 비우고 말했다. "게다가 베스티귀는 누굴 처리하고 싶으면 청부를 할 사람이에요. 자기 손을 더럽힐 인간이 아니죠."

"한 잔 더 하겠어요?"

워들은 시계를 확인했다.

"내가 쏘죠." 그는 바로 걸어갔다. 높은 테이블 앞에 서 있던 여자 셋이 말을 멈추더니 그를 탐나는 눈으로 쳐다보았다. 워들은 잔을 들고 돌아오며 여자들을 향해 씩 웃었고, 여자들은 스트라이크 곁으로 돌아오는 그를 훔쳐보았다.

"윌슨이 청부살인을 하는 건 어떻게 생각합니까?" 스트라이크가 물었다.

"가능성이 낮아요." 워들이 대답했다. "그렇게 빨리 올라갔다 내려와서 탠지 베스티귀를 1층에서 만날 수는 없었을걸요. 그의 이력서는 엉터리라는 걸 잊지 말아요. 전직 경찰이라는 이유로 고용된 자인데, 경찰 일을 한 적이 없어요."

"재미있군요. 그럼 어디 있었습니까?"

"경비업계 여기저기서 되는 대로 일한 모양입디다. 10년 전쯤 첫 번째 일자리를 얻느라 거짓말을 했는데, 계속 그 이력서를 쓰고 있다고 인정했어요."

"랜드리를 좋아한 모양이던데요."

"글쎄요, 보기보다 나이가 많아요." 워들이 뜬금없이 말했다. "할아버지뻘이라니까요. 아프리카계 카리브인들은 나이가 들어도 우리처럼 티가 많이 나지는 않잖아요? 그쪽보다 나이가 많다고 보진 않았을 겁니다." 스트라이크는 워들이 자길 몇 살이라고 생각하는지 궁금했다.

"랜드리의 아파트에 대한 법의학 조사 내용이 있습니까?"

"있죠." 워들이 말했다. "순전히 윗선에서 의심의 여지를 두지 말라고 해서 한 거예요. 우리는 24시간도 안 돼서 자살이라고 확신했지만요. 그래도 온 세상 놈들이 다 쳐다보고 있으니까 수사를 좀 더 한 거죠."

워들은 으쓱한 기분을 감추지 않았다.

"청소부가 그날 아침에 싹 청소를 해놨더라고요. 섹시한 폴란드 여자인데, 영어는 못하지만 먼지 터는 솜씨는 아주 깔끔하기 짝이 없더군요. 그래서 그날 생긴 지문은 아주 뚜렷하게 남아 있었어요. 특별한 건 없었고."

"윌슨의 지문도 거기 있었겠지요? 랜드리가 떨어진 다음에 거길 뒤져봤을 테니까."

"맞아요. 그래도 수상한 곳엔 없었어요."

"그럼 당신이 알기로는 랜드리가 떨어졌을 때 그 건물 안에는 딱 세 사람만 있었군요. 디비 맥도 거기 있었어야 하지만……."

"맞아요, 공항에서 나이트클럽으로 곧장 갔죠." 워들이 말했다. 또다시 그는 자기도 모르게 씩 웃었다. "랜드리가 죽은 다음 날 클래리지 호텔에서 디비를 만나봤어요. 덩치가 엄청 크던데요. 꼭 당신처럼." 그는 스트라이크의 상반신에 슬쩍 눈길을 주더니 말했다. "그 사람 몸은 탄탄하지만." 스트라이크는 아무런 반응도 하지 않았다. "전직 갱스터답더라고요. LA에서 교도소를 드나들었다죠. 영국 비자를 받지 못할 뻔하기도 했고."

"사람들이 같이 있었어요." 워들이 말했다. "손가락마다 반지를 끼고 목에 문신을 한 작자들이 죄다 방에서 어슬렁거렸어요. 그래도 디비가 제일 컸어요. 골목길에서 마주치면 아주 오싹할 놈이에요. 베스티귀보다 예의는 훨씬 더 바르던데요. 나더러 총도 없이 일을 어떻게 하냐고 하더군요."

워들의 얼굴이 환해졌다. 에릭 워들도 키에란 콜로바스 존스만큼이나 스타한테 껌뻑 죽는다는 결론을 내리지 않을 수 없었다.

"비행기에서 내려 켄티건가든에 발도 들여놓지 않았다는 사실 때문에 길게 이야기하지도 않았어요. 그냥 형식적인 거였죠. 마지막으로 새로 나온 그 사람 CD에 사인을 받았고요." 워들이 말하지 않고는 못 배기겠다는 듯 덧붙였다. "다들 박수를 치더라고요. 디비도 좋아했고. 집사람은 그걸 이베이에 내놓자고 했지만, 갖고 있을 거예요."

워들은 원래 생각보다 너무 많은 얘기를 했다는 표정이었다. 스트라이크는 재미있다고 생각하며 돼지고기 육포를 한 줌 먹었다.

"에반 더필드는요?"

"그자요?" 디비 맥 이야기를 할 때 워들의 얼굴에 떠올랐던 광채가 사라졌다. 워들은 인상을 썼다. "그 마약쟁이. 처음부터 끝까지 우릴 열 받게 했어요. 랜드리가 죽은 다음 날로 마약 치료를 받으러 들어갔어요."

"알고 있습니다. 어디로 갔습니까?"

"수도원으로 갔지, 어디로 갔겠어요? 휴식은 지랄."

"그럼 그 사람은 언제 만난 겁니까?"

"다음 날요. 찾아내느라 애먹었어요. 그 사람 지인들이 방해를 엄청 했어요. 베스티귀랑 같은 거 아니겠어요? 그자가 진짜로 뭘 하는지 아무도 가르쳐주지 않았어요. 집사람은 그 작자가 섹시하대요. 결혼했어요?" 워들이 더욱 인상을 쓰면서 말했다.

"아뇨." 스트라이크가 말했다.

"앤스티스 말로는 당신이 슈퍼모델처럼 생긴 여자랑 결혼하려고 제대했다던데."

"더필드를 만났더니 뭐라고 하던가요?"

"그 클럽, 우지에서 대판 싸웠대요. 목격자가 아주 많아요. 랜드리가 먼저 나갔고, 더필드는 따라가려고 했대요. 그놈의 늑대 마스크를 쓰고 5분쯤 지나서 말이에요. 머리가 다 가려지는, 진짜처럼 털이 난 거였대요. 패션 촬영 때 얻은 거랬어요."

워들의 표정이 경멸을 그대로 드러냈다.

"파파라치를 열 받게 하려고 여기저기 쓰고 다녔다더군요. 랜드리가 우지에서 나간 뒤에 그자는 차를 탔대요. 기사가 밖에서 기다리고 있었다고 했어요. 그러고는 켄티건가든으로 갔대요. 기사가 모두 확인해줬어요. 참, 아니지." 워들이 짜증을 내며 자기 말을 고쳤다. "기사는 늑대 가면을 쓴 남자가 더필드와 같은 키에 같은 체격이고 더필드 옷을 입고 더필드의 목소리로 말했으니 더필드라고 생각하고는 켄티건가든으로 간 거였죠."

"그런데 가는 동안 늑대 가면을 안 벗었다?"

"우지에서 랜드리의 아파트까지 15분밖에 안 걸려요. 가면을 안 벗었대요. 유치한 놈이죠.

더필드 말로는 아파트 앞에 파파라치들이 있어서 들어가지 않기로 했대요. 기사한테 소호로 가자고 했고, 거기서 차에서 내렸다는 겁니다. 더필드는 모퉁이를 돌아 다블레이 스트리트에 있는 마약상 아파트로 걸어갔고, 거기서 약을 했어요."

"늑대 가면을 그때까지 쓰고 말입니까?"

"아뇨. 거기서 벗었대요." 워들이 말했다.

"위클리프라는 마약상은 더필드보다 훨씬 더 중독이 심한 부잣집 도련님이에요. 더필드가 2시 반쯤 왔다고 확인해줬어요. 거긴 그 두 사람밖에 없었고, 위클리프라면 더필드를 위해서 얼마든지 거짓말을 하겠지만, 1층에 사는 여자가 분명히 초인종 소리를 들었고, 층계에서 더필드를 봤대요.

어쨌든 더필드는 4시쯤 위클리프의 아파트를 나섰고, 다시 그 놈의 늑대 가면을 쓰고 차량 기사가 기다릴 거라고 생각한 데로 갔대요. 그런데 기사가 없더래요. 기사는 착오였다고 했어요. 더필드가 나쁜 놈이라는 거죠. 조서를 쓸 때 그 기사가 확실히 말했어요. 돈도 안 줬답니다. 차는 랜드리의 명의였어요."

"그래서 돈이 없었던 더필드는 노팅힐에 있는 키아라 포터의 집까지 걸어갔어요. 늑대 가면을 쓰고 그 길을 걸어가는 사람을 봤다는 목격자가 몇 명 나왔어요. 그자가 야간 주차장에서 어떤 여자한테 공짜 성냥을 받는 모습도 폐쇄회로에 찍혀 있어요."

"얼굴이 나왔어요?"

"아뇨. 말할 때 가면을 위로 조금만 올려서 주둥이만 보여요. 그렇지만 그 여자가 더필드였다고 했어요."

"포터의 집에는 4시 반쯤 도착했어요. 포터는 더필드를 소파에서 재워줬고, 한 시간쯤 뒤에 랜드리가 죽었다는 소식을 듣고 더필드를 깨웠어요. 그와 동시에 신파극에 중독 치료 시작인 거죠."

"유서는 확인했어요?" 스트라이크가 물었다.

"네. 아파트에도 노트북에도 아무것도 없었어요. 놀랄 일도 아니죠. 충동적으로 한 거 아니겠어요? 조울증인 데다, 그놈이랑 싸웠으니까 뛰어내린 거잖아요. 알죠, 무슨 말인지?"

워들은 시계를 보더니 남은 술을 마셨다.

"가봐야 되겠어요. 집사람이 열 받을 겁니다. 30분만 있다가 간다고 했거든요."

그사이에 태닝한 여자들은 떠나고 없었다. 밖으로 나간 두 사람은 담뱃불을 붙였다.

"이놈의 금연법 짜증 나요." 워들이 가죽 재킷 지퍼를 목까지 올리며 말했다.

"그럼 거래는 성사된 거죠?" 스트라이크가 물었다.

워들은 담배를 문 채 장갑을 꼈다.

"그건 모르겠는데."

"이봐요, 워들." 스트라이크가 명함을 내밀자, 워들은 장난치듯 받았다. "브렛 피어니를 잡아줬잖습니까."

워들은 대놓고 웃었다.

"아직은 아니고."

그는 받은 명함을 주머니에 넣더니 담배 연기를 하늘로 훅 불어 올린 다음 호기심과 계산이 섞인 표정으로 스트라이크를 쳐다보았다.

"까짓것, 좋습니다. 피어니를 잡으면 파일을 드리죠."

11

“에반 더필드의 에이전트는 자기네 의뢰인이 더 이상 룰라 랜드리와 관련해서는 통화도 인터뷰도 할 수 없다고 하네요.” 로빈이 이튿날 아침에 말했다. “당신이 기자가 아니라고 확실하게 말했는데도 꿈쩍하지 않더라고요. 기 소메 사무실 사람들은 프레디 베스티귀 측보다 더 무례하게 굴었어요. 무슨 교황을 알현하겠다는 것도 아니고.”

“괜찮아요.” 스트라이크가 말했다. “브리스토를 통해 연락할 수 있는지 알아보죠.”

로빈이 정장을 차려입은 스트라이크를 본 건 그때가 처음이었다. 해외 경기에 나가는 럭비 선수 같았다. 짙은 색 상의에 수수한 타이를 맨 그는 커다란 덩치에도 불구하고 단정해 보였다. 스트라이크는 한쪽 무릎을 꿇고 샬럿의 아파트에서 가져온 상자 하나를 뒤지고 있었다. 로빈은 상자에 든 그의 소지품에서 시선을 돌렸다. 스트라이크가 사무실에서 살고 있다는 사실은 그냥 모른 체하고 있었던 것이다.

“찾았다.” 우편물 더미 속에서 한참 만에야 새파란 봉투를 발견한 그가 말했다. 조카의 파티 초대장이었다. "젠장." 그가 봉투를 열더니 말했다.

"왜 그러세요?"

"나이가 적혀 있지 않네요." 스트라이크가 말했다. "조카 나이가."

로빈은 스트라이크가 가족과 어떻게 지내는지 궁금했다. 하지만 그에게 수많은 이복, 이부의 형제자매와 유명인 아버지, 상당히 악명 높은 어머니가 있다는 사실을 공식적으로 들은 바 없었기에 캐묻고 싶은 걸 꾹 참고 그날 도착한 우편물 몇 개를 열어보는 일만 묵묵히 했다.

스트라이크는 일어나서 상자를 안쪽 사무실 구석에 도로 넣어두고 로빈에게로 돌아왔다.

"그건 뭐예요?" 책상 위에 신문을 복사해둔 것을 보고 그가 물었다.

"보시라고 모아둔 거예요." 로빈이 소심하게 말했다. "에반 더필드 관련 기사를 보고 싶다고 하셔서 찾다가요, 아직 못 보신 거면 이 기사도 보고 싶으실까 봐……."

전날 《이브닝 스탠더드》지에 난 영화제작자 프레디 베스티귀 기사를 깔끔하게 정리해둔 것이었다.

"고마워요. 그 사람 부인하고 점심을 먹으러 가는 길에 읽을게요."

"곧 전부인이 되겠죠." 로빈이 말했다. "그 기사에 다 나와 있어요. 연애에는 별로 운이 없나 보더라고요, 베스티귀 씨는."

"워들 말로는 그리 사랑할 만한 위인도 아니라더군요." 스트라이크가 말했다.

"어떻게 그 경찰관하고 이야기를 하셨어요?" 로빈은 이 문제만은 호기심을 억누르지 못하고 물었다. 수사의 진행과 진척에 대해 알고 싶은 마음이 간절했다.

"내 친구가 그 사람 친구예요." 스트라이크가 말했다. "아프가니스탄에서 알던 녀석이에요. 경찰청에 있거든요."

"아프가니스탄에 계셨어요?"

"네." 스트라이크는 잭의 파티 초대장을 앞니로 물고는 코트를 입고, 프레디 베스티귀 기사를 접었다.

"아프가니스탄에서 뭘 하셨어요?"

"전투 중 사망자를 조사했죠." 스트라이크가 말했다. "헌병대였거든요."

"아." 로빈이 말했다.

헌병이라니, 사기꾼이나 건달 같다는 매튜의 감은 빗나갔다.

"왜 그만두셨어요?"

"부상 때문에." 스트라이크가 말했다.

윌슨에게는 적나라한 말로 설명했지만 로빈에게는 그렇게 솔직히 말하기가 조심스러웠다. 충격 받은 얼굴이 짐작이 가는 데다, 동정을 사고 싶지도 않았다.

"피터 길레스피에게 전화하는 것 잊지 마세요." 문간으로 가는 스트라이크에게 로빈이 알려주었다.

스트라이크는 본드 스트리트까지 지하철을 타고 가는 사이 복사한 기사를 읽었다. 처음에 프레디 베스티귀는 견인차 사업으로 큰돈을 번 아버지에게서 재산을 물려받았다. 그다음에는 진지한 비평가들이 비웃었던 대단히 상업적인 영화를 제작해 두 번째로 재산을 불렸다. 현재는 젊은 여직원에게 엄청나게 부적절한 행동을 했다는 두 건의 신문 기사에 반박하기 위해 소송을 진행 중이었다. 여직원은 결국 돈을 받고 입을 다물었다. "주장에 따르면"이나 "보고에 따르면"이라고 여지를 남겨둔 기소장에 의하면 심각한 성추행과 신체 위협도 있었다. 그나마 "피해자로 알려진 사람의 가까운 지인"에게서 나온 이야기였다. 당사자인 여직원은 기소를 추진하고 싶지도 않고, 기자와 인터뷰도 하지 않겠다고 밝혔다. 프레디가 현재 아내 탠지와 이혼 소송 중이라는 사실이 마지막 문단에 언급되어 있었다. 룰라 랜드리가 자살하던 날 밤, 이들 불행한 부부가 그녀와 같은 건물에 있었다는 사실을 상기시키는 것으로 기사는 끝났다. 독자는 베스티귀 부부의 불행이 랜드리의 자살 결정에 영향을 주었을지 모른다는 기묘한 느낌을 받게끔 되어 있었다.

스트라이크는 치프리아니에서 식사를 하는 사람들 부류에 속한 적이 없었다. 등을 따뜻하게 내리쬐는 햇살이 붉은 벽돌 건물을 불그스름하게 밝히는 광경을 보며 데이비스 스트리트를 걸어가고 있는데, 비록 가능성은 적지만 거기서 배다른 형제 중 누군가와 맞닥뜨리면 얼마나 어색할까 하는 생각이 떠올랐다. 치프리아니 같은 레스토랑은 아버지의 자식들이 늘 다니는 곳이었다. 스트라이크는 셀리오크 병원에서 물리치료를 받는 동안 그중 세 명에게서 연락을 받았다. 개비와 대니는 함께 꽃을 보내왔다. 앨은 병문안을 한 번 왔는데 너무 크게 웃어댔고, 무서워서 침대 아래쪽을 제대로 보지도 못했다. 앨이 돌아간 뒤, 샬럿은 웃어대며 눈살을 찌푸리던 그녀의 모습을 흉내 냈다. 샬럿은 사람 흉내를 잘 냈다. 그렇게 아름다운 여자가 그렇게 웃길 거라고는 아무도 예상하지 못했지만, 샬럿은 그랬다.

레스토랑 내부는 아르데코 분위기였다. 바와 의자는 부드럽게 광택을 낸 목재였으며, 둥근 테이블에는 연노란색 보가 덮여 있었다. 흰 재킷을 걸치고 나비넥타이를 맨 웨이터와 웨이트리스들이 일하고 있었다. 스트라이크는 떠들썩하게 식사하는 사람들 사이에서 4인 테이블에 앉아 이야기를 하고 있는 의뢰인을 곧바로 발견했다. 놀랍게도 그가 상대해야 할 사람은 하나가 아니라 둘이었다. 반짝반짝 윤이 나는 긴 갈색머리의 여인들이었다. 브리스토의 토끼 같은 얼굴에는 비위를 맞추려는, 아니 달래려는 표정이 떠올라 있었다.

브리스토는 스트라이크를 보더니 벌떡 일어나 인사하고 탠지 베스티귀를 소개했다. 베스티귀는 가늘고 차가운 손을 내밀었지만 웃지는 않았고 언니인 어설라 메이는 손도 내밀지 않았다. 음료를 시키고 메뉴를 살펴보는 전초전을 치르는 내내 자매가 오로지 특정 계급의 일원들만이 당당하게 던질 수 있는 차갑고 비판적인 시선으로 스트라이크를 쳐다보자 브리스토는 긴장한 나머지 지나치게 말을 많이 했다.

두 사람은 방금 포장 상자에서 꺼낸 인형처럼 깔끔하고 단정한 모습이었다. 꽉 끼는 청바지를 입어도 군살 하나 드러나지 않는, 부잣집 여자다운 날씬한 체격에 이마가 반짝거릴 정도로 곱게 태닝한 얼굴, 가운데 가르마를 탄 길고 빛나는 머리는 한 올의 오차도 없이 정확하게 직선으로 커트되어 있었다.

스트라이크가 한참 만에 메뉴에서 고개를 들자 탠지가 직설적으로 물었다.

"정말로 조니 로커비의 아들인가요?"

"유전자 검사 결과 그렇답니다." 그가 대답했다.

탠지는 스트라이크가 웃기려고 한 말인지, 무례한 건지 구분할 수가 없었다. 검은 두 눈 사이가 보일락 말락 가까워졌고, 그러자 보톡스와 필러도 그 얼굴에서 심술을 다 지워내지 못했다.

"들어봐요, 존에게 방금 이야기하던 중이었어요." 탠지가 퉁명스럽게 말했다. "다시는 사람들 앞에 나가지 않을 거라고요, 알겠어요? 내가 들은 내용은 얼마든지 알려주겠어요. 내 말이 옳다는 걸 증명하고 싶으니까요. 하지만 내가 한 얘길 아무한테도 발설하면 안 돼요."

탠지는 얇은 실크 셔츠의 목 부분 단추를 채우지 않아서 가슴팍의 노란 피부가 드러나 있었는데, 살이 없어 흉할 정도로 울퉁불퉁했다. 하지만 마치 통통한 친구한테서 하루 동안 빌려 온 것처럼 탱탱한 가슴 두 개가 좁은 몸통에 달려 있었다. "좀 더 조용한 곳에서 만나는 편이 나았겠군요." 스트라이크가 말했다.

"아뇨, 괜찮아요. 여기 사람들은 당신이 누군지 모를 테니까요. 아버지랑 하나도 안 닮았죠? 작년 여름에 엘튼 존의 집에서 만났거든요. 프레디도 조니를 알아요. 아버지를 자주 만나나요?"

"두 번 뵈었습니다." 스트라이크가 말했다.

"아." 탠지가 말했다.

그 한마디에 놀람과 무시가 똑같은 비율로 섞여 있었다.

샬럿에게도 이런 친구들이 있었다. 단정한 머리에 값비싼 교육을 받고 값비싼 옷을 걸친 친구들은 그녀가 엄청난 거구에 산전수전 다 겪은 인상의 스트라이크와 사귄다고 하면 하나같이 질겁했다. 스트라이크는 몇 년 동안이나 수많은 만남과 전화 통화 속에서, 그네들의 잘난 척 짤막하게 끊어 발음하는 모음과 증권업계에 종사하는 남편들 그리고 샬럿이 끝까지 숨기지 못했던 터프한 척하지만 여린 마음과 맞서 싸워야 했다.

"얘가 당신과 이야기하고 있는 것부터 잘못이라고 생각해요." 어설라가 불쑥 말했다. 마치 스트라이크가 웨이터로 일하다 앞치마를 벗어 던지고 초대하지도 않은 그들 자리에 막무가내로 합석했다는 말투와 표정이었다. "탠지, 이건 아주 큰 실수야."

브리스토가 말했다. "어설라, 탠지는 그저—."

"내 일은 내가 결정해." 탠지는 브리스토 말을 싹 무시하고 자르며 언니에게 쏘아붙였다. "들은 대로 이야기할 뿐이야. 오프 더 레코드로. 존이 그렇게 한댔어."

탠지 역시 스트라이크를 하인 급으로 보는 것이 분명했다. 여자들의 말투뿐 아니라 브리스토가 증인에게 정확한 상황을 알려주지 않고 무조건 다짐부터 해놓았다는 것도 기분 나빴다. 탠지 아니면 아무도 줄 수 없는 증거를 어떻게 오프 더 레코드로 유지할 수 있단 말인가?

네 사람은 모두 잠시 말 없이 메뉴를 훑어보았다. 어설라가 맨 먼저 메뉴를 내려놓았다. 이미 와인 한 잔을 걸친 상태였다. 어설라는 또 한 잔을 따르며 레스토랑 주위를 불안한 눈빛으로 살피고는 왕족 출신의 금발에게 눈길을 잠시 주었다.

"예전에는 여기 유명한 사람들이 가득했는데. 점심시간에도 말이야. 사이프리언은 월튼스에만 가려고 하거든. 양복 뻣뻣하게 차려입은 재미없는 작자들하고…….”

“사이프리언이 부군이신가 봅니다, 메이 부인?” 스트라이크가 물었다.

암묵적으로 그어놓은 선을 넘는다면 상대가 화를 낼 거라고 스트라이크는 짐작했다. 어설라가 테이블에 함께 앉아준다고 해서 대화할 권리까지 준 것은 아니었다. 그녀는 인상을 찌푸렸고 브리스토는 어색한 침묵을 채우려고 서둘러 말했다.

“네, 어설라는 우리 회사의 공동경영자 중 한 분이신 사이프리언 메이 씨와 결혼하셨죠.”

“그래서 난 이혼 소송 비용에서 가족할인을 받을 수 있어요.” 탠지가 약간 씁쓸한 미소를 지어 보이며 말했다.

“그러니 얘가 언론을 다시 끌어들이면 전남편이 난리를 칠걸요.” 어설라가 검은 눈으로 스트라이크를 노려보며 말했다. “합의를 보려는 중인데 다시 일이 뒤집어지면 얘 이혼수당에 큰 영향을 줄 수 있어요. 그러니 조심해야 해요.”

스트라이크는 냉랭하게 웃으며 탠지에게 말했다.

“그럼 룰라 랜드리와 관계가 있긴 있군요, 베스티귀 부인? 형부가 존과 함께 일하신다고요?”

“그런 건 생각한 적도 없었어요.” 탠지가 지루한 표정으로 말했다.

웨이터가 주문을 받으러 돌아왔다. 웨이터가 돌아가자 스트라이크는 수첩과 펜을 꺼냈다.

“그걸로 뭘 하려는 거죠?” 탠지가 갑자기 당황하며 따져 물었다. "아무것도 적지 말아요! 존?" 항의를 받은 브리스토는 스트라이크에게 얼굴을 붉히며 미안하다는 표정을 지었다.

"코모란, 그냥 듣기만 하고 적는 건 생략할 수 있을까요?"

"그럼요." 스트라이크는 선선히 대답하고 주머니에서 휴대전화를 꺼낸 뒤 수첩과 펜을 도로 넣었다. "베스티귀 부인—."

"탠지라고 불러도 돼요." 그녀는 기록에 반대한 대신 이렇게라도 보상하겠다는 투로 말했다.

"대단히 감사합니다." 스트라이크는 아주 살짝 비꼬는 투로 말했다. "룰라를 얼마나 잘 아셨습니까?"

"오, 거의 모르는 사이였어요. 룰라는 석 달밖에 안 살았으니까요. 그저 '안녕하세요' '날씨가 좋네요' 같은 인사만 주고받았어요. 룰라는 우리한테 관심이 없었어요. 우린 별로 세련된 사람들이 아니었으니까. 솔직히 룰라가 거기 살아서 우린 좀 힘들었죠. 파파라치가 내내 집 앞에 들끓었으니까. 헬스장에 갈 때도 화장을 해야 됐다니까요."

"그 건물 안에 헬스장이 없습니까?" 스트라이크가 물었다.

"린지 파하고 같이 필라테스를 하거든요." 탠지가 짜증 섞인 말투로 이야기했다. "꼭 프레디처럼 말하네요. 그이는 항상 내가 건물에 딸린 시설을 안 쓴다고 불평했는데."

"프레디는 룰라와 얼마나 잘 알았습니까?"

"거의 모르는 사이였지만, 그렇다고 친해지려고 하지 않은 건 아니었어요. 룰라를 연기에 끌어들일 생각이었거든요. 아래층에 초대하려고 여러 번 시도했어요. 하지만 룰라는 오지 않았어요. 그 사람은 룰라가 죽기 전 주말에 룰라를 따라 디키 카버리의 집에 갔어요. 내가 어설라와 지내는 동안요."

"그건 몰랐습니다." 브리스토가 놀란 표정으로 말했다.

스트라이크는 어설라가 동생을 보고 씩 웃는 것을 알아차렸다. 어설라는 동생도 마주 쳐다보고 눈짓을 교환하리라 기대한 눈치였지만, 탠지는 응하지 않았다.

"그때는 몰랐던 일이에요." 탠지가 브리스토에게 말했다. "그래요. 프레디가 디키한테서 초대를 얻어냈어요. 거기에는 모두 모였죠. 룰라와 에반 더필드, 키아라 포터 등. 파파라치들이 좇아다니는 마약 좋아하는 스타들요. 프레디가 못 어울린 게 분명해요. 디키보다 나이가 많지도 않은데 워낙 외모가 할배 같아서." 탠지가 악의를 담아 덧붙였다.

"부군께선 그 주말에 대해 뭐라고 하시던가요?"

"아무 말도 안 했어요. 그이가 거기 간 것도 몇 주 지나서야 알았어요. 디키가 흘린 말 때문에요. 하지만 프레디가 룰라에게 보상을 해주려고 한 건 틀림없어요."

"그렇다면, 프레디가 룰라에게 성적으로 관심이 있었다는 말씀인가요, 아니면……."

"아, 그럼요. 분명히 그랬을 거예요. 그 사람은 금발보다 흑인 여자들을 더 좋아했거든요. 하지만 그 사람이 진짜 원한 건 영화에 유명 스타를 넣는 거예요. 조금이라도 더 언론에서 언급하도록 스타를 마구 끌어들이는 통에 감독들이 미치려고 한다니까요. 그 사람이 룰라와 영화 계약을 맺으려고 그런 거라 해도 전혀 놀랄 일이 아니죠." 탠지는 의외로 예리하게 말했다. "그 사람이 룰라와 디비 맥에 대해서 계획한 게 있었다면 말이에요. 두 사람을 놓고 벌써 언론에서 난리인데, 얼마나 더 큰 난리가 벌어질지 상상해봐요. 프레디는 그런 데는 천재라니까요. 자기가 언론에 등장하는 걸 싫어하는 만큼 반대로 자기 영화 홍보는 좋아하거든요."

"프레디가 디비 맥을 압니까?"

"우리가 별거한 이후로 만난 게 아니라면, 모를걸요. 룰라가 죽기 전엔 맥을 만난 적이 없어요. 맥이 그 건물에 살게 되었다고 했을 때, 그 사람이 얼마나 흥분했는지. 그 소식을 듣자마자 맥을 캐스팅하겠다는 얘길 하기 시작했어요."

"무슨 역으로 캐스팅을 한다고요?"

"몰라요." 탠지가 짜증을 내며 말했다. "뭐든 하겠죠. 맥한테는 팬이 아주 많으니까. 프레디는 그 기회를 놓치지 않을 생각이었어요. 맥이 관심만 가지면 특별히 따로 배역을 만들어줬을걸요. 아주 찰싹 들러붙어서 아양을 떠느라고 난리를 쳤을 거예요. 가짜 흑인 할머니 얘기도 해주고." 탠지의 목소리에 경멸이 가득했다. "유명한 흑인을 만나면 늘 그래요. 조부모 중 한 분이 말레이 사람이라고 하고. 무슨 소린들 못 하겠어요."

"조부모 중 한 분이 말레이 사람이라는 건 거짓말인가요?" 스트라이크가 물었다.

탠지는 무시하듯 웃었다.

"글쎄요. 프레디의 조부모는 만나본 적이 없어서 말이에요. 백 살은 됐을걸요. 돈이 된다 싶으면 무슨 말이라도 할 사람이에요."

"룰라와 맥을 영화에 출연시킨다는 계획에서 혹시 성사된 것이 있습니까?"

"글쎄요. 룰라는 분명 제의를 받고 우쭐했을 거예요. 여자 모델

들은 대개 카메라 앞에 서는 것 말고도 뭔가 할 줄 안다는 걸 증명해 보이고 싶어 하니까요. 하지만 계약은 안 했어요. 그렇죠, 존?"

"제가 알기로는 그렇습니다." 브리스토가 말했다. "하지만…… 이건 다른 문제입니다." 중얼대는 브리스토의 목에 또 분홍 반점들이 돋아났다. 그는 망설이다가 스트라이크의 캐묻는 시선에 이렇게 대답했다.

"2주 전, 베스티귀 씨가 저희 어머니 댁에 불쑥 찾아왔습니다. 어머니 상태가 아주 심각해서, 저는……."

탠지를 향한 그의 표정이 어색했다.

"무슨 얘길 해도 전 괜찮아요." 탠지는 짐짓 무관심한 표정으로 말했다.

브리스토가 희한하게 입을 내밀자, 햄스터 같은 치아가 잠시 사라졌다.

"음, 프레디가 룰라의 전기 영화에 대해서 어머니와 이야기를 하고 싶어 했습니다. 아, 프레디는 사려 깊고 조심스러운 방문처럼 보이게 조심하긴 했어요. 어머니 가족의 축복과 공식적인 허가를 원했죠. 룰라가 죽은 지 석 달도 안 되어서, 어머니는 이루 말할 수 없이 괴로워하셨습니다. 불행히도 제가 그때 거기 없었고……." 브리스토는 보통 어머니를 보호하는 건 자기 일이라는 암시를 주는 목소리로 말했다. "제가 그때 있었으면 좋았을 겁니다. 그의 말을 끝까지 들었으면 좋았을 텐데요. 저는 그 애 전기 영화라는 아이디어 자체를 혐오하지만, 프레디가 룰라의 전기 집필 작업을 할 사람들을 구했다면 뭔가 아는 게 있을 테니까요."

"구체적으로 어떤 걸 말씀하시는 건가요?" 스트라이크가 물었다.

"글쎄요. 룰라의 어린 시절이라든가, 우리한테 오기 전에 어떻게 살았는지 하는 거요?"

웨이터가 애피타이저를 내놓았다. 스트라이크는 웨이터가 갈 때까지 기다렸다가 브리스토에게 물었다.

"가족이 모르는 룰라에 관한 사실을 아는지 베스티귀 씨에게 직접 물어보셨어요?"

"그건 너무 어려웠어요." 브리스토가 말했다. "무슨 일이 있었는지 듣고 토니 삼촌이 베스티귀 씨에게 연락해 어머니를 괴롭혔다고 화를 냈고, 내가 들은 바로는 아주 요란한 싸움이 있었다고 해요. 베스티귀 씨가 더 이상 우리 가족에게서 연락 오는 걸 반기지 않을 것 같더군요. 물론, 탠지가 이혼 소송에 우리 회사를 쓴다는 사실로 상황은 더 복잡해졌고요. 뭐, 그건 아무것도 아니에요. 우리는 가족법 전문 회사 중에서 최고로 손꼽히고, 어설라가 사이프리언과 결혼했으니 당연히 우리 회사로 오는 게 맞죠. 하지만 베스티귀 씨가 우리한테 감정이 좋을 리는 없겠죠."

브리스토가 말하는 내내 스트라이크는 그에게서 시선을 떼지 않았지만, 곁눈으로 주위를 확인하는 능력이 탁월했다. 어설라는 또 한 번 동생을 향해 씩 웃었다. 그녀의 기분이 왜 그리 좋을까 의아했다. 하긴 어설라가 넉 잔째 마신 와인도 영향을 미쳤을 것이다.

스트라이크는 애피타이저를 다 먹고 나서 거의 손도 안 댄 음식을 접시 가장자리로 밀고 있는 탠지에게 말했다.

"룰라가 이사 들어오기 전까지 부군과 18호에 산 기간은 얼마나 되십니까?"

"1년쯤요."

"룰라가 들어왔을 때, 가운데 층에 누가 살고 있었습니까?"

"네." 탠지가 말했다. "미국인 부부가 어린 아들과 6개월쯤 살더니 룰라가 이사 온 지 얼마 되지 않아서 미국으로 돌아갔어요. 그 후로는 세입자를 구하지 못했어요. 불경기라서 말이죠. 그 아파트 세가 비싸거든요. 그러니 레코드 회사가 디비 맥한테 빌려줄 때까지 비어 있었죠."

그녀도 어설라도 스트라이크가 보기에 선정적인 디자인의 손뜨개 코트 같은 것을 입고 지나가는 여자를 쳐다보았다.

"도미에-크로스 코트잖아." 어설라가 와인잔 너머로 눈을 살짝 가늘게 뜨며 말했다. "웨이팅 리스트가 6개월은 밀려 있는데……."

"저 여자 팬지 막스-딜런이잖아." 탠지가 말했다. "남편한테 5천만 파운드가 있으면 베스트 드레서 되기 쉽지. 프레디는 세상에서 제일 싸구려 부자라니까. 새로 뭘 사면 감추든지 가짜인 척해야 했어. 가끔 정말 짜증 나는 인간이었다고."

"부인은 항상 멋지십니다." 브리스토가 얼굴을 붉히며 말했다.

"상냥하시네요." 탠지 베스티귀가 지루한 목소리로 말했다.

웨이터가 오더니 접시를 치웠다.

"무슨 얘기를 하고 있었죠?" 탠지가 스트라이크에게 물었다. "아 참, 아파트 얘기였지. 디비 맥이 오는 줄 알았는데…… 실은 아니었어요. 그 아파트에 장미를 갖다놨는데, 맥이 오질 않아서 프레디가 노발대발했죠. 진짜 싸구려 같은 인간이라니까요."

"데릭 윌슨은 얼마나 잘 아십니까?" 스트라이크가 물었다.

탠지는 눈만 깜빡였다.

“글쎄요, 경비원이죠. 내가 그 사람을 아나? 괜찮은 사람 같았어요. 프레디는 늘 그 사람이 경비원 치고는 최고라고 했어요.”

“정말입니까? 이유가 뭡니까?”

탠지는 어깨를 으쓱였다.

“글쎄요, 프레디한테 물어보세요. 행운을 빌어드려야 되겠네.” 탠지는 피식 웃으면서 말했다. “지옥이 얼어붙으면 프레디가 만나줄 테니까요.”

“탠지.” 브리스토가 몸을 조금 앞으로 숙이면서 말했다. “그날 밤에 들은 걸 코모란한테 말씀해주시면 어떨까요?”

스트라이크는 브리스토가 끼어들지 않기를 바랐다.

“음.” 탠지가 말했다. “새벽 2시쯤 되었을 때, 물이 마시고 싶었어요.”

음성에는 높낮이도 없고 아무런 감정도 없었다. 스트라이크는 이런 사소한 시작 부분부터 탠지가 경찰에서 한 이야기와 다른 이야기를 하고 있다는 사실을 알아차렸다.

“그래서 화장실에 갔는데, 침실로 돌아오려고 거실로 나가는 사이에 고함 소리가 들렸어요. 그 여자, 룰라가 ‘너무 늦었어. 내가 벌써 해버렸다고’ 라고 말했고, 어떤 남자가 ‘거짓말이나 하는 씨발년’ 이라고 했어요. 그러곤, 그러곤 남자가 룰라를 밀어버렸어요. 룰라가 떨어지는 걸 봤다고요.”

그러더니 탠지는 손을 살짝 흔들었다.

브리스토는 속이 불편한 표정으로 잔을 내려놓았다. 식사가 왔다. 어설라는 와인을 더 마셨다. 탠지도 브리스토도 음식에 손을 대지 않았지만 스트라이크는 포크를 들고 먹기 시작했고, 앤초비를 넣은 푼타렐레 샐러드가 맛있다는 티를 내지 않으려고 애썼다.

"난 비명을 질렀어요." 탠지가 조그맣게 말했다. "비명을 멈출 수가 없었어요. 아파트에서 달려 나가 프레디를 지나쳐 아래로 내려갔어요. 경비원에게 위층에 남자가 있다고 말하고 붙잡게 할 생각뿐이었어요."

"윌슨이 데스크 뒤에서 달려 나왔어요. 그 사람에게 무슨 일이 있었는지 말하니까 그 사람은 위층으로 올라가지 않고 거리로 달려 나가서 룰라가 어떻게 됐는지 확인했어요. 멍청이 같으니. 그 사람이 먼저 위층으로 올라갔으면 잡았을 텐데 말이에요! 그다음에 프레디가 따라 내려와서는 내가 옷을 안 입고 있다고 집으로 돌아가라고 했어요."

"그때 윌슨이 돌아와서 룰라가 죽었다고 말하고는 프레디한테 경찰을 부르라고 했어요. 프레디는 나를 질질 끌다시피 해서 위로 올라갔어요. 난 완전히 히스테리를 일으켰어요. 프레디는 우리 집 거실에서 999*에 연락했어요. 그다음에 경찰이 왔어요. 그런데 내가 하는 말은 단 한 명도 믿지 않았어요."

탠지는 와인을 한 모금 마시더니 잔을 내려놓고는 조용히 말했다.

"당신한테 이야기한 걸 프레디가 알면 노발대발할 거예요."

"그렇지만 확신하고 계시지 않습니까, 탠지." 브리스토가 끼어들었다. "위층에 남자가 있었다는 걸?"

* 우리나라의 '119'에 해당하는 영국의 긴급 전화번호.

"네, 물론 그렇죠." 탠지가 말했다. "방금 말했잖아요. 누군가가 분명히 거기 있었다니까요."

브리스토의 휴대전화가 울렸다.

"실례합니다." 그가 작게 말했다. "앨리슨이군요. ……네?" 그가 전화를 받았다.

스트라이크의 귀에 비서의 저음이 들렸지만, 내용은 알아들을 수 없었다.

"잠깐만 실례하겠습니다." 브리스토는 성가신 표정으로 테이블에서 일어났다.

자매의 매끈하고 광채 나는 얼굴에 사악한 즐거움이 떠올랐다. 그들은 또 눈길을 마주쳤다. 그러고는 놀랍게도 어설라가 스트라이크에게 말을 걸었다.

"앨리슨을 만나봤어요?"

"잠깐 봤습니다."

"두 사람이 사귀는 거 알아요?"

"네."

"사실 좀 불쌍하죠." 탠지가 말했다. "그 여자는 존이랑 사귀지만, 사실은 토니한테 빠져 있으니. 토니는 만나봤어요?"

"아뇨." 스트라이크가 말했다.

"공동경영자 중 한 사람이에요. 존의 삼촌인데. 알아요?"

"네."

"아주 매력적인 사람이에요. 백만 년이 지나도 앨리슨하고는 사귀지 않을걸. 앨리슨은 위로 차원에서 존이랑 사귀는 것 같아요."

앨리슨의 이뤄질 수 없는 짝사랑이 자매에게 엄청난 만족감을 주는 모양이었다.

"회사에서 다들 아는 이야기입니까?" 스트라이크가 물었다.

"네, 그럼요." 어설라가 즐거워하며 말했다. "사이프리언은 그 여자가 정말 창피스럽대요. 토니 앞에만 가면 강아지처럼 군다나."

스트라이크에 대한 그녀의 반감이 어디론가 증발해버린 모양이었다. 놀랍지는 않았다. 이런 현상은 여러 차례 겪어보았던 것이다. 사람들은 말하기를 좋아한다. 극소수의 예외는 있었지만. 문제는 그들이 말하도록 해주느냐에 달려 있었다. 어설라를 포함한 일부 사람들은 알코올에 반응했다. 다른 사람들은 스포트라이트를 좋아했다. 또 다른 인간이 옆에 있기만 하면 되기도 했다. 일부 사람들은 한 가지 화제에 대해서만 말이 많아졌다. 그들 자신의 결백이나 다른 사람이 저지른 죄도 그 화제가 될 수 있고, 옛날 비스킷 깡통 모으는 취미가 될 수도 있고, 어설라 메이의 경우처럼 평범한 비서의 가망 없는 짝사랑이 될 수도 있었다.

어설라는 창문을 통해 브리스토를 쳐다보고 있었다. 그는 보도를 왔다 갔다 걸어 다니며 통화하고 있었다. 어설라가 혀 꼬부라진 소리로 말했다.

"무슨 일인지 알 거 같아. 콘웨이 오츠의 유언집행인들이 회사의 일 처리를 가지고 난리를 치는 거지. 미국인 자본가라지? 사이프리언이랑 토니는 정말로 화를 내면서 존에게 당장 일을 해결하라고 시켰어요. 존은 항상 지저분한 일을 맡죠."

어설라의 어조는 동정보다는 냉정에 가까웠다.

브리스토는 상기된 얼굴로 테이블로 돌아왔다.

"죄송합니다. 앨리슨이 메시지를 전해와서요." 그가 말했다.

웨이터가 접시를 가지러 왔다. 접시를 비운 사람은 스트라이크뿐이었다. 웨이터가 멀찌감치 가고 나서 스트라이크가 말했다.

"탠지, 경찰이 당신의 증언을 제외시킨 건 당신이 들었다는 말소리를 실제로 들을 수 없었다고 생각했기 때문입니다."

"하지만 그들 생각이 틀렸잖아요!" 탠지는 순식간에 짜증을 내며 쏘아붙였다. "정말 들었다니까요."

"창문이 닫힌 상태에서요?"

"열려 있었다니까요." 탠지는 아무와도 눈을 마주치지 않고 말했다. "실내가 답답해서 물을 가지러 가는 길에 창문을 열었어요."

스트라이크는 그녀를 밀어붙이면 아무 대답도 하지 않을 거라고 생각했다.

"당신이 코카인을 했다고도 했습니다."

탠지는 짜증이 나서 "으" 하는 소리를 냈다.

"보세요." 그녀가 말했다. "그래요, 저녁때 좀 했어요. 그래서 경찰이 아파트를 둘러볼 때 욕실에서 코카인을 발견했어요. 던 부부가 좀 지루해야 말이죠. 벤지 던이 지껄이는 소리를 참아내려면 누구든지 약발이 필요해요. 하지만 위층에서 난 소리는 환청이 아니에요. 어떤 남자가 거기 있었고, 그자가 룰라를 죽였어요. 죽였다니까요." 탠지가 스트라이크를 노려보며 말했다.

"그렇다면 그자가 어디로 올라갔을 것 같습니까?"

"나야 모르죠. 그래서 존이 당신한테 돈을 주며 알아내라는 거 아닌가요? 그놈은 어떻게든 빠져나갔어요. 뒤쪽 창문으로 기어 나갔는지도 모르죠. 승강기에 숨었든지. 아래층 주차장을 통해 나갔든지. 그놈이 어떻게 나갔는지는 모르겠지만, 거기 있었던 건 분명해요."

"우리는 그 말씀을 믿습니다." 브리스토가 껴들었다. "탠지, 당신 말씀을 믿습니다. 코모란이 이런 질문을 하는 건, 어떻게 그 모든 일이 벌어졌는지 더 확실하게 알기 위한 겁니다."

"경찰은 내 말을 무시하려고 온갖 짓을 다 했어요." 탠지가 브리스토의 말을 못 들은 체하고 스트라이크에게 말했다. "경찰이 너무 늦게 와서 놈을 놓쳤으니 그걸 숨기려는 거예요. 내가 언론 때문에 겪은 일을 겪어보지 못한 사람이라면 그게 어떤 건지 아무도 이해 못 해요. 정말이지 지옥이라니까요. 거기서 벗어나려고 정신과도 갔어요. 이 나라에서 언론이 하고 있는 짓거리가 합법적이라니 믿을 수가 없어요. 그게 다 진실을 말한 탓이라니, 말도 안 되는 소리죠. 내가 입을 닥치고 있어야 했던 거죠? 이런 일을 겪을 줄 알았으면 그랬을 거예요."

그녀는 헐렁해진 다이아몬드 반지를 이리저리 돌렸다.

"프레디는 룰라가 떨어졌을 때 침대에서 자고 있었지요?" 스트라이크가 탠지에게 물었다.

"네, 맞아요." 그녀가 대답했다.

탠지는 손을 얼굴로 가져가더니 있지도 않은 머리카락을 넘기는 척 쓸었다. 웨이터가 다시 메뉴를 가져왔고, 주문을 할 때까지 스트라이크는 질문을 참아야 했다. 디저트를 시킨 것은 그뿐이었다. 나머지는 커피를 시켰다.

"프레디가 일어난 건 언제였습니까?" 웨이터가 돌아가자 그가 탠지에게 물었다.

"언제라뇨?"

"룰라가 떨어졌을 때 자고 있었다고 하셨잖습니까. 프레디가 언제 일어났습니까?"

"내가 소리를 질렀을 때죠." 탠지는 당연하다는 듯 말했다. "내가 그 사람을 깨웠겠죠?"

"빨리 움직인 모양이군요."

"왜요?"

"아파트에서 나와 프레디를 지나쳐 아래층으로 갔다고 하셨으니까요. 그러니 당신이 데릭에게 무슨 일인지 전하러 달려 나갔을 때 프레디는 이미 나와 있었던 거지요?"

잠깐 침묵.

"그래요." 탠지가 손댈 곳 없이 정돈된 머리를 다시 쓰다듬느라 얼굴을 가리면서 말했다.

"그럼 프레디는 곤히 잠들어 있다가 일어나 몇 초 만에 거실로 달려 나온 거로군요. 말씀 대로라면 소리를 지르기 시작한 것과 밖으로 달려 나간 것이 거의 동시였을 테니까요."

또 아주 잠깐 침묵.

"그래요." 탠지가 말했다. "글쎄, 잘 모르겠네요. 소리를 지르면서 그 자리에 잠깐 얼어붙어 있었을지도 모르겠어요. 너무 놀랐거든요. 그래서 프레디가 방에서 달려 나오고, 내가 지나친 걸지도 모르겠어요."

"뭘 봤는지 프레디에게 말씀하셨습니까?"

"기억이 나지 않아요."

브리스토는 또 타이밍 안 맞는 참견을 할 태세였다. 스트라이크가 한 손을 들어 그를 저지했다. 하지만 탠지는 남편 문제에서 말을 돌리기 위해 다른 수를 썼다.

"범인이 어떻게 들어왔는지 여러 번 생각해봤는데, 분명히 그 날 새벽 룰라가 들어올 때 따라 들어온 게 분명해요. 데릭 윌슨이 자리를 비우고 화장실에 갔으니까요. 윌슨은 그 일로 해고되어야 한다고 생각했어요. 내 의견을 말하자면, 그 사람은 안에서 몰래 자고 있었던 거예요. 범인이 열쇠 번호를 어떻게 알았는지는 몰라도, 그때 들어온 게 분명해요."

"그 사람 목소리를 다시 들으면 아시겠습니까? 소리 질렀던 그 목소리를요?"

"글쎄요." 탠지가 말했다. "그냥 남자 목소리였어요. 흔한 목소리. 별로 특별한 데가 없었어요. 그 후에 더필드였나, 하고 생각해봤죠." 탠지는 스트라이크를 빤히 쳐다보았다. "더필드가 전에 위층에서 소리 지르는 걸 들어본 적이 있거든요. 윌슨이 그 사람을 내쫓아야 했어요. 더필드가 룰라의 문을 부수고 들어가려고 했거든요. 그렇게 생긴 아가씨가 더필드 같은 놈이랑 뭘 하는지 알 수가 없었죠." 탠지가 덧붙여 말했다.

"섹시하다는 여자들도 있잖아." 어설라가 와인 병을 들어 자기 잔을 채우면서 말했다. "난 뭐가 매력인지 모르겠더라. 못생기고 끔찍할 뿐이야."

"알고 보면 부자도 아니잖아." 탠지는 다이아몬드 반지를 또 빙글 돌리면서 말했다.

"하지만 그날 밤에 들은 목소리가 그 사람은 아니었다는 말씀이지요?"

"글쎄요. 아까 말한 대로, 그 사람일 수도 있어요." 탠지는 가녀린 어깨를 살짝 으쓱이며 말했다. "하지만 그 사람은 알리바이가 있잖아요? 다들 그 사람이 룰라가 죽은 날 밤에 켄티건가든 근처에도 오지 않았다고 했으니까. 키아라 포터 집에도 갔었다면서요? 나쁜 년." 탠지가 살짝 웃으면서 말했다. "절친의 애인이랑 자다니."

"둘이 함께 잤습니까?" 스트라이크가 물었다.

"어머, 그럼 뭔 줄 알았어요?" 너무 순진한 질문이라는 듯 어설라가 웃음을 터뜨렸다. "키아라 포터는 내가 알아요. 내가 기획에 참여한 자선 패션쇼에서 모델을 했거든요. 진짜 머리 나쁜 걸레라고요."

커피가 나왔고, 스트라이크의 토피 디저트도 나왔다.

"존에겐 미안한 말이지만, 룰라의 친구 취향이 별로였어요." 탠지가 에스프레소를 마시며 말했다. "키아라가 그랬지, 또 그 브라이오니 래드포드도 그랬지. 그 여자가 뭐 딱히 친구는 아니었지만. 나라면 그 여자는 안 믿겠어요."

"브라이오니는 누굽니까?" 스트라이크는 그녀가 누군지 알고 있었지만 슬쩍 물어보았다.

"메이크업 아티스트요. 엄청 비싸게 받는 나쁜 년이죠." 어설라가 말했다. "고르바초프재단 무도회 때 그 여자를 한번 썼는데, 그다음에 모두에게—."

어설라는 문득 말을 멈추더니 잔을 내려놓고 커피를 들었다. 현재 문제와 무관한 것이 분명한 이야기임에도 불구하고 스트라이크는 브라이오니가 모두에게 무슨 말을 했는지 몹시 궁금해졌다. 하지만 그때 탠지가 큰 소리로 끼어들었다.

"참, 룰라가 아파트에 가끔 데려왔던 유령 같은 여자애도 있었잖아. 존, 기억해요?"

탠지가 브리스토한테 재차 물었지만, 브리스토는 멍한 표정이었다.

"있잖아요, 룰라가 가끔 끌고 오던 그 유령 같은 여자. 아주 드문 피부색이었는데. 무슨 부랑자 같았어요. 정말로 냄새가 났다니까요. 그 여자가 엘리베이터를 타고 난 다음에는…… 냄새로 알 수 있었어요. 룰라는 그 여자를 수영장에도 데려왔어요. 흑인도 수영을 하는 줄 몰랐는데."

브리스토는 얼굴이 빨개져서 눈을 깜빡였다.

"룰라가 그 여자랑 뭘 했는지 아무도 모르지." 탠지가 말했다. "존, 분명히 기억할 거예요. 뚱뚱한 여자였거든요. 지저분하고, 약간 모자란 것 같았어요."

"글쎄…… 요." 브리스토가 얼버무렸다.

"로셸 말씀입니까?" 스트라이크가 물었다.

"아, 그 이름이었던 것 같네요. 어쨌든 장례식엔 왔어요." 탠지가 말했다. "내가 봤어요. 맨 뒤에 앉아 있었죠."

"자, 기억해둬요. 이건 모두 오프 더 레코드란 걸요." 탠지는 까만 눈으로 스트라이크를 빤히 노려보며 말했다. "당신을 만난 걸 프레디가 알면 난 엄청난 손해를 볼 거예요. 다시는 기자들한테 그런 수모를 당하지도 않을 거고요. 여기 계산해줘요." 그녀는 웨이터에게 외쳤다.

계산서가 도착하자 탠지는 아무 말 없이 브리스토에게 넘겼다.

자매가 일어나 반짝이는 갈색머리를 흔들며 고급 재킷을 걸치는 동안, 레스토랑 문이 열리더니 60대의 훤칠하고 마른 체형에 슈트를 빼 입은 남자가 들어와 주위를 둘러보더니 그들 테이블로 곧장 다가왔다. 은발에 눈에 띄는 외모, 흠잡을 데 없는 옷차림을 한 그의 파란 눈에는 뭔가 오싹한 느낌이 있었다. 걸음걸이는 빠르고도 거침없었다.

"놀라운 일이군." 그는 두 여자의 의자 사이에 서더니 차분하게 말했다. 나머지 셋 중 누구도 그가 다가오는 것을 알지 못했고, 스트라이크를 제외한 모두가 그의 등장에 충격과 불쾌감 이상의 감정을 드러냈다. 아주 짧은 순간 탠지와 어설라는 얼어붙었다. 어설라는 백에서 선글라스를 꺼내려다 굳어버렸다.

탠지가 제일 먼저 정신을 수습했다.

"어머, 형부." 탠지가 키스로 인사하는 그에게 얼굴을 갖다 대며 말했다. "그러네요. 놀랍고 또 반가워요!"

"쇼핑 가는 줄 알았는데, 여보?" 탠지의 뺨에 의례적으로 입을 맞추며, 그는 아내를 쳐다보았다.

"점심 먹으러 들른 거야." 얼굴이 붉어진 어설라는 이렇게 대답했고, 스트라이크는 알 수 없는 긴장감이 감도는 것을 느꼈다.

중년 남자의 새파란 눈이 스트라이크를 가만히 살피더니 브리스토에게 향했다.

"토니가 처제의 이혼을 담당하는 줄 알았는데?" 그가 물었다.

"그래요." 탠지가 말했다. "이건 비즈니스가 아니에요. 순전히 사교 런치죠."

그는 싸늘한 미소를 지었다.

"그럼 내가 안내하지." 그가 말했다.

브리스토에게 대충 인사를 남기고 스트라이크에게는 한마디도 없이, 자매는 어설라의 남편에게 내몰리듯 레스토랑을 나갔다. 셋이 나가고 문이 닫히자 스트라이크가 브리스토에게 물었다.

"이건 또 뭡니까?"

"사이프리언이에요." 브리스토가 말했다. 신용카드와 영수증을 챙기는 그는 불안한 표정이었다. "사이프리언 메이. 어설라의 남편이고, 회사의 공동경영자죠. 탠지가 당신과 이야기하는 걸 좋아하지 않을 거예요. 우리가 여기 있는 걸 어떻게 알았는지 모르겠군요. 앨리슨한테서 알아냈나."

"왜 탠지가 절 만나는 걸 못마땅해합니까?"

"탠지가 처제잖아요." 브리스토가 코트를 입으면서 말했다. "또다시 바보짓을 반복하는 게 싫은 거죠. 또 그럴 거라고 보니까요. 탠지에게 당신을 만나라고 설득한 일로 날 호되게 꾸짖겠군요. 아마 지금 바로 삼촌에게 전화해서 나에 대해 불평하고 있을 거예요."

스트라이크는 브리스토의 손이 떨리는 것을 알아차렸다.

브리스토는 식당 직원이 불러준 택시를 타고 떠났다. 스트라이크는 치프리아니에서 걸어 나오며 타이를 느슨하게 풀었고, 너무 골똘히 생각하느라 그로스버너 스트리트를 무심히 건너다가 달려오는 차가 요란하게 경적을 울리는 바람에 정신이 퍼뜩 들었다.

자칫 잘못하면 위험해지겠다고 생각한 스트라이크는 엘리자베스아덴 레드도어 스파의 하얀 벽 쪽으로 걸어가 보행자들에게서 조금 떨어져 벽에 기대서서는 휴대전화를 꺼냈다. 잠시 녹음 내용을 들으며 검색한 끝에, 그는 룰라 랜드리가 창문을 지나 떨어진 직후에 무슨 일이 있었는지 탠지가 한 말을 찾을 수 있었다.

'거실로 나가는 사이에 고함 소리가 들렸어요. 그 여자, 룰라가 "너무 늦었어. 내가 벌써 해버렸다고"라고 말했고, 어떤 남자가 "거짓말이나 하는 씨발년"이라고 했어요. 그러곤, 그러곤 남자가 룰라를 밀어버렸어요. 룰라가 떨어지는 걸 봤다고요.'

브리스토의 잔이 테이블에 탁 부딪히는 소리가 작게 들렸다. 스트라이크는 다시 앞으로 돌려서 들어보았다.

'룰라가 "너무 늦었어. 내가 벌써 해버렸다고"라고 말했고, 어떤 남자가 "거짓말이나 하는 씨발년"이라고 했어요. 그러곤, 그러곤 남자가 룰라를 밀어버렸어요. 룰라가 떨어지는 걸 봤다고요.'

랜드리가 팔을 휘젓는 모습을 흉내 내는 탠지의 얼어붙은 얼굴에 떠올랐던 공포가 기억났다. 스트라이크는 휴대전화를 주머니에 도로 밀어 넣고는 수첩을 꺼내 기록하기 시작했다.

스트라이크는 거짓말하는 사람들을 숱하게 만나보았다. 냄새만 맡아도 알 수 있었다. 그리고 그는 탠지도 그들 중 하나임을 확실히 알고 있었다. 탠지는 아파트에서 그 소리를 들을 수 없었다. 그러므로 경찰은 탠지가 아무것도 들을 수 없었다고 추리했다. 그렇지만 예상과는 달리, 이 순간까지 들은 모든 증언이 룰라 랜드리의 죽음이 자살임을 암시한다는 사실에도 불구하고, 스트라이크는 탠지 베스티귀가 랜드리가 떨어지기 전에 말다툼 소리를 들었다고 실제로 믿고 있다는 확신이 들었다. 탠지가 해준 이야기는 온통 거짓말투성이였지만 그 부분에만 진정성이 느껴졌던 것이다.

스트라이크는 벽에서 몸을 일으켜 그로스버너 스트리트를 따라 동쪽으로 걷기 시작했다. 차가 오는지 주의를 기울여야 했지만, 그는 머릿속으로 탠지가 룰라 랜드리의 마지막 순간을 이야기할 때 지었던 표정, 어조, 동작을 되짚어보느라 여념이 없었다.

어째서 탠지는 핵심적인 부분에서는 사실을 말하면서도 금세 탄로 날 거짓말로 포장하는 걸까? 랜드리의 아파트에서 고함 소리가 들렸을 때 탠지가 하던 일에 대해서는 왜 거짓말을 하려는 것일까? 스트라이크는 아들러*의 말을 기억했다. "진실이 위험하다고 느끼지 않는 한, 거짓말에는 의미가 없다." 탠지는 자기 말을 믿어주면서 동시에 증언을 포장한 거짓말까지 의심하지 않을 사람을 마지막으로 한 번 더 찾아보려고 오늘 그 자리에 나왔던 것이다.

스트라이크는 오른쪽 무릎의 통증도 느끼지 못한 채 빠른 걸음으로 걸었다. 한참 만에야 그는 매덕스 스트리트를 지나쳐 리전트 스트리트에 접어든 것을 깨달았다. 멀리서 햄리스 장난감 백화점의 빨간 차양이 바람에 살짝 나부꼈고, 스트라이크는 사무실로 돌아가는 길에 조카의 생일 선물을 살 생각이었다는 사실을 떠올렸다.

매장 안에서 끼익거리며 반짝이는 형형색색의 장난감들은 흐릿하게 다가올 뿐이었다. 그는 멍하니 이 층 저 층을 옮겨 다녔고, 비명 소리, 날아다니는 장난감 헬리콥터 소리, 길을 가로지르는 돼지 인형이 꿀꿀거리는 소리도 그의 생각을 방해하지는 못했다. 20분쯤 지나고서야 마침내 그는 영국 군인 인형 근처에 멈춰

* 알프레트 아들러, 오스트리아의 심리학자.

섰다. 거기 가만히 서서 미니어처 해병대와 낙하산부대의 대열을 바라보고 있었지만, 사실 그것들은 눈에 들어오지도 않았다. 커다란 덩치로 멍하니 앞만 보고 서 있는 그에게 차마 비켜달라는 말을 못 하고 아이들에게 비켜 가라고 속삭이는 부모들의 목소리도 귀에 들어오지 않았다.

3부

Forsan et haec olim meminisse iuvabit.

아마 이것들도 언젠가는 즐거운 추억이 될 테지.

베르길리우스, 《아이네이스》 1권

1

수요일에는 비가 내리기 시작했다. 런던의 날씨, 그 음습한 회색빛을 뚫고 오래된 도시가 둔감한 모습을 드러내고 있었다. 검은 우산을 쓴 창백한 얼굴들, 가시지 않는 축축한 옷 냄새, 밤이면 스트라이크의 사무실을 또닥또닥 끝없이 두드리는 빗물 소리.

콘월에는 비가 잘 오지 않지만, 비가 와도 런던과는 달랐다. 스트라이크는 조앤 숙모와 테드 삼촌네 집 손님방의 유리창을 채찍으로 후려치듯 때리는 비를 떠올렸다. 그 몇 달의 시간 동안 스트라이크는 꽃향기와 과자 굽는 냄새가 나던 아담하고 깔끔한 집에서 세인트마위스의 마을 학교를 다녔었다. 루시를 만날 때면 그런 추억들이 스멀스멀 의식의 전면으로 떠오르곤 했다.

빗방울들이 변함없이 창틀을 신 나게 두드리며 춤추던 금요일 오후, 책상 반대편 끄트머리에서 로빈이 잭의 새 낙하산병 인형을 포장하고 있는 동안 스트라이크는 로빈의 일주일 근무 수당에서 템퍼러리 솔루션의 커미션을 뺀 금액을 수표에 적고 있었다. 로빈은 그 주일에 예정된 '제대로 된' 인터뷰 중에서 세 번째를 보러 갈 참이라 검은 정장을 입고 밝은 금발은 뒤로 깔끔하게 넘겨 하나로 틀어 올린 단정한 모습이었다.

"여기 있어요." 두 사람은 동시에 말했다. 로빈은 작은 우주선 무늬의 포장지로 완벽하게 싼 꾸러미를 책상 건너편으로 밀었고, 스트라이크는 수표를 내밀었다.

"대단한데요?" 스트라이크가 선물을 받아 들며 말했다. "난 포장은 젬병이에요."

"조카가 좋아하면 좋겠네요." 로빈은 검은 핸드백에 수표를 집어넣으며 대답했다.

"그러게요. 그리고 면접에서 행운을 빌어요. 원하는 직장이에요?"

"글쎄요, 상당히 좋은 직장이기는 해요. 웨스트엔드에 있는 미디어 컨설팅 회사의 인사과거든요." 로빈의 어투에서 그리 열렬한 의지가 느껴지지는 않았다. "파티 재밌게 보내세요. 월요일에 뵐게요."

스스로에게 벌을 주듯 덴마크 스트리트까지 나가서 담배를 피우려니 끝도 없이 내리는 비 때문에 더 짜증이 났다. 스트라이크는 사무실 입구의 처마 밑에서 간신히 비를 피하고 서서 대체 언제 담배를 끊고 운동을 해서 몸을 만들 생각이냐고 스스로를 다그쳤다. 지불 능력과 함께 편안한 집과 건강하고 보기 좋은 몸마저 어느새 사라져버렸다. 그렇게 서 있는데 휴대전화가 울렸다.

"그쪽 정보가 맹탕은 아니더라는 얘기를 해주면 좋아할 것 같아서 말입니다." 에릭 워들이었다. 의기양양한 목소리였다. 스트라이크의 귀에 엔진 소음과 뒤에서 얘기하는 남자들 말소리가 들렸다.

"일처리가 빠르시네요." 스트라이크가 대꾸했다.
"네, 뭐, 우린 뭉그적대는 스타일이 아니라서."
"그 말은 내가 달라는 걸 준다는 얘깁니까?"
"그래서 전화한 겁니다. 오늘은 좀 늦었으니까 월요일에 갖다 드리죠."
"난 빠를수록 좋은데요. 여기 사무실에서 얼마든지 기다릴 수 있어요."
워들은 약간 기분 나쁘게 웃었다.
"그쪽은 시간제로 돈을 받는 거 아닌가요? 난 일을 좀 질질 끄는 게 그쪽에게 좋을 줄 알았는데."
"오늘 밤이 더 좋습니다. 오늘 밤에 갖다줄 수 있다고 하면, 내 옛 친구가 뭘 더 흘릴 때 제일 먼저 알려드리죠."
짤막한 침묵이 이어지는 사이 스트라이크는 워들과 같은 차에 탄 남자들 중 한 사람의 말소리를 들었다.
"……피어니의 빌어먹을 얼굴……."
"그래요, 뭐 좋습니다." 워들이 말했다. "이따가 보내죠. 7시 전에는 힘들지도 모릅니다. 그때까지 있을 겁니까?"
"염려 붙들어 매시죠." 스트라이크가 대답했다.
파일은 세 시간 뒤에 도착했다. 그는 무릎에 작은 스티로폼 접시를 놓고 피시앤칩스를 먹으며 포터블 TV로 런던 이브닝 뉴스를 보고 있었다. 택배 기사는 바깥문에서 초인종을 울렸고 스트라이크는 경찰청에서 보낸 두툼한 꾸러미에 서명을 했다. 포장을 벗겨보니 복사물이 그득한 두꺼운 회색 폴더가 열려 있었다. 스트라이크는 그걸 다시 로빈의 책상으로 가져가서 내용물을 소화하는 기나긴 과정에 착수했다.

파일에는 룰라 랜드리의 생애 마지막 밤 그녀를 보았던 사람들의 진술이 나와 있었다. 아파트에서 검출된 유전자 증거에 대한 보고서, 켄티건가든 18번지에서 경비원이 수집한 방문객 목록의 사본, 룰라가 양극성 장애를 조절하기 위해 처방받은 약의 자세한 내역, 부검 보고서도 있었다. 그 전해의 의료 기록, 휴대전화와 일반전화의 기록, 그리고 모델의 노트북컴퓨터에서 찾아낸 내용의 발췌 요약도 있었다. 또 워들이 'CCTV 2 러너들' 이라고 손으로 끼적여 표시한 DVD도 한 장 있었다.

스트라이크의 중고 컴퓨터에 달린 DVD 드라이브는 구입할 때부터 작동하지 않았다. 그래서 디스크를 유리문 옆에 걸린 코트 주머니에 슬쩍 넣고 수첩을 옆에 펼쳐놓은 후 링 바인더 안에 들어 있는 출력물을 다시 검토하기 시작했다.

사무실 바깥은 어스름이 깔렸다가 밤이 되었고 책상 스탠드의 황금색 불빛이 책장을 흠뻑 적셨다. 스트라이크는 문서를 꼼꼼하게 한 장씩 읽어 내려가면서 점점 더 자살이라는 결론에 무게를 둘 수밖에 없었다. 쓸데없는 부분을 뺀 진술서들, 극도로 세밀한 타이밍, 랜드리의 욕실 캐비닛에서 발견된 약병들의 라벨 사본들 속에서 스트라이크는 탠지 베스티귀의 거짓말 이면에 숨어 있다고 느꼈던 진실을 추적했다.

부검 결과에 따르면 룰라는 도로와 충돌하는 순간 사망했고 사인은 목 골절과 내출혈이었다. 오른쪽 팔뚝에는 멍이 들어 있었다. 그녀는 구두를 한 짝만 신고 추락했다. 사체의 사진들은 랜드리가 나이트클럽에서 돌아와 집에서 옷을 갈아입었다는 LulaMyInspirationForeva

측의 주장을 뒷받침했다. 사진에서 룰라는 건물에 들어갈 때 사진 찍힌 드레스가 아니라 스팽글 톱과 바지를 입고 있었다.

스트라이크는 경찰에게 계속 말을 바꿔가며 진술한 탠지의 진술서를 읽기 시작했다. 처음에는 침실에서 화장실에 갔다고만 말했다. 두 번째 진술에서는 거실 창문을 열었다는 말을 덧붙였다. 프레디는 내내 침대에서 자고 있었다고 했다. 경찰은 화장실의 대리석 욕조 테두리에 놓인 코카인을 찾아냈으며, 개수대 위 캐비닛 속 탐폰 상자 안에도 작은 마약 봉지 하나가 숨겨져 있었다.

프레디는 랜드리가 추락했을 때 자신이 자고 있었으며 아내가 비명을 지르는 바람에 잠에서 깼다고 확인해주었다. 황급히 거실로 달려가는데 탠지가 속옷 차림으로 자기 곁을 지나쳐 달려갔다. 어설픈 경찰관이 박살낸, 맥에게 보낸 장미 꽃병은 환영과 자기 소개의 의미였다고 그는 말했다. 물론 래퍼와 인맥을 쌓게 되면 좋았을 거라고, 또 현재 진행 중인 스릴러 영화에 맥이 완벽하게 어울릴 거라는 생각을 하지 않은 것도 아니라고 말했다. 꽃 선물에 그렇게 과잉 반응을 보인 건 누가 뭐래도 랜드리의 죽음에 너무 충격을 받아서였다. 처음에는 위층에서 언쟁을 들었다는 아내의 말을 믿었다. 그러나 나중에는 탠지의 설명이 코카인 흡입 탓이라는 경찰의 입장을 내키지 않아도 받아들이게 되었다. 탠지의 약물 상용은 부부 사이에 커다란 갈등 요인이었다. 그는 경찰에게 아내가 상습적으로 약물을 복용하는 건 알고 있었지만 그날 밤 아파트에 코카인이 있는 줄은 전혀 몰랐다고 말했다.

베스티귀는 또한 자신과 랜드리가 각자의 집에서 만난 적은 한 번도 없으며, 디키 카버리의 집에 같은 시각에 있었다 해도(경찰은

추가 조사를 통해 이 진술을 받아냈다. 프레디는 첫 번째 진술 이후 다시 인터뷰를 해야 했다) 관계의 진전은 거의 없었다. "그녀는 주로 젊은 손님들과 어울렸고, 나는 그 주말의 대부분을 같은 세대인 디키와 함께 보냈습니다." 베스티귀의 진술은 스파이크가 파고들 틈새도 없는 암벽처럼 난공불락이었다.

스트라이크는 베스티귀의 아파트 내에서 일어난 사건들에 대한 경찰 진술을 읽은 다음 자신의 수첩에 몇 문장을 덧붙여 썼다. 욕조 옆에 있던 1회 분량의 절반만 사용된 코카인이 흥미로웠고, 룰라 랜드리가 창밖으로 팔다리를 허우적거리며 추락하는 모습을 탠지가 보고 난 후 몇 초간은 더더욱 흥미로웠다. 물론 많은 부분이 베스티귀의 아파트 구조(파일에는 지도나 평면도가 전혀 없었다)에 좌우되겠지만, 여러 번 바뀌는 탠지의 이야기에서 한 가지 일관된 부분이 스트라이크는 영 마음에 걸렸다. 처음부터 끝까지, 랜드리가 추락했을 때 남편이 침대에서 자고 있었다고 우긴 것이다. 스트라이크는 그 부분을 꼬치꼬치 캐묻자 머리를 넘기는 척하면서 그녀가 얼굴을 가리던 것을 기억했다. 경찰의 견해와는 달리, 스트라이크가 보기에 룰라 랜드리가 발코니에서 추락했을 당시 베스티귀 부부가 있었던 정확한 위치는 제대로 파악되지 않고 있었다.

그는 다시 파일을 체계적으로 검토하기 시작했다. 에반 더필드의 진술은 대체로 워들이 중간에 전해준 이야기에 부합했다. 우지에서 나가려는 여자친구의 팔뚝을 거머쥐어 돌려세우려 했다는 사실은 인정했다. 그녀는 팔을 뿌리치고 나가버렸다. 얼마 후 그는 그녀를 뒤쫓아 달려 나갔다. 늑대 가면은 더필드를 취조한 경관의 감정이 배제된 언어 속에 스쳐가듯 한 문장으로 언급되어 있었다. “나는 사진사들의 주목을 피하고 싶을 때 늑대 머리 가면을 쓰는 것에 익숙합니다.” 더필드를 우지에서 태운 운전사의 짤막한 진술도 켄티건가든에 잠깐 들렀다가 다블레이 스트리트로 갔다는 더필드의 진술과 일치했다. 그는 다블레이 스트리트에서 승객을 내려주었다고 했다. 워들은 운전사가 더필드에 대해 적대적이었다고 말했지만, 경찰이 작성해서 서명을 받은 단조롭고 사실적인 진술서에서는 그런 감정이 잘 전달되지 않았다.

더필드의 증언을 뒷받침하는 진술이 한두 개 더 있었다. 하나는 계단을 올라 마약상의 집으로 가는 모습을 보았다는 여자였고, 또 하나는 마약상 위클리프 본인의 증언이었다. 스트라이크는 위클리프라면 더필드를 위해서 얼마든지 거짓말을 할 것이라는 워들의 공공연한 의견을 다시 떠올려보았다. 아래층 여자는 돈만 쥐어주면 얼마든지 매수할 수 있다. 더필드가 런던 거리를 배회하는 모습을 보았다고 주장하는 나머지 목격자들은 솔직히 말해 늑대 가면을 쓴 남자를 보았을 뿐이다.

스트라이크는 담배에 불을 붙이고 더필드의 증언을 소리 내어 다시 읽어보았다. 그는 폭력적인 성향의 사내로, 룰라가 클럽을 떠나지 못하게 하려고 서슴없이 완력을 썼다고 인정했다. 사체의 팔뚝 위쪽에 남아 있는 타박상은 분명히 그의 짓일 터였다. 그러나 그가 정말 위클리프와 함께 헤로인을 했다면, 켄티건가든 18번지에 침투할 기운이 있거나 사람을 죽일 만큼 격하게 분노할 가능성은 극히 미미하다는 걸 스트라이크는 잘 알고 있었다. 스트라이크는 헤로인 중독자들의 행동 양상을 익히 보아 알고 있었다.

어머니가 살았던 중독자들의 무단 점거지에서 숱하게 만나보았던 것이다. 그 마약은 약효의 노예들을 수동적이고 온순하게 만들었다. 고래고래 고함을 지르고 폭력을 일삼는 알코올중독자들이나 경련을 일으키고 편집증에 빠져드는 코카인 흡입자들과는 정반대였다. 스트라이크는 군대는 물론 바깥에서도 온갖 종류의 환각제 남용자들을 보았다. 그는 더필드의 중독을 미화하는 언론이 끔찍하게 싫었다. 헤로인에 영광 따위는 없다. 스트라이크의 어머니는 방구석의 더러운 매트리스에서 죽었고, 여섯 시간 이지나도록 그녀가 죽었다는 사실을 아무도 몰랐다.

그는 벌떡 일어나서 방을 가로질러 빗방울이 타닥거리며 부딪는 시커먼 창문을 힘껏 열어젖혔다. 그러자 12 바 카페의 쿵쿵거리는 베이스 소리가 그 어느 때보다 커다랗게 울렸다. 연신 담배를 태우며 그는 자동차 불빛과 빗물 웅덩이들이 은은하게 반짝이는 채링크로스 로드를 내려다보았다. 불타는 금요일 밤을 즐기는 사람들의 무리가 덴마크 스트리트 끝에서 우르르 길을 건너고 있었다. 흔들리는 우산들, 자동차 소리를 뚫고 웃음소리가 울려 퍼졌다. 그때 스트라이크는 문득 궁금해졌다. 친구들과 금요일 밤에 맥주를 즐기게 될 날이 언제 다시 올까? 생각만으로도 전혀 동떨어진 세계처럼 낯설었다. 그가 등지고 떠나온 전혀 다른 세계의 일이었다. 만나는 사람이라고는 로빈밖에 없는 이 생경한 연옥이 영원히 지속될 리는 없겠지만, 아직은 제대로 친구를 만나고 어울리는 생활을 다시 시작할 채비가 되어 있지 않았다. 그는 군대와 샬럿과 다리 반쪽을 잃었다. 다른 사람들의 놀라움과 연민 앞에 노출되기 전에 일단 지금의 자기 모습에 스스로 익숙해져야 할 필요가 있었다. 밝은 오렌지색 담배꽁초가 어두운 길거리로 낙하해 물이 흥건하게 고인 시궁창에 처박혀 꺼졌다. 스트라이크는 창문을 내려 닫고 책상에 돌아와 앉아 결연하게 파일을 모아 다시 자기 앞으로 바짝 당겼다.

데릭 윌슨의 증언에서는 그가 모르는 새로운 사실이 나오지 않았다. 파일에서 키에란 콜로바스 존스나 수수께끼의 파란 종이에 대한 언급은 찾아볼 수 없었다. 그다음에 스트라이크는 좀 더 흥미를 갖고 룰라가 마지막 오후를 함께 보낸 두 여자의 증언을 읽기 시작했다. 키아라 포터와 브라이오니 래드포드였다.

메이크업 아티스트는 룰라가 디비 맥이 곧 도착한다면서 신 나고 흥분해 있었다고 기억했다. 그러나 포터는 랜드리가 "제정신이 아니었으며" "우울하고 불안해" 보였고 이유를 물어봐도 왜 그렇게 기분이 나쁜지 말해주지 않았다고 했다. 포터의 증언은 지금까지 아무도 스트라이크에게 말해주지 않은 흥미진진한 디테일을 하나 더 채워주었다. 포터는 랜드리가 그날 오후 "모든 걸" 자기 형제에게 남기겠다는 의도를 명확히 밝혔다고 주장했던 것이다. 앞뒤 맥락은 전혀 나와 있지 않았다. 그러나 확실히 죽도록 우울한 심리의 아가씨라는 인상이 뚜렷하게 남았다.

스트라이크는 어째서 브리스토가 여동생이 그에게 전 재산을 남긴다고 공표했다는 얘기를 하지 않았을까 생각했다. 물론 브리스토에게는 이미 신탁재산이 있다. 아마 거액을 더 물려받게 되었다 해도, 그건 스트라이크가 생각하는 것만큼 대단한 일이 아닐지도 모른다.

하품을 하던 스트라이크는 잠을 쫓기 위해 담배에 또 불을 붙였다. 그리고 룰라의 어머니가 진술한 내용을 읽기 시작했다. 브리스토 부인의 진술로 보아 그녀는 수술 후유증으로 몸 상태가 나른하고 편치 않았다. 그러나 그날 아침 병문안을 왔을 때 딸은 "완벽하게 행복한" 모습이었으며 어머니의 병세와 예후에 대한 걱정 외에는 어떤 다른 느낌도 받지 못했다고 말했다. 뉘앙스를 묵살한 무뚝뚝한 기록자의 산문체 탓인지도 모르지만, 스트라이크는 브리스토 부인의 회상에서 작정하고 부인하는 느낌을 받았다. 룰라의 죽음이 사고사였을 거라는 이야기를 꺼낸 건 오로지 그녀뿐이었다. 딸아이는 그럴 생각이 없었지만 어쩌다 보니 발코니 너머로 미끄러져 추락했다는 얘기였다. "어쨌든 얼음이 얼 정도로 시린 밤이었으니까요"라고 브리스토 부인은 말했다.

스트라이크는 브리스토의 진술은 대충대충 건너뛰며 요지만 읽었다. 어느 모로 보나 스트라이크에게 직접 했던 이야기와 일치했기 때문이다. 그리고 그는 존과 룰라의 삼촌인 토니 랜드리에게로 넘어갔다. 그는 룰라가 죽기 전날 같은 시각에 이베트 브리스토를 방문했고 조카딸이 '정상적'으로 보였다고 주장했다. 토니 랜드리는 옥스퍼드까지 차를 몰고 다녀온 참이었다. 가족법의 국제적 발전에 대한 학회에 참석한 후에 맬메이슨 호텔에서 묵고 왔다. 행선지에 대한 설명 다음에는 무슨 소리인지 알 수 없는 전화 통화 어쩌고 하는 얘기가 이어졌다. 스트라이크는 확실히 하기 위해서 전화 기록의 주석이 달린 사본을 참조했다.

룰라는 사망 직전 일주일 동안 일반전화를 거의 쓰지 않았고 사망 당일에는 전혀 쓰지 않았다. 그러나 휴대전화로는 그 마지막 날 무려 66통의 전화를 걸었다. 첫 번째 통화는 아침 9시 15분에 에반 더필드에게 건 것이었다. 두 번째는 9시 35분 키아라 포터에게 걸었다. 그리고 몇 시간 동안 누구와도 통화를 하지 않는 공백이 이어졌다. 그런 다음 1시 21분에 그녀는 두 개의 전화번호에 거의 번갈아가며 말 그대로 미친 듯이 전화를 걸기 시작한다. 하나는 더필드의 전화번호였고, 또 하나는 그 번호가 제일 처음 등장한 부분에 꾸불꾸불 알아보기 힘든 글씨로 적혀 있는 이름, 바로 토니 랜드리였다. 룰라는 이 두 남자들에게 전화를 걸고 걸고 또 걸었다. 여기저기 20분가량의 공백이 있기는 했다. 그동안에 다른 곳에는 전혀 전화를 하지 않았다. 그리고 그녀는 다시 전화를 걸기 시작했다. 누가 봐도 '재다이얼'을 눌렀던 게 분명했다. 스트라이크의 추론에 따르면, 이렇게 광적인 전화 걸기는 룰라가 브라이오니 래드포드와 키아라 포터를 대동하고 집에 돌아온 이후에 이루어진 게 틀림없었다. 그런데 두 여자의 진술에서는 계속 반복되는 전화 통화에 대한 언급이 전혀 없었다.

스트라이크는 다시 토니 랜드리의 진술로 넘어갔다. 그러나 여기에서는 조카딸이 왜 그렇게 초조해하며 그에게 연락하려 했는지 이유가 전혀 밝혀져 있지 않았다. 학회에 있는 동안 휴대전화를 무음으로 해놓고 있어서 한참이 지난 후에야 조카가 그날 오후 그에게 계속 전화했다는 걸 알게 되었다는 것이었다. 왜 그랬는지 이유는 전혀 알지 못하며 다시 전화를 걸지도 않았다. 그가 답을 하지 않자 룰라가 계속 전화를 걸었다는 걸 알았을 때쯤에는 더 이상 전화가 오지 않았고, 그래서 아마 어디 나이트클럽에 있나 보다 짐작했다. 그리고 그 짐작은 빗나가지 않았다는 사실이 밝혀졌다.

스트라이크는 이제 몇 분에 한 번씩 하품을 해대고 있었다. 커피를 끓여 마실까 생각하긴 했지만 그럴 기운이 나지 않았다. 잠자리에 들긴 해야 하는데 눈앞의 일을 끝까지 마쳐야 직성이 풀리는 버릇 때문에 그는 룰라 랜드리의 사망 전날 18번지를 찾은 사람들의 출입을 기록한 경비 데스크 방명록 사본을 넘기기 시작했다. 서명과 이니셜을 세심하게 따져보니 윌슨이 고객들의 기대에 부응할 만큼 꼼꼼하지 않다는 걸 알 수 있었다. 윌슨이 스트라이크에게 이미 말한 대로 건물 주민들의 움직임은 장부에 기록되어 있지 않았다. 그래서 랜드리와 베스티귀 부부의 출입 기록은 없었다. 첫 번째 항목은 윌슨이 기록한 우편배달부였다. 9시 10분이었다. 그다음은 9시 22분으로 '2호 아파트에 꽃 배달'이라고 쓰여 있었고 마지막으로 9시 50분에 '경보기'가 나왔다. 경보기를 확인한 사람이 언제 나갔는지는 표시되어 있지 않았다.

그 외에는 (윌슨이 말한 대로) 한적한 날이었다. 키아라 포터가 12시 50분에 도착했고 브라이오니 래드포드는 1시 20분 도착이었다. 래드포드가 나간 시간은 그녀의 자필 서명과 함께 4시 40분으로 기록되어 있었다. 윌슨이 7시에 베스티귀 부부의 아파트로 들어간 케이터링 업체를 기록했고, 7시 15분에 룰라와 함께 나간 키아라, 그리고 9시 15분에 케이터링 업체가 나간 것도 적혀 있었다.

경찰이 복사해준 기록이 랜드리가 죽기 전날 한 장뿐이라서, 스트라이크는 몹시 답답했다. 혹시 출입 장부 어딘가에서 수수께끼로 남아 있는 로셸의 성을 찾을 수 있지 않을까 내심 바랐던 것이다.

거의 자정이 다 된 시각에 스트라이크는 랜드리의 노트북 내용에 대한 경찰 리포트로 주의를 돌렸다. 경찰은 주로 자살 충동이나 의도가 드러나는 이메일을 찾고 있었던 것으로 보이지만 별다른 성과를 얻지 못했다. 스트라이크는 랜드리가 생애 최후의 2주일 동안 주고받았던 이메일을 훑어보았다.

이 세상 사람 같지 않은 랜드리의 미모를 담은 무수한 화보들을 보고 있으면 스트라이크는 이상하게도, 그녀가 정말 존재했던 인물이라는 걸 믿기가 더 힘들어지곤 했다. 언제 어디에서나 볼 수 있다 보니 오히려 그 독특하게 아름다운 얼굴이 추상적이고 일반적으로 보였다.

그러나 지금은, 종이에 새겨진 검은 표식들 속에서, 그들 사이의 농담과 별명들로 점철되고 철자법도 엉망인 메시지들 속에서, 죽은 아가씨의 넋이 어두운 사무실에 앉아 있는 그의 눈앞에 떠올랐다. 그 이메일들로부터 스트라이크는 무수한 사진들에서 도저히 얻을 수 없었던 것을 얻었다. 두뇌가 아니라 배 속에서 느껴지는 실감. 세상에 실존하는, 살아 있는, 깔깔 웃고 우는 사람이 눈 덮인 런던 길바닥에 부딪혀 죽었다는 실감. 그는 파일의 책장들을 넘기며 희미하게 번득이는 살인자의 그림자라도 찾아낼 수 있기를 바랐지만, 대신 드러난 건 룰라의 유령이었다. 폭력 사건의 희생자들이 가끔 그렇듯, 그녀는 요절한 생의 퇴적물 속에서 그를 빤히 올려다보고 있었다.

이제야 그는, 왜 브리스토가 여동생은 죽을 생각이 전혀 없었다고 우겼는지 이유를 알 수 있었다. 이 말들을 타이핑한 아가씨는 따뜻한 마음을 지닌 친구의 모습으로 나타났다. 사교성이 좋고,

충동적이고 바쁘지만 그런 삶을 즐기고, 자기 일에 열정적이고, 브리스토의 말대로 모로코로 여행을 갈 생각에 들떠 있었다.

대부분의 이메일은 디자이너 기 소메가 수신인이었다. 그 메일들은 발랄하게 속내를 터놓는 말투 말고는 특별히 흥미로울 게 없었지만, 딱 한 번, 그 어울리지 않는 우정에 대한 언급이 있었다.

> 지지, 제에에에에발 부탁인데 로셸 생일 선물로 뭐 하나만 만들어줘, 응응? 돈은 내가 낼게. 2월 21일이거든? (못되게 굴지 말고) 이쁜 걸루 부탁 부탁해. 사랑해. — 쿠쿠*

스트라이크는 룰라가 기 소메를 "친오빠처럼" 사랑했다는 LulaMyInspirationForeva의 주장을 떠올렸다. 소메의 경찰 진술서는 자료들 중에서 가장 짧았다. 일주일 동안 일본에 갔다가 그녀의 사망 당일 밤 귀국했던 것이다. 스트라이크는 소메가 켄티건가든에서 걸어서 쉽게 갈 수 있는 거리에 산다는 걸 알고 있었지만, 경찰은 집에 와서 곧장 잠자리에 들었다는 그의 주장에 만족한 것 같았다. 스트라이크는 또한 찰스 스트리트로 걸어간다면 앨더브룩 로드의 CCTV 카메라와 정반대 방향에서 켄티건가든에 접근할 수 있다는 점도 일찌감치 새겨두고 있었다.

스트라이크는 마침내 파일을 덮었다. 사무실을 힘겹게 가로질러 옷을 벗고 의족을 떼고 간이침대를 펼치면서 그는 오로지 몸이 피로하다는 생각 하나만 했다. 윙윙거리는 차 소리, 토닥토닥 떨

* cuckoo. '뻐꾸기'라는 뜻으로, 소메와 룰라 사이의 애칭이다. 이하 '쿠쿠'라고 번역한다.

어지는 빗소리, 그리고 죽지 않는 도시의 숨결을 자장가 삼아 그는 곧장 잠에 빠져들었다.

2

브롬리에 있는 루시네 집 앞뜰에는 커다란 백목련 나무가 서 있었다. 봄이 저물 무렵이 되면 구겨진 휴지 뭉치처럼 생긴 꽃잎이 앞마당 잔디밭을 온통 뒤덮을 것이다. 하지만 아직은 4월이라서 몽실몽실 거품처럼 하얀 구름을 이룬 꽃잎들은 말린 코코넛처럼 윤기가 흘렀다. 스트라이크는 이 집에 몇 번 와보지 않았다. 루시를 집 밖에서 만나는 편이 더 좋았다. 집에서는 루시가 늘 정신없이 쫓기는 눈치였고, 매제를 만나기도 싫었기 때문이다. 매제에 대한 감정은 미적지근한 걸 넘어 싸늘한 쪽에 가까웠다.

헬륨을 채운 풍선들이 문에 매달려서 가벼운 산들바람에 살랑살랑 흔들렸다. 스트라이크는 로빈이 포장해준 선물을 팔 밑에 끼고 가파르게 경사진 앞마당을 가로질러 문으로 걸어가면서 금방 다 끝날 거라고 스스로를 타일렀다.

"샬럿은 어디 있어?" 작은 키, 금발에 둥근 얼굴을 한 루시가 앞문을 열자마자 물었다.

큰 금색 포일 풍선들이 7이라는 숫자 모양으로 루시 뒤편에 보이는 복도를 가득 채우고 있었다. 집 안 어딘가 보이지 않는 곳에서 누가 잔뜩 흥분하거나 어딜 다쳤는지 새된 비명 소리가 들려와 교외의 평화를 깨뜨리고 있었다.

"주말에 에이어로 돌아가야 해서." 스트라이크는 거짓말을 했다.

"왜?" 루시가 그가 들어올 수 있도록 뒤로 물러섰다.

"또 여동생하고 싸워서 난리야. 잭은 어디 있어?"

"여기서는 다 놀았대. 비가 그쳐서 다행이지. 아니면 집 안에 애들을 계속 잡아둬야 하잖아." 루시가 그를 뒤쪽 정원으로 안내하며 말했다.

세 명의 조카들은 파티 옷을 입고 꺅꺅 비명을 지르며 뛰어다니는 스무 명 남짓의 아이들과 함께 널찍한 뒷마당 잔디밭을 누비고 있었다. 무슨 놀이를 하는지, 과일 그림들을 하나씩 테이프로 붙인 크리켓 방망이들까지 왔다 갔다 하며 달리고 있었다. 도우미 부모들은 부드러운 햇살을 받으며 서서 플라스틱 컵으로 와인을 마시고 있었고, 루시의 남편 그렉은 야외 테이블에 놓인 거치대에 꽂아둔 아이팟을 조작하고 있었다. 루시가 스트라이크에게 라거 맥주를 한 잔 건네주더니, 그 즉시 쏜살같이 달려가 세 아들 중 막내를 안아 들었다. 아이는 심하게 넘어져서 목청이 터져라 울어대고 있었다.

스트라이크는 한 번도 자식을 갖고 싶다고 생각한 적이 없었다. 이 부분은 샬럿과 그의 생각이 일치했던 것들 중 하나였고, 또 한편으로 그간 다른 연애가 결국 실패하고 만 이유이기도 했다. 루시는 오빠의 그런 태도와 변명을 늘 못마땅해했다. 루시는 오빠가 자기와 다른 인생 계획을 털어놓으면 삐치곤 했다. 마치 그녀의 선택과 결정을 공격받기라도 한 듯이.

"잘 지내세요, 콤?" 음악을 트는 일을 다른 아버지에게 넘긴 그렉이 말했다. 스트라이크의 매제는 QS(건설원가관리사)였는데 스트라이크와 말할 때 어떤 말투를 써야 하는지 끝내 모르는 눈치였다. 그러다 결국 재재거리는 말투 반, 시비 거는 말투 반을 혼합한 어투를 썼는데 스트라이크는 그 말투를 들을 때마다 거슬리고 짜증이 났다. "아름다운 샬럿은 어디 있습니까? 또 헤어진 건 아니죠, 네? 하하하. 이제는 몇 번짼지 세지도 못하겠네."

어린 여자애 한 명이 누가 밀치는 바람에 넘어졌다. 그렉은 또 한 번 눈물과 풀로 범벅이 된 아이를 건사하러 나가는 어떤 엄마를 도우러 달려갔다. 놀이는 혼란의 도가니 속에 계속 진행되었다. 마침내 승자가 가려졌다. 2등이 또 울음을 터뜨리는 바람에 수국 옆에 놓인 검은 쓰레기봉투에서 달래기용 선물이 나왔다. 그리고 똑같은 게임의 2라운드가 시작되었다.

"안녕하세요?" 중년의 후덕한 여자가 스트라이크 쪽으로 몸을 돌리며 말했다. "루시의 오빠시지요?"

"네." 그가 말했다.

"딱한 다리 얘기는 우리도 다 들었어요." 그녀는 스트라이크의 구두를 내려다보며 말했다. "루시가 계속 우리한테 소식을 전해줬지요. 와, 봐도 전혀 모르겠네요, 그렇죠? 심지어 들어오시는데 절뚝거리는 기미도 전혀 없었어요. 요즘 기술이 진짜 대단하지요? 틀림없이 전보다 더 빨리 달릴 수도 있을 거예요."

아마 그녀는 그가 장애인 올림픽 달리기 선수처럼 탄소섬유로 된 의족을 차고 있을 거라고 생각한 모양이었다. 그는 라거 맥주를 홀짝이며 내키지 않는 미소를 지어 보였다.

"그런데 사실이에요?" 여자는 그를 뚫어져라 쳐다보며 물었다. 그 얼굴에 돌연 적나라한 호기심이 드러났다. "정말로 조니 로커비의 아들이에요?"

스트라이크 자신도 모르게 한계점까지 팽팽하게 당겨져 있던 인내심이 뚝 끊어졌다.

"아, 씨발, 내가 어떻게 압니까?" 그가 말했다. "직접 전화해서 물어보시죠."

여자는 몹시 당황한 눈치였다. 몇 초 후 그녀는 말없이 일어나서 멀찌감치 자리를 옮겼다. 여자가 다른 여자에게 뭐라고 하자, 그 여자가 스트라이크 쪽을 흘끔 쳐다보았다. 어린애가 또 넘어져 거대한 딸기로 장식된 크리켓 봉에 머리를 부딪혔고, 고막이 찢어질 듯한 비명 소리를 올렸다. 사람들의 관심이 새로운 부상자에게 쏠린 틈을 타서 스트라이크는 슬쩍 집 안으로 들어갔다.

거실은 밋밋하고 편안했다. 베이지색 소파 세트가 놓여 있고 벽난로 위에는 인상주의 그림의 복제화가 걸려 있었으며 초록 유리병 같은 색의 교복을 입은 세 조카의 사진이 선반에 진열되어 있었다. 스트라이크는 조심조심 문을 닫고 바깥의 소음을 차단한 후 호주머니에서 워들이 보내준 DVD를 꺼내 플레이어에 넣고 텔레비전을 켰다.

텔레비전 위에는 루시의 서른 살 생일 파티에서 찍은 단체 사진이 놓여 있었다. 루시의 아버지 릭은 두 번째 아내와 함께 참석했다. 스트라이크는 다섯 살 때부터 단체 사진을 찍을 때면 늘 그랬듯 멀찌감치 뒤편에 서 있었다. 그때는 두 다리가 멀쩡했었다. 동료 SIB 사관이었고 루시가 점찍어둔 올케 감이었던 트레이시가 그의 옆에 서 있었다. 그녀는 그 후 스트라이크도 아는 친구와 결혼했고 최근 딸을 출산했다. 꽃이라도 보낼 생각이었는데, 어쩌다 보니 결국 그렇게 하지 못했다.

그는 눈을 내리깔고 스크린을 바라보며 '재생' 버튼을 눌렀다.

거친 흑백 영상이 곧바로 시작되었다. 하얀 거리, 카메라 렌즈 앞으로 떠다니는 두툼한 눈송이들. 180도 시야각은 벨러미와 앨더브룩 로드의 교차로를 보여주고 있었다.

스크린 우측에서 한 남자가 혼자서 시야 안으로 들어왔다. 훤칠한 키에 주머니에 손을 깊이 찔러 넣고 옷을 몇 겹씩 껴입은 차림으로 옷에 달린 모자를 뒤집어쓰고 있었다. 얼굴이 흑백 영상 속에서 굉장히 이상하게 보였다. 착시를 유발하는 영상이었다. 스트라이크는 눈앞에 보이는 모습이 적나라하게 드러난 백인의 하얀 턱과 두꺼운 안대라고 생각했지만, 정신을 차리고 다시 보니 사실 위쪽 절반의 검은 얼굴과 코, 입, 턱을 둘러싼 하얀 스카프였다. 재킷에는 무슨 표식 같은 게 있었다. 흐릿하게 보이는 로고 같기도 했다. 그 밖에는 전혀 특징이 없는 옷차림이었다.

그는 걸어가다가 카메라에 가까워지자 고개를 푹 숙이고 호주머니에서 무언가를 꺼내 보는 것 같았다. 몇 초 후 그는 벨러미 로드에 나타나서 카메라의 시야각 밖으로 사라졌다. 스크린 우측 하단에 나타나는 디지털시계는 01:39를 가리키고 있었다.

필름이 뚝 끊기고 다음으로 뛰어넘었다. 여기에서도 똑같은 교차로가 흐릿하게 잡혔다. 한눈에 봐도 인적이 없었고 아까와 똑같이 두툼한 눈송이들이 앞을 가리고 있었지만, 이제는 하단의 시계가 02:12를 가리키고 있었다.

두 '러너' 들이 불쑥 나타났다. 앞에 있는 사람은 얼굴에 하얀 스카프를 두르고 카메라 밖으로 걸어 나간 사람과 동일 인물이었다. 다리가 길고 힘도 센 그는 두 팔을 앞뒤로 휘저으며 곧장 앨더브룩 로드를 따라 달려갔다. 두 번째 사람은 앞사람보다 덩치가 작고 왜소한 몸집에, 모자를 쓰고 그 위로 점퍼에 달린 후드를 덮고 있었다. 스트라이크는 첫 번째 사람을 쫓아서 달려가면서 꼭 쥐고 있는 검은 주먹에 주목했다. 아무리 뛰어도 두 사람 사이의 간격은 점점 더 벌어졌다. 가로등 아래에서 점퍼 등판의 무늬가 잠깐 빛을 받았다. 앨더브룩 로드 중간쯤에서 그가 갑자기 왼쪽으로 방향을 틀더니 샛길을 탔다.

스트라이크는 몇 초간의 영상을 계속 반복해서 재생했다. 두 '러너' 들 사이에 의사소통의 흔적은 전혀 없었다. 카메라를 등지고 달려가는 사이 서로 전화를 한다거나 심지어 서로를 눈으로 찾는 기미도 없었다.

네 번째로 영상을 재생하던 그는 몇 번의 실패 끝에 간신히 뒤따라가던 남자의 점퍼가 조명을 받는 찰나에 화면을 정지시키는데 성공했다. 실눈을 뜨고 화면을 노려보며 흐릿한 영상으로 점점 더 바짝 다가갔다. 1분간 그렇게 뚫어져라 노려보고 있던 그는 첫 번째 단어가 'ck' 로 끝나는 건 거의 확실하다는 결론을 내렸다. 하지만 'J' 로 시작하는 것처럼 보이는 두 번째 단어는 아무리 봐도 해독이 불가능했다.

그는 '재생' 을 누르고 영상이 진행되도록 두고 보면서 두 번째 남자가 어느 거리로 갔는지 알아내려 했다. 스트라이크는 그가 동행과 갈라지는 모습을 세 번 돌려보았고, 스크린에서는 거리 이름을 알아볼 수 없어도 워들이 한 얘기처럼 할리웰 스트리트가 틀림없다고 생각했다.

경찰은 첫 번째 남자가 카메라에 나오지 않은 곳에서 친구와 합류했다는 사실로 보아 살인자일 가능성이 낮다고 판단했다. 그러나 이건 그 두 사람이 정말로 친구일 경우의 얘기다. 그러나 스트라이크 역시 그런 날씨에, 그런 시간에, 거의 비슷한 행동 패턴을 보였다는 사실이 공모를 암시한다는 건 인정했다.

흘러가는 영상을 지켜보다 보니, 화들짝 놀랄 정도로 급작스럽게 화면이 바뀌고 버스의 실내가 나타났다. 여자가 탔다. 기사 머리 위에서 찍힌 영상이라 여자 얼굴이 압축되어 보이고 심하게 그늘져 있었지만 금발의 말총머리만은 선명하게 보였다. 그녀를 버스까지 따라간 남자는 나중에 벨러미 스트리트를 통해 켄티건가든 쪽으로 걸어간 사람과 용모가 몹시 흡사했다. 큰 키에 후드 점퍼에 달린 모자를 뒤집어쓰고, 하얀 스카프를 둘러 얼굴을 가리고 있었다. 얼굴 윗부분은 그림자에 가려 보이지 않았다. 뚜렷하게 알아볼 수 있는 건 가슴의 로고뿐이었다. 화려한 장식체로 쓰인 GS였다.

영상은 툭툭 끊어져 테오볼즈 로드로 넘어갔다. 빠른 걸음으로 걷는 사람은 버스에서 내린 인물과 동일인이었다. 하얀 스카프는 벗었지만 체격과 걸음이 두드러지게 닮아 있었다. 스트라이크는, 이번에는 그 남자가 머리를 숙이고 걸으려고 의식적으로 노력한다는 인상을 받았다.

영상은 텅 빈 검은 스크린으로 끝이 났다. 스트라이크는 앉아서 골똘히 생각에 잠긴 채 텅 빈 화면을 쳐다보고 있었다. 어디에 있는지 깨닫고 정신을 차려보니, 다양한 색채와 환한 햇살이 비추고 있어 약간 어리둥절했다.

그는 주머니에서 휴대전화를 꺼내 존 브리스토에게 전화를 걸었지만 음성사서함으로 연결되었다. 그래서 CCTV 화면도 보고 경찰 기록도 읽었는데 몇 가지 질문이 있다고, 다음 주 중에 만날 수 있느냐고 메시지를 남겼다.

그다음에는 데릭 윌슨에게 전화를 걸었는데, 그 역시 음성사서함으로 연결되어서 켄티건가든 18번지 내부를 직접 보고 싶다는 부탁을 다시 한 번 되풀이했다.

스트라이크가 막 전화를 끊는데 거실 문이 열리고 둘째 조카 잭이 슬며시 들어왔다. 발갛게 달아오른 얼굴로 숨을 헐떡거리고 있었다.

"말소리를 들었어요." 잭이 말했다. 그러더니 삼촌처럼 조심스럽게 문을 닫았다.

"정원에 있어야 되는 거 아니니, 잭?"

"오줌 누러 왔어요." 조카가 말했다. "코모란 삼촌, 선물 가져오셨어요?"

도착한 뒤로 포장된 꾸러미를 계속 갖고 있던 스트라이크가 선물을 건네주자마자 로빈이 정성들여 싼 포장지가 작고 달뜬 손가락들에 마구 찢겨 나갔다.

"멋져요." 잭이 행복하게 말했다. "군인이다!"

"그래, 맞다." 스트라이크가 말했다.

"총도 있고 다 있어요."

"그래."

"군인일 때 삼촌도 총이 있었어요?" 잭이 상자를 보고 내용물의 사진을 보며 물었다.

"두 개 있었지." 스트라이크가 말했다.

"아직도 갖고 있어요?"

"아니, 그만둘 때는 돌려줘야 해."

"아쉽네요." 잭은 무미건조하게 말했다.

"나가서 놀아야 하는 거 아니야?" 정원에서 새삼스럽게 꺅꺅 소리가 나기 시작하자 스트라이크가 물었다.

"그러기 싫어요." 잭이 말했다. "이거 갖고 나가도 돼요?"

"그럼, 괜찮지." 스트라이크가 말했다.

잭이 열렬히 상자를 뜯는 동안, 스트라이크는 워들의 DVD를 플레이어에서 슬쩍 꺼내서 주머니에 넣었다. 그리고 잭을 도와 플라스틱 낙하산병을 마분지 상자에 붙들어 매고 있는 결박을 풀고 총을 꺼내 병사의 손에 쥐어주었다.

루시가 거기 앉아 있는 두 사람을 발견한 건 10분이 지난 후였다. 잭은 소파 뒤에 숨어 군인이 총을 쏘는 시늉을 했고 스트라이크는 배에 총을 맞은 듯 쓰러지고 있었다.

"아니 세상에, 콤 오빠, 얘가 파티 주인공이야. 다른 애들이랑 놀아야 한단 말이야! 잭, 아직 선물 풀어보면 안 된다고 말했니, 안 했니? 어서 정리해. 아니, 여기 두고 가야 해. 안 돼, 잭, 나중에 갖고 놀면 되잖니. 아무튼 티타임이 다 되기도 했고……."

부산스럽게 짜증을 내던 루시는 내키지 않아 하는 아들을 다시 방에서 데리고 나가며 어두운 표정으로 오빠를 흘끗 뒤돌아보았다. 입술을 앙다문 루시는 조앤 숙모와 꼭 닮은 모습이었다. 둘은 전혀 혈연관계가 없는 사람들인데.

그렇게 스치듯 일별한 닮은 점 때문에 스트라이크는 그답지 않게 협조적인 마음이 되었다. 루시의 말을 빌리자면, 그는 저녁 내내 아주 얌전하고 예의 바르게 굴었다. 지나치게 흥분한 아이들끼리 말다툼이 일어날 때마다 중재를 하는 일에 전념하다가, 젤리와 아이스크림으로 뒤덮인 야외 식탁을 바리케이드 삼아 슬쩍 몸을 숨기고 때를 노리는 어머니들의 기분 나쁜 관심을 피했던 것이다.

3

간이침대 옆에 충전시켜둔 휴대전화가 울리는 바람에 스트라이크는 일요일 아침 일찍 잠에서 깼다. 전화를 건 사람은 브리스토였다. 긴장한 목소리였다.

"어제 메시지를 받았습니다. 하지만 어머니의 몸 상태가 나빠져서요. 게다가 오늘 오후는 간병인이 없어요. 앨리슨이 와서 저와 같이 있어주기로 했지요. 혹시 괜찮으시면 내일 점심때 뵐 수 있을까요? 무슨 진척이 있습니까?" 브리스토는 희망을 품고 말했다.

"약간요." 스트라이크는 신중하게 말했다. "그런데요, 동생분의 노트북은 어디 있습니까?"

"여기 어머니 아파트에 있습니다. 그건 왜 물으시죠?"

"제가 좀 봐도 괜찮을까요?"

"그럼요." 브리스토가 말했다. "내일 갖고 갈까요?"

스트라이크는 그러면 좋겠다고 말했다. 브리스토는 자신이 즐겨 찾는 사무실 근처 레스토랑의 주소와 연락처를 알려주고 전화를 끊었다. 스트라이크는 담배를 꺼내고 한참 누워서 담배를 피웠다. 블라인드 틈새로 비친 햇살이 천장에 만들어낸 무늬를 하염없이 바라보며, 그는 정적과 고독을 음미했다. 소리를 질러대는 아이들도 없고, 귀청이 떨어져라 떠들어대는 아이들 소리를 뚫고 꼬치꼬치 이것저것 캐묻는 루시도 없었다. 평화로운 사무실이 심지어 다정하게 느껴지는 심정으로, 그는 꽁초를 비벼 끄고 일어나서 보통 때처럼 런던 유니언 대학으로 샤워를 하러 갔다.

몇 번의 실패를 거듭한 끝에, 일요일 저녁 늦게서야 마침내 데릭 윌슨과 통화가 되었다.

"이번 주에는 오면 안 돼요." 윌슨이 말했다. "베스티귀 씨가 요즘 부쩍 집에 있단 말이에요. 이해를 좀 해주세요. 내 모가지도 생각해야죠. 적당한 때 내가 전화를 하지요, 됐죠?"

스트라이크는 멀리서 울리는 버저 소리를 들었다.

"지금 근무 중입니까?" 스트라이크는 윌슨이 전화를 미처 끊기 전에 물었다.

수화기에서 입을 떼고 말하는 경비원의 목소리가 들렸다. "(그냥 장부에 서명하세요.) 뭐라고요?" 그가 스트라이크에게 큰 소리로 덧붙여 말했다.

"지금 거기 계시면, 가끔 룰라를 찾아오던 친구의 이름을 장부에서 좀 찾아주실 수 있을까요?"

"어떤 친구요?" 윌슨이 물었다. "(그래요, 또 봅시다.)"

"키에란이 말한 여자요. 치료 센터에서 만났다던. 로셸인가? 그 여자의 성을 알고 싶어요."

윌슨의 한숨 소리가 들렸다.

"네, 알았어요. 좀 기다리쇼."

부스럭거리고 쩔렁거리고 사스락거리는 알아듣기 힘든 소리들이 들리더니 종잇장을 넘기는 소리가 들려왔다. 스트라이크는 기다리는 동안 컴퓨터 스크린에 나열된 기 소메의 다양한 의상 디자인들을 하나하나 살펴보았다.

"네, 여기 있네요." 윌슨의 목소리가 귓전에 들려왔다. "이름이 로셸…… 읽을 수가 없네. 보기에는 오니페이드(Onifade)라고 적힌 것 같은데."

"철자 좀 불러주시겠어요?"

스트라이크는 윌슨이 불러주는 철자를 받아 적었다.

"언제 마지막으로 방문했나요, 데릭?"

"11월 초요." 윌슨이 말했다. "(그래요, 안녕히 가세요.) 이제 끊어야겠어요."

윌슨은 고맙다고 인사하는 스트라이크의 말이 미처 끝나기도 전에 수화기를 사정없이 내려놓았고, 탐정은 다시금 마시던 테넌츠 라거 캔과 기 소메가 구상한 모던한 평상복 목록으로 돌아갔다. 특히 장식체의 GS가 왼쪽 상단 측면에 새겨진 후드 점퍼를 열심히 들여다보았다. 로고는 디자이너의 웹사이트에 올라와 있는 모든 남성용 기성복에 공통적으로 박혀 있었다. 스트라이크는 '기성복' 의 정의가 뭔지 확신이 서지 않았다. 당연한 얘기를 굳이 다시 할 필요가 있나 싶어서였다. 하지만 실제 그 말의 의미가 무엇이든, 결국은 '약간 저렴하다' 는 뜻으로 쓰였다. 단순히 '기 소메' 라고만 적혀 있는 사이트의 다음 부문에는 수천 파운드를 호가하는 옷들이 있었기 때문이다. 로빈이 최선의 노력을 다했음에도 불구하고, 이 밤색 정장과 좁은 니트 넥타이와 거울 조각들로 장식한 미니드레스들과 가죽 페도라의 디자이너는 그가 가장 아끼던 모델과 관련한 인터뷰 요청을 대기업답게 철저히 묵살하고 있었다.

4

> 씨발 내가 널 해치지 못할 거라 생각하지 하지만 그건 오판이야 좆 같은 새끼 내가 널 꼭 잡는다 씨발 널 믿었는데 나한테 이딴 짓을 했어. 씨발 네 좆을 뽑아서 목구멍에다 처넣을 거야 넌 자기 좆에 질식한 채 발견될 테지 너랑 볼일 끝나면 네놈 엄마도 아니 너 이 새끼 내가 씨발 꼭 죽인다 스트라이크 이 똥덩이 같은 새끼

"바깥 날씨가 아주 좋은데요."

"제발 부탁인데 이거 좀 읽어보실래요? 네?"

월요일 아침이었고, 스트라이크는 방금 햇살 가득한 거리에서 담배를 피우고 맞은편 레코드 가게 아가씨와 잡담을 하다가 들어온 참이었다. 로빈은 다시 머리를 풀고 있었다. 오늘은 면접이 없는 모양이었다. 이런 추리와 날이 갠 하늘에서 비추는 햇살의 효과가 합쳐져 스트라이크의 기분이 한껏 좋아졌다. 그러나 로빈은 잔뜩 긴장한 표정으로 책상 뒤에 서서 언제나처럼 고양이들로 장식된 분홍색 편지지를 내밀었다.

"그 사람은 아직도 그러고 있네, 그렇죠?"

스트라이크는 편지를 받아 끝까지 읽고 씩 웃었다.

"어째서 경찰에 신고하지 않으시는지 이해가 안 돼요." 로빈이 말했다. "그 사람이 하겠다는 짓이라는 게……."

"그냥 파일에 넣어둬요." 스트라이크가 됐다는 듯이 편지를 휙 던져버리고 나머지 허접스러운 우편물을 뒤적거렸다.

"네, 뭐, 그게 다가 아니에요." 로빈은 그의 태도에 기분이 확 상한 티가 역력했다. "템퍼러리 솔루션에서 방금 전화가 왔어요."

"그래요? 뭐라던가요?"

"나를 바꿔달라고 하더군요." 로빈이 말했다. "내가 아직 여기 있을 거라고 생각했던 모양이에요."

"그래서 뭐라고 했어요?"

"다른 사람인 척했죠."

"머리회전이 빠르네요. 누구라고 했어요?"

"내 이름은 애너벨이라고 했어요."

"즉시 가짜 이름을 생각해내라고 하면, 사람들이 보통 A로 시작하는 이름을 고르거든요. 그거 알고 있었어요?"

"하지만 그쪽에서 사람을 보내서 확인하면 어떡해요?"

"그래서 뭐요?"

"그 사람들이 돈을 받아내려고 할 상대는 내가 아니라 그쪽이잖아요! 구인 수수료를 받아내려고 할 거라고요!"

그는 자기가 감당할 수 없는 돈을 내게 될까 봐 진심으로 걱정해주는 그녀를 보니 웃음이 났다. 원래는 프레디 베스티귀의 사무실에 한 번 더 전화를 하고 킬번에 있다는 로셸 오니페이드의 숙모를 찾아 온라인 전화번호부를 뒤져달라고 부탁하려던 참이었다. 하지만 대신 그는 이렇게 말했다.

"좋아요, 우리 외근합시다. 오늘 아침에는 브리스토를 만나기 전까지 배슈티라는 데를 좀 가보려고 했어요. 둘이 같이 가면 좀 더 자연스러울 것 같은데."

"배슈티요? 부티크 말이에요?" 로빈이 즉시 되물었다.

"네. 알아요, 거기?"

로빈이 미소를 머금을 차례였다. 잡지에서 읽어본 적이 있었다. 그녀에게는 런던의 화려함을 표상하는 곳이었다. 패션 에디터들이 독자들에게 보여줄 멋진 옷가지를 찾아내는 곳. 로빈이 반년치 월급을 모아도 사기 힘든 옷들을 파는 곳이었다.

"알죠." 그녀가 말했다.

스트라이크는 로빈의 트렌치코트를 내려 그녀에게 건네주었다.

"그쪽이 내 동생인 척할 겁니다, 애너벨. 내가 아내 선물을 고르는 걸 도와주러 온 거예요."

"살인 협박 하는 남자는 문제가 뭐예요?" 지하철에 나란히 앉아서 로빈이 물었다. "그 사람이 대체 누군데요?"

그녀는 처음 출근하던 날 스트라이크의 빌딩에서 뛰쳐나갔던 검은 머리의 미녀와 조니 로커비에 대한 호기심을 꾹꾹 눌러 참아왔다. 그리고 간이침대에 대해서도 한마디도 하지 않았다. 그러나 살인 협박에 대해서는 확실히 그녀도 알 권리가 있다는 생각이 들었다. 아무튼 지금까지 세 통의 분홍색 편지봉투를 뜯고, 뛰노는 고양이들 사이로 끼적거린 불쾌하고 폭력적인 배설적 언사를 읽은 당사자니까 말이다. 스트라이크는 그 편지들을 쳐다보지도 않았다.

"브라이언 매더스라고 해요." 스트라이크가 말했다. "아내가 다른 남자와 바람을 피우고 돌아다닌다고 의심해서 지난 6월에 나를 찾아왔어요. 아내를 미행해달라고 해서 한 달 동안 감시를 붙었죠. 아주 평범한 여자였어요. 예쁘지 않고 옷도 유행에 뒤진 차림에 형편없는 퍼머 머리에. 대규모 카펫 도매상의 회계부에서 일했죠. 주중에는 세 명의 여자 직장 동료들과 갑갑한 사무실에서 지내고, 목요일마다 빙고 게임을 하러 가고, 금요일에는 테스코에서 일주일 치 장을 보고, 토요일에는 남편과 동네 로터리 클럽에 갔어요."

"그럼 언제 바람을 피운다고 생각했던 거예요?" 로빈이 물었다.

불투명한 검은 창문에 비치는 그들의 창백한 모습이 흔들렸다. 지나치게 환한 불빛이 머리 바로 위에서 쏟아지는 바람에 혈색이 파리하게 변하자, 로빈은 훨씬 나이가 들어 보이는 한편 이 세상 사람 같지 않게 가녀려 보였다. 그리고 스트라이크는 더 거칠고, 더 못생겨 보였다.

"목요일 밤마다."

"정말 그랬어요?"

"아뇨, 정말로 친구 매기와 함께 빙고 게임에 갔어요. 하지만 내가 감시하던 네 번의 목요일마다 의도적으로 집에 늦게 들어가더군요. 매기와 헤어진 후 차를 타고 잠깐 돌아다녔어요. 어느 날 밤에는 술집에 들어가 혼자 토마토 주스를 시켜놓고 소심한 얼굴로 한쪽 구석에 앉아 있기도 했고요. 또 다른 날 밤에는 동네 길모퉁이 너머에 45분간 차를 주차해놓고 차 안에서 기다리다가 코너를 돌아 들어가기도 했어요."

"어째서요?" 로빈이 물었다. 지하철이 긴 터널을 지나며 시끄럽게 덜컹거렸다.

"글쎄요, 그게 의문이었죠. 뭔가를 입증하기 위해서? 남편의 화를 돋우기 위해? 남편을 감질나게 하려고? 벌을 주려고? 재미없는 결혼 생활에 약간의 짜릿함을 선사하려고? 목요일마다 아무튼, 설명을 하지 않고 약간씩 시간을 둔 거예요.

놈은 워낙에 안달복달하는 치라서 미끼를 꿀꺽 받아 삼킨 겁니다. 그래서 아주 미칠 지경이 된 거예요. 일주일에 한 번씩 애인을 만난다고 확신하고, 친구인 매기가 뒤를 봐주고 있다고 믿어버렸어요. 직접 아내를 미행하려고 시도하기도 했는데, 그럴 때면 자기가 보는 걸 알고 빙고 게임에 간다고 생각했지요."

"그래서 진실을 말해줬어요?"

"네, 그랬어요. 내 말을 믿지 않았죠. 굉장히 화를 내면서 악을 쓰고 소리를 지르기 시작했어요. 전부 다 한통속이 되어서 음모를 꾸미고 있다면서. 돈을 죽어도 못 낸다고 하고 갔어요.

혹시 아내한테 상해를 입힐까 봐 걱정이 되어서, 그래서 거기서 큰 실수를 한 겁니다. 여자에게 전화를 걸어서 남편이 돈을 주고 당신을 감시하라고 했다고, 그간 무슨 일을 했는지 알고 있다고, 그리고 당신 남편은 지금 폭발 일보 직전에 와 있다고 말해주었죠. 그러니 본인 자신을 위해서 남편을 너무 심하게 몰아붙이지 말라고 했어요. 아무 말도 하지 않고 그냥 전화를 끊더군요.

뭐, 그런데 놈은 아내의 휴대전화를 정기적으로 확인했던 겁니다. 내 번호를 보고 명백한 결론을 추리해냈죠."

"당신이 아내를 미행했다고 털어놓았다고요?"

"아니요, 내가 그녀의 매력에 빠져서 새 연인이 됐다고요."

로빈은 두 손으로 자기 입을 꼭 막았다. 스트라이크는 웃음을 터뜨렸다.

"고객들이 보통 그렇게 약간씩 돈 사람들이에요?" 로빈은 간신히 입을 가린 손을 떼고 물었다.

"그 사람은 그랬지만, 대부분은 그저 스트레스를 심하게 받았을 뿐이죠."

"전 존 브리스토를 생각하고 있었어요." 로빈은 머뭇거리며 말했다. "여자친구는 그가 망상에 빠졌다고 생각하는 눈치였거든요. 그리고 처음엔 당신도 약간…… 모르겠어요, 그렇게 생각하지 않았나요?" 그녀가 물었다. "우리한테도 들렸거든요." 약간 부끄러운 표정이었다. "문틈으로 들렸어요. '소파 심리학' 운운하던……."

"그렇군요." 스트라이크가 말했다. "글쎄요…… 내가 생각이 좀 달라졌을 수도 있죠."

"무슨 뜻이죠?" 로빈의 투명한 청회색 눈이 커다래졌다. 지하철이 덜컹거리며 정지했다. 차창 밖으로 번개처럼 스쳐 지나가던 희미한 형체들이 1초가 다르게 또렷해졌다. "그러니까 지금 말씀은, 그 사람이 미친 게 아니고, 오히려 옳을 수도 있다는…… 그러니까 정말로……?"

"여기가 우리가 내릴 역이에요."

그들이 찾던 하얗게 페인트칠한 부티크는 런던에서 가장 땅값이 비싼 구역으로 꼽히는 콘듀이트 스트리트에 있었다. 뉴본드 스트리트와 가까운 교차로였다. 그 색색의 진열장들은 스트라이크가 보기에 삶에 불필요한 것들만 산더미처럼 쌓아놓고 과시하고 있었다. 비즈 쿠션이며 은단지에 든 향초들, 예술적으로 늘어뜨린 시폰 천 조각들, 얼굴 없는 마네킹에 입혀놓은 야한 카프탄* 들, 여봐란 듯이 흉측한 모양을 한 턱없이 큰 핸드백들, 이 모든 게 팝아트적인 배경에 펼쳐져 있었다. 그 겉만 번드르르한 소비주의의 찬양은 눈에도 거슬리고 심기도 불편하게 했다. 이 안에 앉아 있는 탠지 베스티귀와 어설라 메이가 눈에 선하게 상상이 갔다. 전문가적인 눈으로 가격표를 감정하고 사랑 없는 결혼 생활에서 돈이라도 뽑아내려고 수천 파운드 단위의 악어백을 작정하고 고르면서도 기쁨을 느끼지 못하겠지.

그 옆에서 로빈 역시 쇼윈도를 뚫어져라 보고 있었지만, 사실은 눈에 제대로 들어오지도 않았다. 그날 아침, 스트라이크가 아래층에서 담배를 피우고 있을 때, 템퍼러리 솔루션의 전화를 받기 바로 전에 일자리 제안이 들어왔던 것이다. 앞으로 이틀 내에 대답을 해줘야 하는 제안이 생각날 때마다 뭔가 강렬한 감정이 복부에 잽을 날리곤 했는데, 애써 기쁨이라고 믿으려 애쓰고 있었지만 갈수록 두려움이 아닐까 의혹만 짙어져가는 것이었다.

그 일자리는 수락해야 했다. 장점이 너무 많았다. 급여도 매튜와 의논해서 정한 목표액과 정확히 일치했다. 사무실은 세련되고 깔끔했으며 웨스트엔드 치고는 위치도 좋았다. 매튜와 함께 점심을 먹을 수도 있었다. 취업 시장이 침체기라는데. 기뻐해야만 하는데.

* 터키풍의 띠로 묶는 긴 소매 옷.

"금요일 면접은 어떻게 됐어요?" 스트라이크가 물었다. 그는 음란하기만 하고 매력은 하나도 없다고 생각하며 스팽글이 잔뜩 달린 코트 한 벌을 실눈으로 바라보고 있었다.

"아주 잘된 거 같아요." 로빈은 대충 얼버무렸다.

그녀는 불과 몇 초 전 스트라이크가 아무래도 살인이었던 것 같다는 암시를 흘린 순간 느꼈던 흥분을 돌이켜보았다. 진심일까? 로빈은 이제는 스트라이크가 번드르르한 옷들을 잔뜩 모아놓은 진열장을 노려보고 있다는 사실을 알아차렸다. 그는 마치 그것들이 뭔가 중요한 걸 알려주기라도 할 것처럼 바라보고 있었다. 그리고 (한순간 그녀는 매튜의 눈으로 보고 매튜의 목소리로 생각했다) 저건 확실히 효과를 의도하고, 잘난 척하려고 취하는 포즈라고 생각했다. 매튜는 계속해서 스트라이크가 사기꾼일 거라는 암시를 흘리고 있었다. 매튜는 사립탐정이 우주인이나 사자 조련사처럼 황당무계한 직업이라고 여기는 것 같았다. 현실을 살아가는 사람들은 그런 일을 하지 않는다고.

로빈은 인사과 일자리를 수락하면 절대로 (언젠가 뉴스에서 보게 되지 않는다면) 이 수사의 결과를 알지 못할 거라는 생각이 들었다. 입증하고, 해결하고, 잡고, 보호하고. 이건 해볼 만한 가치가 있는 일이었다. 중요한 일이고 또 매력적인 일이었다. 로빈은 매튜가 그녀의 이런 감정을 유치하고 순진하다고 생각하는 걸 알고 있었지만 그래도 어쩔 수 없었다.

스트라이크는 배슈티를 등지고 서서 뉴본드 스트리트에 있는 무언가를 보고 있었다. 로빈은 그의 눈길이 러셀앤브롬리 상점 밖에 서 있는 빨간 우체통에 머물러 있다는 걸 알아차렸다. 시커면 사각형의 우체통 입구가 길 건너에서 그들을 보고 비뚤어진 웃음을 머금고 있었다.

"좋아, 갑시다." 스트라이크가 그녀를 돌아보며 말했다. "잊지 말아요. 그쪽이 내 동생이고 이건 내 아내를 위한 쇼핑이라는 거."

"하지만 뭘 알아내야 하는 거예요?"

"룰라 랜드리와 친구 로셸 오니페이드가 룰라가 죽기 전날 뭘 하고 있었는지요. 두 사람이 여기서 15분 정도 만났다가 헤어졌어요. 큰 기대는 하지 않아요. 벌써 석 달 전이고, 특별히 눈치챈 게 하나도 없을지도 모르지요. 그래도 시도는 해봐야겠죠."

배슈티는 1층 전체를 의류에 할애하고 있었다. 나무 계단 위를 가리키는 표지판에 따르면 '카페'와 '라이프스타일'이 위층에 자리 잡고 있었다. 여자들 몇 명이 빛나는 철제 옷걸이들을 살펴보고 있었다. 하나같이 깡마르고 태닝한 살결에 긴 머리를 깔끔하게 드라이한 헤어스타일이었다. 그에 반해 점원들은 각양각색이었다. 특이한 옷차림을 하고 헤어스타일도 야릇했다. 발레 스커트를 입고 올린 머리에 헤어네트를 한 사람도 있었다. 그녀가 모자 디스플레이를 만지고 있었다.

로빈이 대담무쌍하게 이 아가씨에게 다가가는 걸 보고 스트라이크는 깜짝 놀랐다.

"안녕하세요." 그녀가 밝게 말했다. "저 가운데 진열장에 정말 예쁜 스팽글 코트가 있네요. 제가 좀 입어볼 수 있을까요?"

점원은 솜사탕 같은 질감으로 커다랗게 부풀린 하얀 머리를 하고 있었고, 요란하게 칠한 눈매에다 눈썹은 아예 없었다.

"네, 문제없죠." 그녀가 말했다.

알고 보니 그건 거짓말이었다. 진열장에서 코트를 꺼내는 일은 몹시 문제가 많았다. 일단 마네킹에서 벗겨내야 했고, 전자 태그를 떼어내야 했다. 10분이 지난 후에도 코트는 여전히 나오지 않았고, 처음에 있던 직원이 동료 둘을 더 불러 도움을 요청했다. 그 사이 로빈은 스트라이크와 말도 하지 않고 슬며시 여기저기 돌아다니며 이런저런 드레스들과 벨트를 골랐다. 스팽글 코트가 진열장에서 간신히 나오자, 세 점원들은 모두 코트의 앞날에 깊은 관심을 갖게 되었고 다 같이 로빈을 따라 탈의실로 향했다. 한 사람은 그녀가 고른 여분의 옷들을 들어주겠다고 자청했고 나머지 둘은 코트를 들고 갔다.

커튼이 드리워진 탈의실은 철제 프레임에 두툼한 크림색 실크가 천막처럼 드리워져 있었다. 안에서 오가는 소리를 엿들을 수 있을 만큼 가까이 자리 잡은 스트라이크는 이 임시 비서의 재능은 어디까지인지 끝을 알 수 없구나 생각했다.

로빈은 1만 파운드어치의 상품을 탈의실로 갖고 들어갔고, 스팽글 코트가 그 가격의 절반을 차지했다. 보통 때 같으면 이런 배짱이 있을 리가 없는데, 그날 아침에는 로빈이 뭐에 홀린 게 틀림없었다. 무모함과 만용. 그녀는 자기 자신에게, 매튜에게, 그리고 무엇보다 스트라이크에게 무언가를 입증해 보이고 싶었다. 점원 세 명이 그녀를 감싸고 법석을 떨며 드레스를 걸고 코트 주름을 펴주었지만, 로빈은 전혀 부끄럽거나 민망하지 않았다. 양팔 가득 문신을 한 빨강머리 아가씨의 팔에 걸려 있는 벨트 중 제일 싼 것조차 살 돈이 없어도 좋았고, 커미션을 받겠다고 저렇게 난리를 치는 여자들이 한 푼도 못 받더라도 할 수 없었다. 심지어 분홍색 머리의 점원한테 아까 자기한테 방금 고른 녹색 드레스와 아주 잘 어울릴 거라고 했던 금색 재킷을 좀 찾아다달라고 부탁까지 했다.

상점 직원들보다 훨씬 키가 큰 로빈이 트렌치코트를 벗고 스팽글 코트를 걸치자 탄성과 한숨이 터져 나왔다.

"우리 오빠한테 좀 보여줘야겠어요." 그녀는 까다로운 눈길로 거울에 비친 자기 모습을 살펴보고 나서 말했다. "내가 입을 게 아니라, 언니 거거든요."

그리고 그녀는 다시 성큼성큼 탈의실 커튼을 젖히고 나왔고, 점원 세 명은 그런 그녀 주위에서 맴돌았다. 옷들이 걸려 있는 옷걸이들 쪽에 서 있던 젊고 돈 많은 여자들이 모두 당당하게 묻는 로빈을 돌아보았다.

"어때?"

스트라이크는 지독하게 흉물이라고 생각했던 코트가 마네킹보다는 로빈에게 더 잘 어울린다는 사실을 인정할 수밖에 없었다. 그녀가 그 자리에서 빙글 돌아 보이자 옷이 도마뱀 가죽처럼 번쩍거렸다.

"괜찮네." 그는 남자답게 신중한 말투로 말했고, 점원들은 흡족한 미소를 지었다. "그래, 아주 좋은데. 얼마래?"

"오빠 기준에서는 얼마 안 해." 로빈이 시녀들에게 도도한 눈길을 던지며 말했다. "하지만 산드라 언니가 아주 좋아할걸." 그녀는 또렷하게 스트라이크를 보고 말했고, 무방비로 당한 스트라이크는 웃을 수밖에 없었다. "게다가 마흔 살 생일이잖아."

"무슨 옷에 걸쳐도 다 잘 어울려요." 솜사탕 머리를 한 여자가 스트라이크에게 열띤 목소리로 말했다. "정말 다양하게 쓸모가 많은 옷이거든요."

"좋아요, 그럼 저 카발리 드레스를 좀 입어볼게요." 로빈이 생기있게 말하면서 다시 탈의실 쪽으로 돌아섰다.

"산드라 언니가 나더러 오빠랑 같이 가달라고 부탁했거든요." 그녀는 코트를 벗기는 걸 도와주면서 자기가 손가락으로 가리킨 드레스의 지퍼를 열고 있는 점원들을 향해 말했다. "또 바보 같은 실수를 하지 않게요. 서른 살 생일 때는 정말 세상에서 제일 흉측한 귀걸이를 사줬거든요. 턱도 없이 비싼 귀걸이였는데 금고 바깥 구경도 못 하고 있어요, 지금."

로빈은 대체 이런 소리가 다 어디서 나오는지 자기도 몰랐다. 영감이 솟구치는 느낌이었다. 스웨터와 치마를 벗고 꽉 달라붙는 진녹색 드레스를 입기 시작했다. 말을 하다 보니 산드라는 진짜 실존하는 인물이 되었다. 약간 버릇이 없고 만사가 지루한 여자인데, 포도주를 마시며 시누이에게 오빠가 (로빈은 은행가라고 생각했는데, 솔직히 스트라이크가 그녀가 생각하는 은행가처럼 보이는 건 아니었다) 보는 눈이 정말 없다고 털어놓더라고.

"그래서 언니가 그러더라고요. 배슈티로 좀 데리고 가서 지갑을 열게 만들어달라고. 아, 그렇군요, 이거 예쁜데요."

예쁜 정도가 아니었다. 로빈은 거울에 비친 자기 모습을 홀린 듯 쳐다보았다. 평생 이렇게 아름다운 옷은 입어본 적도 없었다. 녹색 드레스는 마술처럼 재단되어 그녀의 허리를 있는 줄도 모르게 만들고 몸매를 출렁이는 곡선으로 다듬었으며 하얀 목을 길어 보이게 해주었다. 그녀는 반짝이는 녹색 뱀피를 걸친 여신이었고 점원들은 모두 찬사를 늘어놓고 있었다.

"얼마예요?" 로빈이 빨강머리에게 물었다.

"2,899파운드입니다." 점원이 말했다.

"오빠한테야 아무것도 아니죠." 커튼을 젖히고 나와 스트라이크에게 옷을 보여주며 로빈이 쾌활하게 말했다. 스트라이크는 둥근 테이블에 놓여 있는 장갑 더미를 살펴보고 있었다.

녹색 드레스에 대한 그의 논평은 딱 한마디 "그래"였다. 그는 제대로 그녀를 보지도 않았다.

"글쎄, 산드라한테 이 색깔은 안 어울릴 거 같기도 해." 로빈은 이 말을 하면서 갑자기 민망해졌다. 스트라이크는 그녀의 오빠도 남자친구도 아니었다. 지나치게 상상을 밀어붙여 몸에 딱 달라붙는 드레스를 입고 그 앞에서 자랑을 했던 건 아닐까. 그녀는 탈의실로 물러났다.

다시 브라와 팬티 차림이 되어 그녀가 말했다.

"지난번에 산드라가 여기 왔을 때, 룰라 랜드리가 카페에 있었다던데요. 산드라 말이 실물이 정말 눈부시게 아름답다던데요. 심지어 사진보다 더 예쁘대요."

"아, 그럼요, 예뻤죠." 분홍머리의 여자가 말했다. 찾아서 가지고 온 금색 재킷을 가슴께에 꼭 움켜쥐고 있었다. "여기 정말 자주 왔었는데. 매주 보였어요. 이거 입어보실래요?"

"죽기 전날에도 왔잖아요." 솜사탕 머리의 여자가 로빈이 금색 재킷을 걸치는 걸 도와주며 말했다. "이 탈의실에요. 정말로 바로 이 탈의실이었어요."

"정말요?" 로빈이 말했다.

"가슴 때문에 단추가 다 잠기지는 않을 텐데, 그냥 열어놓고 입으면 정말 예뻐요." 빨강머리가 말했다.

"아니요, 그러면 안 돼요. 산드라는 나보다 덩치가 좀 있거든요." 로빈이 허구 속 올케의 몸매를 가차없이 깎아내렸다. "그 검은 드레스 입어볼게요. 룰라 랜드리가 정말 죽기 전날 여기 왔다는 거예요?"

"아, 그럼요." 분홍빛 머리의 여자가 말했다. "너무 슬펐어요. 정말 너무 안됐더라고요. 그 여자 목소리 들었죠, 멜?"

레이스 속옷이 딸린 검은 드레스를 들고 있던, 문신한 빨강머리는 애매한 소리를 냈다. 로빈이 거울로 보니, 의도적으로든 우연히든 자기가 엿듣게 된 이야기를 전혀 하고 싶지 않은 눈치였다.

"더필드랑 통화하고 있었잖아요. 안 그래요, 멜?" 수다스러운 분홍머리가 부추겼다.

로빈은 멜이 찡그리는 얼굴을 보았다. 문신에도 불구하고 멜이 두 사람보다 직급이 높은 것 같았다. 그녀는 이 크림색 실크 천막 안에서 일어난 일에 대해 신중을 기하는 것도 직업적 의무의 일환이라고 여기는 눈치였지만, 나머지 두 사람은 가십을 퍼뜨리고 싶어 안달이 나 있었다. 특히 부자 오빠의 돈을 왕창 쓰러 나온 여자 앞에서라면 더더욱.

"이 안에서 하는 얘기는 듣지 않으려 해도 다 들리잖아요, 천막 같이 생겨서." 로빈은 세 점원들이 다 같이 힘을 합쳐 입혀주는 레이스 블랙 드레스에 낑낑대며 들어가느라 약간 숨이 찼다.

멜은 살짝 누그러졌다.

"정말 그래요. 게다가 사람들이 여기서는 생각나는 대로 아무렇게나 말을 해댄다니까요. 이 너머로 소리가 들리니까 어쩔 수 없이 다 듣게 돼요." 그녀는 빳빳한 커튼을 가리키며 말했다.

이제 심하게 꼭 끼는 레이스와 가죽 구속복에 갇힌 로빈이 숨을 헐떡거렸다.

"룰라 랜드리 같은 사람은 좀 더 조심할 거 같은데. 어디를 가나 기자들이 따라다니니 말이에요."

"그러게 말이에요." 빨강머리가 말했다. "그럴 거 같죠. 아니, 제 말은 나야 들은 얘기를 이리저리 옮기지 않겠지만 그럴 사람들도 있을 거 아니에요."

벌써 자기가 엿들은 내용을 동료들한테 다 얘기한 게 분명한데도, 로빈은 모른 척하고 정말 보기 드문 윤리의식이라며 칭찬했다.

"하지만 그래도 경찰에게는 얘기를 했어야 되는 거 아니에요?" 그녀는 드레스를 반듯이 잡아당겨 펴고 지퍼를 올리는 데 대비해 숨을 다잡으며 말했다.

"경찰은 여기에 와보지도 않았어요." 솜사탕 머리의 여자가 말했다. 아쉽다는 기미가 역력했다. "멜이 가서 들은 얘기를 전해야 하지 않을까 말은 했지만, 싫다고 하더라고요."

"아무것도 아니었는데요, 뭐." 멜이 재빨리 말했다. "그래봤자 아무것도 달라질 건 없어요. 어차피 거기 있었던 것도 아니잖아요? 그건 이미 증명된 사실이니까요."

스트라이크는 손님들과 밖에 남아 있는 점원들이 수상하게 생각하지 않는 선에서 최대한 실크 커튼에 바짝 다가갔다.

탈의실 안에서 분홍색 머리의 여자가 지퍼를 잠그느라 애를 쓰고 있었다. 천천히 로빈의 갈비뼈가 숨겨진 코르셋으로 꼭 조여졌다. 다음 질문이 거의 앓는 소리에 가까웠기 때문에 엿듣고 있던 스트라이크는 당혹스러웠다.

"그러니까 죽었을 때 에반 더필드가 그 아파트에 없었다는 얘기죠?"

"그래요." 멜이 말했다. "그러니까 그 전에 그녀가 무슨 말을 했든 상관없잖아요, 안 그래요? 그는 어차피 거기 없었으니까."

네 여자는 거울에 비친 로빈의 모습을 잠시 감상했다.

"내 생각에는……"이라고 로빈이 말머리를 꺼냈다. 젖가슴의 3분의 2는 꼭 죄는 소재에 납작하게 짓눌려 있고 위쪽의 굴곡은 목선까지 치받쳐 올라와 있었다. "산드라 언니한테 이 드레스가 잘 맞을 거 같네요. 하지만 말이에요." 솜사탕 머리가 지퍼를 열어주자 로빈은 훨씬 쉽게 숨을 쉬며 말했다. "그래도 경찰한테 무슨 얘기를 했는지 말하고 중요한지 아닌지 그쪽에서 결정하게 맡겨야 했던 거 아니에요?"

"내가 그랬잖아요, 멜, 네?" 분홍빛 머리 여자가 재재거렸다. "저도 그 얘기를 했거든요."

멜은 즉시 방어에 돌입했다.

"하지만 그 사람은 현장에 없었잖아요! 룰라의 아파트에 간 적이 애초에 없다고요! 그 사람이 자기가 무슨 일이 있어서 못 간다고, 만나고 싶지 않다고 그랬나 봐요. 왜냐하면 계속 '그럼 그다음에 와. 내가 기다릴게. 상관없어. 어차피 나도 1시까지는 집에 없을 테니까. 제발 부탁이니까 와줘. 제발.' 꼭 애걸복걸하는 거 같았어요. 게다가 탈의실에는 친구도 같이 있었다고요. 친구도 다 들었을 거라고요. 그러니까 그 여자가 경찰에 얘기했겠죠, 안 그래요?"

로빈은 더 할 일이 없어서 반짝거리는 스팽글 코트를 다시 입어 보고 있었다. 거울 앞에서 몸을 이리저리 돌려보던 그녀는 그러다 갑자기 문득 생각난 것처럼 슬쩍 물었다.

"전화하던 사람이 확실히 에반 더필드 맞는 거죠?"

"당연하죠." 멜은 자신의 지적 능력을 뭘로 보느냐는 태도로 말했다. "그 여자가 그런 늦은 밤에 자기 집에 와달라고 그렇게 애걸복걸할 사람이 달리 누가 있겠어요? 정말 미칠 듯이 만나고 싶은 눈치였는데."

"맙소사, 그 남자 눈 말이에요." 솜사탕 머리의 여자가 말했다. "정말 잘생겼어요. 그리고 실물을 보면 카리스마가 굉장해요. 그녀와 같이 여기 온 적이 있거든요. 와, 정말 섹시하더라고요."

10분 후, 로빈은 옷을 두 벌 더 입어보고 스트라이크에게 보여주었으며, 직원들 앞에서 스팽글 코트가 그중에서 제일 낫다고 합의를 보고 (점원의 동의하에) 확실히 구매를 결정하기 전에 다음 날 산드라를 데리고 와서 보여주는 게 좋겠다고 결정했다. 스트라이크는 앤드루 앳킨슨이라는 이름으로 5천 파운드짜리 코트를 예약하고 급조한 휴대전화 번호를 써주고 친절과 호의가 담뿍 담긴 인사를 한 몸에 받으며 로빈과 함께 부티크를 나왔다. 꼭 그 돈을 다 쓰고 나오는 기분이었다.

말없이 50미터쯤 함께 걸어가다가, 스트라이크가 담배 한 대에 불을 붙이더니 말했다.

"아주, 아주 인상적이었어요."

로빈은 뿌듯한 마음에 얼굴이 환해졌다.

5

스트라이크와 로빈은 뉴본드 스트리트 역에서 헤어졌다. 로빈은 베스트필름에 전화하고 온라인 전화번호부에서 로셸 오니페이드의 숙모 전화번호를 찾기 위해, 그리고 템퍼러리 솔루션을 피하려고 지하철을 타고 사무실로 돌아갔다. (스트라이크는 문을 꼭 잠그라고 당부했다.)

스트라이크는 신문을 한 부 사서 지하철을 타고 나이트브리지까지 간 다음, 시간이 많이 남기에 걸어서 서펀타인 식당까지 갔다. 브리스토가 점심 약속을 위해 고른 장소였다.

스트라이크는 나뭇잎이 우거진 산책로를 따라 걷다가 모래 깔린 로튼 로를 지나 하이드파크를 가로질러 갔다. 지하철에서 그는 멜이라는 배슈티의 깡마른 점원이 알려준 증거를 적어두었다. 햇빛이 아른아른 비추는 나무 아래를 걷고 있자니, 딱 붙는 초록 드레스를 입은 로빈이 떠올랐다.

스트라이크는 자신이 보인 반응에 로빈이 당황한 것을 알고 있었다. 하지만 그 순간 묘하게도 사적으로 친밀한 느낌이 들었는데, 늘 명석하고 프로답고 사려 깊은 로빈에게 그런 느낌을 받을 줄 전혀 예상치 못했던 것이다. 그는 로빈과 함께 있는 시간이 즐거웠고 로빈이 호기심을 드러내지 않고 상대의 프라이버시를 존중해주는 것이 고마웠다. 그렇게 배려하는 사람을 실제로 만나기란, 특히나 그런 여자를 만나기란 얼마나 어려운지 아무도 모를 거라고 생각하면서, 스트라이크는 자전거 타는 사람들을 피해 계속 걸었다. 하지만 이상하게도, 함께 있을 때 즐거운 이유는 곧 헤어질 것이기 때문이기도 했다. 로빈이 이미 정해진 범위 안에서만 행동하고 선을 넘는 일이 없는 사람이라는 점도 마음이 편했다. 스트라이크는 로빈이 좋았고, 그녀에게 고마웠다. (그날 아침 이후로는) 감명을 받기도 했다. 하지만 정상적인 시력과 멀쩡한 성욕을 가진 남자였기에, 날마다 컴퓨터 모니터에 얼굴을 묻고 있는 로빈이 매우 섹시한 여자라는 사실을 새삼스럽게 느끼곤 했다. 아름답지는 않았다. 샬럿만큼 아름다운 건 전혀 아니었다. 그래도 어쨌든 매력적이었다. 하지만 탈의실에서 딱 붙는 초록 드레스를 입고 나오던 순간만큼 노골적으로 실감난 적은 단 한 번도 없었고, 그래서 어쩔 수 없이 눈길을 돌릴 수밖에 없었던 것이다. 그녀에게 일부러 도발할 뜻이 있었다고는 생각하지 않지만, 스트라이크는 자신이 이성을 유지하기가 아슬아슬한 상황임을 직시하고 있었다. 로빈은 그가 정기적으로 만나는 유일한 사람이었다. 그리고 스트라이크는 자기 자신이 현재 매우 예민한 상태라는 걸 가볍게 여기지 않았다. 몇 번인가 말을 돌리고 머뭇거리는 태도로 보아 로빈의 약혼자는 로빈이 평범한 임시직 자리를 그만두고 이런 특이한 일을 하고 있다는 걸 싫어하는 모양이었다. 차츰 편안해지는 사이를 넘어 지나치게 가까워지지는 않는 것이 모두에게 안전했다. 딱 붙는 옷을 입은 로빈의 모습에 대놓고 감탄하지 않는 편이 최선이었다.

스트라이크는 서펀타인에 가본 적이 없었다. 이곳은 호숫가에 마치 미래에서나 볼 수 있는 탑처럼 눈에 띄는 모습으로 서 있는 건물이었다. 거대한 책을 펼쳐 엎어놓은 것처럼 생긴 두꺼운 흰색 지붕 아래를 아코디언처럼 생긴 유리가 받치고 있었다. 아주 커다란 버드나무가 레스토랑의 옆면을 쓰다듬고 호수의 수면에 닿고 있었다.

시원하고 바람이 부는 날이었지만 호수는 햇빛을 받아 눈부시게 찬란했다. 스트라이크는 호수 바로 오른쪽의 실외 테이블을 골라 앉아 둠바 맥주 한 잔을 시키고는 신문을 읽었다.

브리스토가 약속 시간에서 10분이 지나도록 오지 않고 있는데, 붉은색으로 머리를 염색하고 고급 슈트를 입은 장신의 남자가 스트라이크의 테이블 옆에 다가와 섰다.

"스트라이크 씨?"

그는 50대 후반에 머리숱이 많은 데다 턱은 각지고 광대뼈가 뚜렷해서, 마치 드라마에서 돈 많은 사업가 역을 맡은 배우처럼 보였다. 한번 본 것을 잊지 않는 스트라이크는 로빈이 인터넷에서 찾아줬던 룰라 랜드리의 장례식 사진 속에서 모든 것이 다 못마땅하다는 표정을 짓고 있었던 남자라는 걸 바로 알아보았다.

"토니 랜드리. 존과 룰라의 삼촌입니다. 앉아도 되겠소?"

가지런한 하얀 치아만 살짝 드러내는 표정은 어느 모로 보나 예의상 보여주는 미소였다. 랜드리는 코트를 쓱 벗더니 스트라이크의 맞은편 의자 등받이에 걸고 앉았다.

"존이 사무실 일로 좀 늦어질 겁니다." 바람에 머리카락이 날리자 관자놀이 근처에서 성근 머리숱이 티가 났다. "존이 앨리슨더러 그쪽에게 연락해달라고 부탁하더군요. 난 그때 우연히 앨리슨의 자리를 지나치다가 듣고 아예 내가 직접 말을 전해주겠다고 했습니다. 이 기회에 단둘이 얘기를 좀 할 수 있을 것 같아서. 그간 언제 연락이 오나 기다리고 있었거든요. 조카가 아는 사람들을 차근차근 하나씩 다 만나보고 있다는 건 압니다."

그는 상의 주머니에서 금속테 안경을 꺼내 쓰고 잠시 메뉴를 살펴보았다. 스트라이크는 맥주를 마시며 기다렸다.

"베스티귀 부인과 이야기를 하셨다지요?" 랜드리는 메뉴를 내려놓고 다시 안경을 벗더니 슈트 주머니에 넣었다.

"그렇습니다." 스트라이크가 말했다.

"그렇군요. 음, 탠지가 좋은 뜻에서 그러는 건 분명하지만 경찰이 이미 결론 내린 일을 자꾸 꺼내면 신상에 좋을 게 없지요. 절대로." 랜드리가 불길한 말투로 강조했다. "존에게도 말했습니다. 그 애의 일차적 의무는 회사의 고객에게 있으니, 고객에게 이익이 되는 방향으로 움직여야죠."

"난 햄 호크 테린으로 하지." 그는 지나가던 웨이터에게 말했다. "그리고 물도 한 병 주고." 그가 말을 이었다. "흠, 용건만 바로 이야기하는 게 좋을 것 같습니다, 스트라이크 씨. 여러 모로 난 룰라가 죽은 이유를 뒤지는 데 찬성하지 않습니다. 당신 생각은 좀 다르겠지요. 일가족의 비극을 파헤쳐 돈을 벌고 있으니까요."

토니 랜드리는 다시 도전적이고 싸늘한 미소를 지어 보였다.

"뭐 전혀 이해가 안 되는 건 아닙니다. 누구든지 먹고 살아야 하니까. 게다가 내 일도 마찬가지로 남의 피를 빠는 짓이라고 할 사람들이 많지요. 하지만 존이 털어놓지 않을 얘기 몇 가지를 그쪽에 좀 해주면 우리 모두에게 도움이 될 거요."

"그 이야기를 시작하기 전에," 스트라이크가 말했다. "존이 못 나오는 이유가 정확히 뭡니까? 나오지 못할 거라면 약속을 다시 잡겠습니다. 오늘 오후에 다른 사람들도 만나야 하니까요. 그 콘웨이 오츠 건이라는 걸 아직도 해결하고 있는 겁니까?"

스트라이크는 어설라에게 들은 대로 콘웨이 오츠가 미국인 자본가라는 사실밖에 몰랐지만 회사의 죽은 클라이언트를 언급하니 예상대로 효과가 좋았다. 랜드리의 거만한 자세, 이 만남을 자기 멋대로 하겠다는 욕심, 부하직원 대하듯 하대하는 태도가 일순 싹 사라지더니 짜증과 충격만이 남았다.

"존이, 그 애가 정말로 그렇게……. 그건 회사의 기밀이란 말입니다!"

"존이 알려준 건 아닙니다." 스트라이크가 말했다. "어설라 메이 부인이 오츠 씨의 재산을 둘러싸고 문제가 약간 있다고 말씀해 주셨습니다."

완전히 허를 찔린 랜드리가 더듬거리며 말했다. "정말 놀랍군요. 어설라 메이 부인이 그럴 줄은……."

"그렇다면 존이 오기는 올까요? 아니면 존에게 점심시간 내내 할 일을 맡기고 오신 건가요?"

스트라이크는 랜드리가 짜증을 참고, 자제심을 발휘해 다시 이 대화를 주도하려고 애쓰는 모습을 내심 즐겼다.

"존은 곧 올 겁니다." 랜드리는 한참 만에야 입을 열었다. "말씀드린 대로, 당신과 단둘이 만나 몇 가지 사실을 알려드릴 생각이었습니다."

"좋습니다. 그렇다면 이게 필요하겠군요." 스트라이크는 주머니에서 수첩과 펜을 꺼냈다.

탠지가 그랬듯이 랜드리도 수첩과 펜을 보고 질색을 했다.

"적을 필요는 없습니다." 그가 말했다. "내가 할 이야기는 룰라의 죽음과는 아무런 관련이 없습니다. 적어도, 직접적인 관련은 없습니다. 자살이라는 이론에 다른 시각을 더해줄 내용은 아니라는 겁니다." 그가 아는 체하며 덧붙였다.

"그래도 마찬가지입니다." 스트라이크가 대답했다. "적어두면 도움이 되거든요."

랜드리는 반대하려는 것 같더니 생각을 고쳤다.

"그럼 좋습니다. 우선, 조카 존이 룰라의 죽음으로 매우 심란해 한다는 걸 알아두셔야 합니다."

"그럴 만도 하지요." 스트라이크는 변호사가 읽지 못하도록 수첩을 기울여 세우고는, 순전히 랜드리를 짜증 나게 하려고 '매우 심란해' 라고 적었다.

"네, 당연한 일이죠. 사립탐정들이 극도의 괴로움을 겪거나 우울증을 앓는 의뢰인을 맡으면 안 된다고까지 말할 수는 없지만—방금 전에도 말했다시피 누구나 먹고 살아야 하니 말입니다—내가 보기에 이 사건은……."

"모두 존의 머릿속에서 나온 것이라고 생각하십니까?"

"딱히 그렇게 말하려는 건 아니었지만, 잘라 말하자면 그렇소. 존은 보통 사람들이 평생 겪는 것보다도 더 많은 갑작스러운 죽음을 겪었어요. 그 애가 이미 동생을 잃은 건 아마 모르셨겠지만…….”

“아뇨, 압니다. 찰리는 제 동창이었어요. 그래서 존이 절 찾아온 겁니다.”

랜드리는 놀라고 못마땅한 표정으로 스트라이크를 바라보았다.

“블레이키필드 출신이라고?”

“잠깐 다녔습니다. 어머니가 더 이상 학비를 댈 수 없다는 사실을 깨닫기 전이었죠.”

“그렇군요. 그건 몰랐습니다. 그렇다 하더라도 잘 모르고 계시는 모양인데, 존은 늘—누이의 말을 빌리자면—신경이 극도로 예민했습니다. 찰리가 죽은 뒤에 그 애 부모는 정신과 의사를 불러야 했지요. 내가 정신과 전공은 아니지만, 룰라가 죽은 뒤로 그 애는 결국 제정신을…….”

“듣기 거북하긴 하지만, 무슨 말씀인지는 알겠습니다.” 스트라이크는 ‘브리스토가 맛이 갔다 이거지’라고 쓰면서 말했다. “정확히 말해, 존이 얼마나 제정신이 아니라는 겁니까?”

“흠, 이 재수사를 의뢰한 것 자체만 봐도 정신 나간 짓이라고 할 사람들이 천지요.” 랜드리가 말했다.

스트라이크는 수첩에 펜을 대고 있었다. 랜드리는 잠시 뭔가 씹는 듯 턱을 움직이더니 할 수 없다는 듯 말했다.

“룰라는 마약 중독자 애인이랑 싸우고는 창문으로 뛰어내린 조울증 환자요. 미스터리 같은 건 없어요. 우리 모두에게, 특히 불쌍한 그 애 엄마에겐 아주 안된 일이지만, 그건 명백한 사실입니다. 존이 신경쇠약을 겪고 있다는 결론을 내릴 수밖에 없어요. 솔직히 말씀드려도 된다면…….”

"얼마든지요."

"당신이 맞장구를 쳐준 덕분에 존이 계속해서 진실을 거부하고 있는 거요."

"룰라가 자살했다는 거요?"

"경찰과 의사, 검시관이 모두 그렇게 결론 냈습니다. 존이 살인이라는 걸 밝히려고 하는 게 나로서는 도통 이해가 안 돼요. 그게 밝혀진다고 뭐가 나아지는 건지."

"글쎄요," 스트라이크가 말했다. "가까운 사람이 자살하면 죄책감을 느끼는 일이 많습니다. 이성적으로 그럴 필요가 없는데도, 죽은 사람에게 좀 더 도움을 주지 못한 걸 후회합니다. 살인이 확인되면 가족들은 자책을 면하게 되지 않을까요?"

"우리 잘못은 없습니다." 랜드리가 날카로운 어조로 말했다. "룰라는 10대 초반부터 최고의 치료를 받았고, 그 애를 입양한 가족에게서 받을 수 있는 모든 물질적인 호사를 누렸습니다. '오냐오냐 해달라는 대로 다해줬다'는 표현이 딱 맞을 겁니다, 스트라이크 씨. 그 애 엄마는 그 앨 위해서라면 정말 목숨이라도 내놓았을 텐데, 아무런 보답도 받지 못했지요."

"룰라가 고마워할 줄 모른다고 생각하셨군요?"

"그렇게 적어놓을 필요는 없지 않소. 아니면 지금 잘난 척이라도 하시겠다 이겁니까?"

스트라이크는 랜드리가 지금까지 취했던 점잖은 태도를 완전히 버린 것이 흥미로웠다. 종업원이 랜드리의 음식을 가져왔다. 그는 고맙다는 인사도 하지 않고 종업원이 갈 때까지 스트라이크를 노려보았다. 그러더니 이렇게 말했다.

"그쪽이 들쑤시고 다니는 건 해가 될 뿐이오. 솔직히, 존의 의중을 알고는 어이가 없더군."

"존이 자살이 아닌 것 같다고 말씀드린 적이 없습니까?"

"물론이오. 그 애도 우리 모두와 마찬가지로 충격은 드러냈지만, 살인을 의심하는 기색은 전혀 없었단 말이오."

"조카분과 가까우신가요, 랜드리 씨?"

"그게 무슨 상관이오?"

"존이 생각하는 그대로를 랜드리 씨에게 말씀드리지 않았던 걸지도 모릅니다."

"존과 나는 직장에서 아주 돈독한 관계를 유지하고 있소."

"직장에서요?"

"그렇소. 우리는 함께 일하고 있으니까. 회사 바깥에서 서로 가깝냐고 물었소? 그건 아니오. 하지만 우리는 모두 나의 누이 브리스토 부인, 그러니까 존의 엄마를 아끼고 있소. 시한부 인생을 선고 받았지만. 일 문제가 아니면, 보통 우리는 이베트에 대해 이야기한다오."

"존이 효자인 모양이군요."

"존에게 남은 가족은 이제 이베트뿐인데, 이베트마저 죽을 거라고 하니 정신건강에 도움이 되진 않겠지."

"부인밖에 없는 건 아니지요. 앨리슨이 있지 않습니까?"

"그게 그렇게 진지한 관계인지는 모르겠소."

"절 고용한 존의 동기 중 하나는 어머니가 돌아가시기 전에 진실을 밝히려는 거 아닐까요?"

"진실은 이베트에게 도움이 되지 않을 거요. 누구든 뿌린 대로 거뒀다는 사실을 즐겁게 받아들이지는 못하니까."

스트라이크는 아무 말도 하지 않았다. 아니나 다를까 그가 기대한 대로 랜드리는 굳이 덧붙여 설명하고 싶은 마음을 억누르지 못하고 잠시 후 이렇게 말했다.

"이베트는 항상 지나치게 모성애가 강했소. 애들을 애지중지 키운단 말이오." 그는 그게 마치 역겨운 변태 같은 행동이라는 투로 말했다. "이베트는 정력이 센 남자만 만나면 애를 스물이라도 낳아댈 그런 창피스러운 여자였소. 다행히 알렉은 불임이었지만. 존이 그 말은 했소?"

"알렉 브리스토 경이 생부는 아니라고 말했습니다. 그 말씀인가요?"

랜드리는 이 사실을 처음으로 알리지 못했다는 실망감을 곧 떨쳐내고 말을 이었다.

"이베트와 알렉은 아들 둘을 입양했지만, 이베트는 그 애들을 어떻게 키워야 할지 몰랐소. 아주 단순히 말해서 이베트는 형편없는 엄마였소. 통제도 규율도 없이 그저 애들을 애지중지 끼고 돌면서 명백한 사실을 인정하지 않았거든. 전부 다 이베트가 잘못한 거라고는 하지 않겠소. 유전이 얼마나 작용하는지 누가 알겠소. 하지만 존은 징징거리면서 울어대고 엄마한테서 떨어지지 않았고, 찰리는 완전히 빗나가서—."

랜드리는 말을 뚝 멈췄고, 빰이 붉어졌다.

"채석장에서 뛰어내렸다는 말씀입니까?" 스트라이크가 물었다.

어떻게 반응할지 궁금해서 던진 질문이었는데 랜드리의 반응은 실망스럽지 않았다. 하늘이 무너져 내리기라도 하는 것 같은 표정이었다.

“자세히 말할 순 없지만, 그렇소. 그렇게 됐을 때는 이베트가 아무리 후회해도 이미 늦었던 거요. 이베트에게 눈곱만큼이라도 자제심이 있었다면 그 애가 엄마를 대놓고 무시하지 않았을 거요. 나도 거기 있었소.” 랜드리가 차갑게 말했다. “주말에 들렀었지. 부활절 주일이었소. 시내에 산책을 나갔다 오니 모두 그 애를 찾고 있었소. 나는 채석장으로 곧장 갔소. 내 그럴 줄 알았지. 굳이 가지 말라고 당부했던 곳인데, 역시나 거기 있더군.”

“시신을 찾으셨군요?”

“그렇소.”

“굉장히 심란하셨겠습니다.”

“음.” 랜드리는 입술을 거의 움직이지 않고서 말했다. “그랬지.”

“그러면 찰리가 죽은 뒤였지요? 누이분과 알렉 경이 룰라를 입양한 것이?”

“아마 알렉 브리스토가 동의한 일 중 가장 어리석은 일이었을 거요.” 랜드리가 말했다. “이베트는 이미 엄마 자격이 없다는 걸 증명했는데, 하물며 자식을 잃는 슬픔을 겪고 나서 어떻게 그 전보다 엄마 노릇을 더 잘할 수 있단 말이오? 물론 이베트는 예전부터 핑크 드레스를 입힐 딸을 원했으니, 알렉은 그러면 이베트가 행복해질 줄 알았겠지. 알렉은 이베트가 원하는 거라면 뭐든지 해주던 위인이니까 말이오. 이베트가 그의 타이피스트로 들어가는 순간부터 완전히 반해버렸고, 게다가 그는 아주 철저한 이스트엔드 사람이었소. 이베트는 늘 약간 거친 것을 좋아했었고.”

스트라이크는 랜드리가 왜 화를 내는지 의아했다.

“누이와 사이가 좋지 않으십니까, 랜드리 씨?” 스트라이크가 물었다.

“우리 사이는 아주 좋아요. 그저 난 이베트가 보지 못하는 걸 볼 뿐이오. 그 애 불행이 다 자초한 일이라는 것도 알고 있고.”

“찰리가 죽은 뒤에 또 입양 허가를 받기가 어려웠습니까?” 스트라이크가 물었다.

“알렉이 백만장자만 아니었다면, 그랬을 거요.” 랜드리가 콧방귀를 뀌며 말했다. “당국에서 이베트의 정신 상태를 염려했고, 그땐 이미 둘 다 나이도 많았소. 그때 신청이 기각됐어야 하는데, 입양 허가를 받은 게 화근이지. 하지만 알렉은 못 하는 일이 없는 사람이었고, 행상 일을 하던 시절부터 별별 연줄이 다 있었소. 자세한 내막은 몰라도 뭐 어딘가에서 돈을 썼겠지. 그래도 백인은 구하지 못했지만. 어디서 왔는지도 모르는 아이를 판단력이라곤 없는 우울증 히스테리 환자더러 키우라고 맡겼다니까. 이런 재앙이 닥친 게 난 별로 놀랍지도 않소. 룰라는 존처럼 불안정하고 찰리처럼 거칠었는데, 이베트는 그 애를 어떻게 키워야 할지 감도 잡지 못했으니까.”

랜드리를 염두에 두고 그 말을 휘갈겨 적던 스트라이크는 삼촌이 유전에 따라 운명이 결정된다고 믿는 탓에 브리스토가 룰라의 흑인 친척들에게 신경을 쓴 건 아닌지 생각해보았다. 브리스토가 삼촌의 속내를 오랫동안 알고 있었던 건 확실했다. 아이들은 아주 깊고 본능적인 차원에서 친척들이 지닌 견해를 받아들이는 법이다. 스트라이크도 자기 앞에서 누가 대놓고 말하기 한참 전부터 자신의 어머니가 다른 어머니와 다르며, (주위의 어른들이 지키는 불문율을 믿는다면) 뭔가 부끄러운 데가 있다는 걸 뼛속 깊이 느끼고 있었다.

"룰라가 죽은 날 보셨지요?" 스트라이크가 말했다.

랜드리의 속눈썹은 색이 아주 옅어서 은빛처럼 보였다.

"뭐라고 했소?"

"음……." 스트라이크는 수첩을 보란 듯이 뒤적이다 빈 페이지에서 멈췄다. "룰라를 아파트에서 만나셨지요? 룰라가 브리스토 부인을 뵈러 갔을 때 말입니다."

"누가 말해준 거요? 존이오?"

"경찰 기록에 모두 있습니다. 사실이 아닙니까?"

"분명히 사실이지만, 우리가 한 이야기와 무슨 관련이 있는지 모르겠소."

"죄송합니다. 여기 오셨을 때, 저한테서 연락이 오기를 기다리고 있었다고 하셨지요. 질문에 기꺼이 대답해주실 거라는 인상을 받았습니다."

랜드리는 불시에 사기를 당한 사람 같은 얼굴을 했다.

"경찰에 한 진술 외에는 더 이야기할 것이 없소." 그가 마침내 입을 열더니 말했다.

"스트라이크는 빈 페이지를 도로 뒤적이며 말했다. "그날 아침, 누이분에게 들렀다가 조카를 만나셨고, 가족법의 국제적 발전에 대한 학회 참석차 옥스퍼드까지 차로 가셨다는 진술 말입니까?"

랜드리는 또다시 곰곰이 생각하는 눈치였다.

"그렇소." 그가 말했다.

"누이분 댁에는 몇 시에 도착했다고 하셨지요?"

"10시쯤이었을 거요." 랜드리는 잠시 있다가 대답했다.

"그리고 얼마나 계셨습니까?"

"30분쯤일 거요. 좀 더 걸렸을 수도 있고. 기억이 잘 나지 않는군."

"그리고 거기서 곧장 옥스퍼드의 학회로 가셨습니까?"

랜드리의 어깨 너머로 웨이트리스에게 뭐라고 묻고 있는 존 브리스토가 보였다. 뛰어왔는지 숨을 헐떡이고 있었고 차림새도 약간 흐트러진 상태였다. 손에는 가죽 서류 가방을 들고 있었다. 그는 숨을 고르며 주위를 둘러보았고, 스트라이크는 그가 랜드리의 등을 본 순간 겁에 질린 표정을 지었다고 생각했다.

6

"존." 의뢰인이 다가오자 스트라이크가 말했다.

"안녕하세요, 코모란."

랜드리는 조카에게 눈길도 주지 않은 채 나이프와 포크를 들고 테린을 한 입 먹었다. 스트라이크는 옆으로 움직여 브리스토가 삼촌 맞은편에 앉도록 자리를 내주었다.

"루벤과 이야기는 했니?" 랜드리는 테린을 삼킨 뒤 브리스토에게 차갑게 물었다.

"네. 오늘 오후에 그쪽으로 가서 금고에 둔 것들과 드로잉을 전부 보여주겠다고 했습니다."

"삼촌분께 방금 룰라가 죽기 전 오전에 있었던 일을 묻고 있던 참이에요, 존. 삼촌분께서 어머님의 아파트를 찾아가셨을 때 말입니다." 스트라이크가 말했다.

브리스토는 랜드리를 흘끔 쳐다보았다.

"거기서 어떤 이야기가 오갔고 무슨 일이 있었는지 궁금합니다." 스트라이크가 말을 이었다. "룰라를 어머니 댁에서 다시 태워 간 기사 말로는, 룰라가 괴로워하는 표정이었다던데요."

"물론 괴로워했지." 랜드리가 말을 가로챘다. "어머니가 암인데."

"직전에 받은 수술로 완치되신 것 아닙니까?"

"이베트는 자궁절제술을 받았소. 통증이 심했고. 그런 상태의 엄마를 봤으니 당연히 괴로웠을 거요."

"룰라와 만났을 때 말씀을 많이 하셨습니까?"

짧은 망설임.

"그저 이런저런 얘기였소."

"두 분은, 말씀을 나누셨습니까?"

브리스토와 랜드리는 서로를 쳐다보지 않았다. 몇 초간 더 긴 침묵이 이어지더니 브리스토가 말했다.

"나는 집 안 사무실에서 일하고 있었어요. 삼촌이 들어와 어머니와 룰라랑 이야기하는 소리를 들었고요."

"사무실을 들여다보고 인사를 하지는 않으셨습니까?" 스트라이크가 랜드리에게 물었다.

랜드리는 옅은 눈썹 사이로, 살짝 취한 듯 멍한 눈으로 쳐다보았다.

"아시잖소, 여기 당신 질문에 답할 의무가 있는 사람은 아무도 없소, 스트라이크 씨." 랜드리가 말했다.

"물론입니다." 스트라이크는 이렇게 말하고 수첩에다 조그맣게 알아볼 수 없는 글을 썼다. 브리스토는 삼촌을 쳐다보고 있었다. 랜드리는 다시 생각하는 눈치였다.

"열린 서재 문으로 존이 일하느라 바쁜 게 보여서 방해하고 싶지 않았소. 이베트의 방에 잠깐 앉아 있었지만, 진통제 기운으로 축 늘어져 있기에 룰라를 두고 나왔소." 랜드리는 악감정을 살짝 내비치며 말했다. "이베트가 룰라보다 더 좋아하는 사람이 어디 있어야지."

"룰라의 휴대전화 통화 기록을 보면, 브리스토 부인의 아파트에서 나온 뒤에 랜드리 씨께 여러 차례 전화를 걸었던데요."

랜드리의 얼굴이 붉어졌다.

"통화하셨습니까?"

"아뇨. 학회에 늦었기 때문에 휴대전화를 무음으로 해놓았소."

"그래도 진동은 하지 않습니까?"

스트라이크는 어떻게 하면 랜드리가 자리를 뜰까 생각했다. 랜드리의 인내심이 한계에 다다른 것이 분명했다.

"발신자를 보니 룰라이기에 급한 일이 아니라고 생각했소." 곧 그가 말했다.

"다시 전화를 걸지는 않으셨고요?"

"그렇소."

"룰라가 용건을 메시지로 남기진 않았습니까?"

"그러지 않았소."

"이상하지 않습니까? 랜드리 씨께서는 룰라를 어머니 댁에서 방금 만나고 온 길이고 별다른 중요한 일은 없었다고 하셨습니다. 하지만 룰라는 그날 오후 내내 랜드리 씨께 연락을 취하려고 했습니다. 그렇다면 급한 용건이 있었다는 것 아니겠습니까? 아니면, 어머니의 아파트에서 나누었던 이야기를 계속하고 싶었다거나?"

"룰라는 별것도 아닌 일로 남한테 서른 번씩 연거푸 전화를 거는 애요. 버릇이라곤 없는 애지. 자기 이름만 보면 남들이 다 관심을 가져줄 걸로 알고."

스트라이크는 브리스토를 쳐다보았다.

"그 애가, 가끔 그러기는 했어요." 브리스토가 중얼거렸다.

"어머니가 수술로 약해지셨다는 이유만으로 동생이 심란해한 거라고 생각하세요, 존?" 스트라이크가 브리스토에게 물었다. "룰라의 운전기사 키에란 콜로바스 존스는 룰라가 아파트에서 나왔을 때 기분이 완전히 달라져 있었다고 강조하던데요."

브리스토가 미처 대답하기도 전에 랜드리는 먹던 음식을 버려두고 일어나 코트를 입기 시작했다.

"콜로바스 존스라면 그 이상하게 생긴 유색인종 녀석 말이오?" 그가 스트라이크와 브리스토를 내려다보며 물었다. "룰라더러 모델이랑 배우 일을 얻어달라던?"

"네, 배우입니다." 스트라이크가 말했다.

"그렇군. 이베트가 아프기 전 마지막 생일에 내 차에 문제가 생겼소. 룰라와 그자가 와서 나를 생일 모임에 태워 갔지. 콜로바스 존스는 가는 내내 프레디 베스티귀에게 부탁해 오디션을 받게 해달라고 룰라를 졸랐소. 낄 데 안 낄 데를 구분 못 하는 녀석이었소. 아주 가까운 사이로 보이더군. 물론, 그 애 연애사는 깊이 알려고 하지 않는 게 좋다고 생각하지만."

랜드리는 테이블에 10파운드 지폐를 던졌다.

"곧 사무실에서 보자, 존."

그는 대답을 바라는 표정으로 서 있었지만 브리스토는 쳐다보지 않았다. 그는 랜드리가 도착했을 때 스트라이크가 읽던 신문의 기사에 실린 사진을 휘둥그런 눈으로 쳐다보고 있었다. 제2 퓨질리어 대대의 군복을 입은 젊은 흑인 병사 사진이었다.

"네? 아, 곧 가겠습니다." 그는 냉랭하게 쳐다보는 삼촌에게 대충 대답했다. "미안해요." 랜드리가 걸어가자 브리스토가 스트라이크에게 말했다. "저, 윌슨 아시죠? 경비원 데릭 윌슨의 조카가 아프가니스탄에 있어요. 아, 잠깐 착각했네요. 하지만 그 조카가 아니에요. 이름이 다르군요. 이 전쟁, 무섭지 않아요? 게다가 이렇게 사람들이 목숨을 잃을 가치가 있는 건가요?"

스트라이크는 다리의 무게중심을 옮겼다. 공원까지 걸어오다 보니 가뜩이나 쓰라린 다리가 더 아팠다. 그는 대충 아무렇게나 대답했다.

"걸어서 돌아갑시다." 식사를 마친 뒤 브리스토가 말했다. "바람을 좀 쐬고 싶군요."

브리스토는 지름길을 골랐는데, 잔디밭을 가로질러야 해서 스트라이크에게는 아스팔트 길보다 힘든 경로였다. 콘월 지방의 대리석을 깎아 만든 다이애나 황태자비 추모 분수를 지날 때, 마치 스트라이크가 묻기라도 했다는 듯 브리스토가 불쑥 말했다.

"삼촌은 날 좋아한 적이 없어요. 찰리를 더 좋아했으니까요. 사람들은 찰리가 삼촌 어렸을 때와 닮았다고 했죠."

"삼촌께서는 찰리에 대해서도 별로 호의적으로 말씀하시지 않던데요. 룰라도 별로 좋아하시지 않은 것 같고."

"유전에 대한 견해를 말씀하시던가요?"

"암시는 주셨어요."

"아, 삼촌은 그런 생각에 대해 부끄러워하지 않아요. 토니 삼촌의 무시 덕분에 룰라와 나는 특히 가까웠어요. 룰라의 경우에는 더 심했지요. 적어도 내 친부모는 백인이었으니까요. 토니 삼촌은 편견 없는 분이 아니세요. 작년에 파키스탄에서 인턴이 들어왔는데, 성적은 최고였지만 삼촌한테 쫓겨났지요."

"왜 그분과 함께 일하세요?"

"조건이 좋았으니까요. 조부님께서 세우신 집안 회사고. 그게 이유는 아니었지만요. 족벌이라는 말을 누가 듣고 싶겠어요. 하지만 런던 최고의 가족 법률 회사 중 한 곳이고, 내가 외할아버지 발자취를 따른다며 어머니가 기뻐하셨어요. 아버지 얘기를 하시던가요?"

"아뇨. 알렉 경께서 룰라를 입양하느라 손을 좀 썼을 거라는 언질은 주셨습니다."

"그래요?" 브리스토는 놀란 목소리로 물었다. "그럴 리가 없어요. 룰라는 고아원에 있었어요. 여느 때처럼 절차를 밟았을 겁니다."

잠시 침묵이 흘렀고, 그 후 브리스토가 조금 소심하게 말했다.

"참, 아버지와 별로 닮지 않았네요."

그때가 처음으로 브리스토가 위키피디아에서 사립탐정에 대해 검색해봤음을 공공연히 인정한 순간이었다.

"네." 스트라이크가 맞장구쳤다. "전 테드 숙부를 쏙 빼닮았어요."

"아버님과는…… 아, 그러고 보니 아버님 성을 쓰지 않으시죠?"

스트라이크는 자기 못지않게 특이하고 또 피해자를 양산해온 가족을 가진 사람한테서 이런 질문을 받으니 그리 거슬리지 않았다.

"아버지 성은 쓰지 않았습니다. 제가 혼외관계에서 태어나는 바람에, 아버지는 부인과 헤어지고 매달 이혼수당을 내야 했거든요. 아버지와는 별로 가깝게 지내지 않습니다."

"존경스럽군요." 브리스토가 말했다. "아버님께 의지하지 않고 자수성가했으니까요." 스트라이크가 대답하지 않자 브리스토는 불안한 듯 덧붙였다. "탠지에게 당신 아버님이 누구인지 말한 것이 불쾌하신 건 아니지요? 전 그, 그렇게 해서 탠지가 당신에게 말을 걸게 하려고……. 탠지는 유명인들을 좋아하거든요."

"목격자의 증언을 얻기 위해서라면 뭐든지 할 수 있습니다." 스트라이크가 말했다. "룰라는 토니 삼촌을 좋아하지 않았지만 일을 위해서 삼촌 이름을 썼다는 얘깁니까?"

"아뇨, 룰라가 랜드리를 택한 건 어머니의 처녀 적 이름이기 때문이에요. 토니 삼촌과는 상관없는 일이죠. 어머니는 몹시 기뻐하셨어요. 브리스토라는 모델이 또 있었던 모양이더라고요. 룰라는 남과 다른 걸 좋아했으니까요."

두 사람은 함께 걸으며 자전거를 타고 지나가는 사람들, 벤치에 앉아 햇볕을 쬐는 사람들, 개를 산책시키는 사람들, 롤러스케이트를 타는 사람들을 지나쳤다. 스트라이크는 잘린 다리 끝이 점점 아파오는 걸 감추려고 했다.

"토니 삼촌은 아무도 진심으로 사랑하지 않으셨을 거예요." 스케이트보드를 타고 비틀비틀 지나가는 헬멧 쓴 아이에게 길을 비켜주며 브리스토가 불쑥 말했다. "반면 어머니는 무척 정이 많은 분이에요. 어머니는 아이 셋을 무척 사랑하셨는데 토니 삼촌은 그걸 굉장히 못마땅해하셨죠. 이유는 모르겠어요. 천성인가 보죠.

찰리가 죽은 후로 삼촌과 부모님 사이에 금이 갔어요. 무슨 말이 오갔는지 직접 듣지는 못했지만, 여기저기서 흘려들은 얘기가 많아서 짐작은 갑니다. 삼촌이 찰리의 사고가 어머니 탓이라고, 찰리는 통제 불능이었다고 하셨겠죠. 아버지는 토니 삼촌을 쫓아냈어요. 어머니와 삼촌은 아버지가 돌아가신 후에야 진짜로 화해하셨죠."

스트라이크로서는 엑시비션 로드에 다다라 다리를 덜 절게 된 것이 반가웠다.

"룰라와 키에란 콜로바스 존스가 특별한 사이였다고 생각하세요?" 길을 건너는 동안, 스트라이크가 물었다.

"아니, 그건 삼촌이 근거도 없이 최악의 결론을 내린 거예요. 룰라에 대해서는 항상 최악의 상황을 생각하시거든요. 아, 키에란이 열심히 치근덕거렸겠지만 룰라는 더필드에게 완전히 반한 상태였으니까요. 딱한 일이죠."

두 사람은 나뭇잎이 우거진 공원을 왼쪽으로 끼고서 켄징턴 로드를 따라 걷다가 외국 대사들의 사저와 왕립 대학들이 모여 있는 구역으로 들어갔다.

"어머니께서 퇴원하신 날, 삼촌이 찾아왔을 때 내가 인사를 하지 않은 이유가 뭐라고 생각하세요?"

브리스토는 굉장히 불편한 표정이었다.

"의견 차라도 있었나요?"

"아뇨, 딱히 그런 건 아니고……." 브리스토가 말했다. "일 때문에 스트레스가 심했어요. 그건 말해드릴 수가 없군요. 의뢰인의 비밀이라."

"콘웨이 오츠의 재산과 관련이 있습니까?"

"그걸 어떻게 알죠?" 브리스토가 날카로운 목소리로 말했다. "어설라가 얘기하던가요?"

"지나가는 말로 얘기했습니다."

"세상에. 조심성이라고는 없군, 조심성이라곤."

"삼촌께선 메이 부인이 조심성 없이 굴었다는 걸 믿기 어렵다던데요."

"그러시겠죠." 브리스토가 어이없다는 듯 웃으면서 말했다. "그게 뭐, 스트라이크 씨에겐 말해도 된다고 믿어요. 우리 같은 회사가 굉장히 조심하는 건이니까. 거액을 선뜻 내는 의뢰인들에게는 재정적으로 깨끗하지 못하다는 인상을 주었다 하면 끝장이거든요. 콘웨이 오츠는 거물 고객입니다. 모든 재무 지표가 건전하고 투명하죠. 하지만 상속자들이 욕심이 많아서 재무 관리가 잘못되었다고 주장하고 있어요. 시장이 얼마나 들썩거렸고 콘웨이의 지시가 뒤로 가면서 얼마나 터무니없이 변질됐는지를 고려하면 그나마 남은 재산이 있다는 데 감사해야 할 상황인데 말입니다. 삼촌은 그 일 때문에 짜증을 내고 있어서……. 워낙 남 탓을 하는 성격이거든요. 그래서 몇 차례 싸움이 있었어요. 저는 저대로 욕을 먹었고요. 삼촌에겐 늘 그렇게 당해요."

사무실로 돌아가는 브리스토의 발걸음이 눈에 띄게 무거워진 것을 보니 짐작이 가는 바가 있었다.

"중요한 증인 두 사람에게 연락을 취하기가 어렵습니다, 존. 혹시 기 소메와 연결시켜줄 수 있으십니까? 도무지 뚫을 수가 없군요."

"해볼 수 있어요. 오늘 오후에 전화해볼게요. 룰라를 예뻐했던 사람이라, 도와주고 싶어 할 겁니다."

"그리고 룰라의 생모도요."

"아, 그렇지." 브리스토는 한숨을 쉬었다. "어딘가 연락처가 있을 거예요. 끔찍한 사람이죠."

"만난 적이 있어요?"

"아뇨. 룰라가 해준 이야기랑 신문에 난 기사만 알고 있어요. 룰라는 자신의 출생에 대해 꼭 알아내려고 했는데, 더필드가 부추긴 것 같았어요. 저는 신문사에 흘린 게 더필드일 거라고 강하게 의심하고 있습니다. 룰라는 늘 아니라고 했지만……. 어쨌든 룰라가 힉슨이라는 여자를 찾아냈는데, 그 사람이 룰라 아버지는 아프리카인 대학생이라고 했지요. 사실인지 아닌지는 모르겠습니다. 룰라가 원한 대답인 건 확실했고요. 그 애는 상상력을 마구 발휘했어요. 자기가 고위 정치가의 잃어버린 딸이라거나 추장의 딸이라고 상상했을 거예요."

"그런데 아버지는 찾아내지 못했어요?"

"모르겠어요." 브리스토는 룰라의 아파트 근처에서 찍힌 흑인에 대해서 알려줄 만한 질문이 나오면 늘 그러듯 간절한 표정으로 말했다. "하지만 찾아냈다 하더라도 나한텐 말해주지 않았을 거예요."

"왜 그렇게 생각하십니까?"

"그 일로 아주 심하게 싸웠거든요. 룰라가 말린 힉슨을 찾으러 갔던 때는 어머니가 자궁암 진단을 받은 직후였죠. 룰라에게 하필 그런 때 뿌리를 찾겠다고 나서야 되겠냐고 했지만, 글쎄요. 솔직히 말해 룰라는 변덕이 났다 하면 앞뒤 가리지 않거든요. 우리는 서로를 사랑했지만," 브리스토는 힘없이 얼굴을 문지르며 말했다. "세대 차가 있었어요. 하지만 룰라는 아버지를 찾으려고 했을 겁니다. 무엇보다 원한 일이었으니까요. 흑인의 뿌리를 찾고 자기가 누군지 발견하겠다고."

"사망 때까지도 말린 힉슨과 연락을 취하고 있었습니까?"

"이따금요. 룰라가 연락을 끊으려고 했던 것 같아요. 힉슨은 무서운 사람이에요. 돈 문제에 있어서는 부끄러운 줄 몰라요. 그 사람은 돈만 준다고 하면 그 이야기를 누구한테든 팔았어요. 안타깝게도 사겠다는 사람이 줄을 섰고요. 어머니는 그 일로 어쩔 줄 모르셨습니다."

"다른 것도 몇 가지 물어보고 싶은 게 있습니다."

브리스토는 기꺼이 걸음을 늦췄다.

"그날 아침, 소메와의 계약서를 돌려주러 아파트로 룰라를 찾아갔을 때, 보안회사 직원처럼 보이는 사람이 있었습니까? 경보기를 확인하러 온 직원 말입니다."

"정비공 같은 사람이오?"

"아니면 전기기사나. 작업복 같은 걸 입은 사람이라도요."

브리스토가 생각하느라 얼굴을 찡그리자, 토끼 같은 앞니가 더욱 또렷이 보였다.

"기억이 나지 않는데…… 가만 있자…… 2층을 지나갔을 때, 맞아요, 벽에서 뭔가 건드리고 있는 사람이 있었어요. 그 사람이었을까요?"

"그럴지도 모르죠. 어떻게 생겼던가요?"

"음, 등을 돌리고 있어서 보지 못했어요."

"윌슨이 함께 있었습니까?"

브리스토는 조금 놀란 표정으로 걸음을 멈췄다. 슈트를 입은 남녀 셋이 파일을 들고 지나쳐 걸어갔다.

"아마도……" 그가 천천히 말했다. "둘 다 거기 있었던 것 같아요. 내가 아래층으로 내려갈 때 등을 돌리고서 말이에요. 왜 묻는 거예요? 그게 무슨 상관이죠?"

"상관없는 일일지도 모릅니다." 스트라이크가 말했다. "하지만 다른 건 전혀 기억나지 않으십니까? 머리카락이나 피부색 같은 거?"

브리스토는 더욱 알 수 없다는 표정으로 말했다.

"전혀 신경을 쓰지 않았던 것 같아요. 아마……." 그는 다시 집중하느라 얼굴을 찡그렸다. "파란 옷을 입고 있었던 기억이 나는군요. 백인이었던 것 같은데. 장담은 못 하겠어요."

"장담하지 못한다 해도 도움은 될 겁니다." 스트라이크가 말했다.

그는 브리스토에게 묻고 싶었던 질문을 확인하기 위해 수첩을 꺼냈다.

"아, 그렇지. 경찰에서 제공한 키아라 포터의 목격담에 따르면 룰라가 모든 재산을 자기 형제에게 물려주길 원했다던데요."

"아." 브리스토는 무덤덤하게 말했다. "그거요."

그는 다시 천천히 걷기 시작했고, 스트라이크도 따라 걸었다.

"사건 담당 형사 하나가 키아라가 그런 말을 했다고 하더군요. 카버 경위라고. 그 사람은 처음부터 자살이라고 믿고 있었고, 자살할 생각으로 그런 얘기를 키아라한테 했다고 보는 것 같았습니다. 내가 보기에는 이상한 논리인데. 자살할 사람이 유산에 신경을 쓰나요?"

"그럼 키아라 포터가 지어낸 말이라고 생각하십니까?"

"지어낸 말은 아니라도." 브리스토가 말했다. "과장일 수는 있지요. 싸우고 막 화해한 참이라 룰라가 저에 대해 좋은 얘길 좀 했는데, 키아라가 룰라가 이미 자살할 생각을 했다는 걸 기정사실로 생각하면서 유산 얘기로 바꿔놓았을 가능성이 훨씬 높아요. 뭐든 잘 부풀리는 애거든요."

"유서를 찾으려고 수색도 했었죠?"

"아, 네. 경찰이 샅샅이 뒤졌어요. 우리 가족은 룰라가 유서를 썼을 리 없다고 생각했어요. 그 애 변호사들도 전혀 아는 바가 없었으니까요. 그래도 수색은 했습니다. 있을 만한 데는 다 뒤졌지만 아무것도 나오지 않았지요."

"하지만 키아라 포터가 룰라가 한 말을 정확히 기억하고 있다고 가정한다면……."

"하지만 룰라가 전 재산을 내게 남겼을 리 없어요. 절대로."

"왜 그렇습니까?"

"그렇다면 어머니를 완전히 잘라내는 셈인데, 그러면 너무 큰 상처가 되잖아요." 브리스토가 진지하게 말했다. "돈이 문제가 아니에요. 아버지는 어머니께 큰 재산을 남기셨으니까요. 그보다는 어머니를 그렇게 무시하는 룰라의 메시지가 더 큰 문제죠. 유서는 온갖 종류의 상처를 남길 수 있습니다. 그런 경우를 숱하게 봤어요."

"어머님도 유서를 작성하셨습니까?" 스트라이크가 물었다.

브리스토는 깜짝 놀란 표정을 지었다.

"아…… 네, 그렇겠죠."

"유산 수령인이 누군지 여쭤봐도 될까요?"

"아직 보지 못했어요." 브리스토가 조금 뻣뻣하게 말했다. "이게 무슨……."

"모든 게 다 관련이 있습니다, 존. 1천만 파운드면 엄청나게 많은 돈이니까요."

브리스토는 스트라이크가 둔한 건지, 일부러 기분 나쁘라고 하는 소린지 분간하려고 애쓰는 눈치였다. 한참 만에 그가 말했다.

"다른 가족이 없다는 점을 생각하면, 토니 삼촌과 내가 주로 상속받게 되겠지요. 자선단체 한두 곳도 들어 있을 거고요. 어머니는 늘 자선단체에 기부를 하셨거든요. 하지만 잘 알다시피." 브리스토의 가느다란 목에 분홍색 반점이 울긋불긋 솟아오르고 있었다. "어머니의 유언이 집행되려면 어떤 일이 있어야 하는지 알고 있으니 그 내용을 빨리 알고 싶은 마음은 없어요."

"물론 그러시겠지요." 스트라이크가 말했다.

두 사람은 브리스토의 회사에 당도했다. 어두운 아치 입구로 들어가는 삭막한 8층 건물이었다. 브리스토는 입구 옆에서 걸음을 멈추더니 스트라이크를 마주 보았다.

"아직도 내가 착각한 거라고 생각해요?" 그가 이렇게 물었고, 짙은 색 슈트를 입은 여자 둘이 지나갔다.

"아뇨." 스트라이크가 솔직하게 말했다. "그렇지 않습니다."

브리스토의 얼굴이 조금 밝아졌다.

"소메와 말린 힉슨에 대해서 알게 되면 연락드릴게요. 아, 잊을 뻔했군. 룰라의 노트북. 충전은 해놓았는데 패스워드가 걸려 있어요. 경찰에서 패스워드를 알아내 어머니께 알려드렸지만, 어머니가 기억을 못 하시니 나도 모르겠군요. 경찰 파일에 적혀 있으려나요?" 그가 물었다.

"전 못 봤습니다." 스트라이크가 말했다. "하지만 알아내는 건 어렵지 않을 겁니다. 룰라가 죽은 후에 그게 어디 있었지요?"

"경찰이 갖고 있었고 그 후로는 어머니 댁에 있었어요. 룰라의 물건은 거의 다 어머니 댁에 여기저기 놓여 있어요. 어머니는 아직 그걸 어떻게 처분할지 결정하실 상태가 아니니까."

브리스토는 스트라이크에게 노트북 가방을 건네더니 작별 인사를 했다. 그리고 뭔가 각오를 하듯 어깨를 살짝 움직이더니, 층계를 올라 문 안으로 사라졌다.

7

스트라이크가 켄징턴고어를 향해 한 걸음 한 걸음 내디딜 때마다 잘린 다리와 의족이 닿는 부분이 더 심하게 쓰려왔다. 멀리서 흐릿한 햇빛이 공원을 비추는 날씨에 두꺼운 코트를 입고 있자니 땀이 약간 났다. 스트라이크는 자신을 사로잡고 있던 기묘한 의심이 깊은 진흙 웅덩이 속에서 움직이는 그림자에 불과한지 자문해보았다. 그저 햇빛과 바람이 닿은 수면이 일으키는 착시현상일 뿐일까. 검은 웅덩이가 살짝 흔들리는 건 괴물이 수면 아래에서 움직이는 탓일까, 아니면 그저 물풀 거품이 자아내는 착각일까? 진흙 속에 다른 이들이 이미 쳤던 그물을 피해 간 무언가가 도사리고 있기나 한 건가?

켄징턴 지하철역으로 가는 길에 퀸즈게이트를 통해 하이드파크로 들어갔다. 정교하게 세공한 다리는 녹이 슨 탓에 붉은색이었고 왕실의 문장으로 장식되어 있었다. 못 말리는 관찰력으로 한쪽 기둥의 암사슴과 새끼사슴, 다른 쪽 기둥의 수사슴 조각을 눈여겨보았다. 인간들은 종종 아무것도 없는 데서도 균형과 평등이 있다고 가정해왔다. 똑같으면서도, 또 너무나 다른 가치인데……. 절뚝거리는 정도가 심해지자 룰라 랜드리의 노트북이 더 세게 다리에 부딪혔다.

다리가 쓰리고 답답하고 거치적거려 견딜 수 없는 상태로 5시 10분 전 사무실에 돌아온 그에게, 프레디 베스티귀 프로덕션과의 통화는 아직 뚫지 못했고 킬번 지역에서 브리티시텔레콤 사의 번호를 쓰는 오니페이드라는 사람은 찾지 못했다는 로빈의 공지는 어쩐지 어쩔 수 없는 운명이라는, 둔한 체념으로 다가왔다.

"다른 성을 쓰는 친척일 수도 있지 않을까요?" 코트를 입고 퇴근할 채비를 하면서 로빈이 물었다.

스트라이크는 기운 없이 그렇다고 했다. 그는 사무실 문으로 들어오자마자 푹 꺼진 소파에 털썩 주저앉았다. 로빈은 그런 그의 모습을 한 번도 본 적이 없었다. 얼굴도 잔뜩 찡그리고 있었다.

"괜찮으세요?"

"괜찮아요. 오늘 오후에 템퍼러리 솔루션에서는 아무 일도 없었어요?"

"네." 로빈이 벨트를 꽉 죄며 말했다. "제가 애너벨이라고 한 걸 믿었나 보죠? 호주 사람처럼 말하려고 진짜 노력했거든요."

스트라이크가 씩 웃었다. 로빈은 스트라이크가 돌아오기를 기다리며 읽고 있던 중간 보고서를 덮더니 제자리에 정확히 돌려놓고서 인사를 하고는 나갔다. 스트라이크는 낡고 해진 쿠션 위에 노트북을 올려둔 채 앉아 있었다.

로빈의 발소리가 더 이상 들리지 않자 스트라이크는 팔을 쭉 뻗어 유리문을 잠갔다. 그리고 스스로 정해놓은 주중 사무실 내 금연 규칙을 깼다. 불붙인 담배를 물고는 바짓단을 걷고서 의족을 허벅지에 고정시켜주는 끈을 풀었다. 그다음에는 다리 끝에서 젤 라이너를 떼어내고 살펴보았다.

피부에 이상이 없는지 날마다 살펴보아야 했다. 흉터가 빨갛게 부어오르고 있었다. 이 부분의 살갗이 받는 힘이 보통의 경우보다 크기 때문에 거기 바르는 온갖 크림과 파우더가 샬럿의 욕실 캐비닛에 가득 들어 있었다. 아직 풀지도 않은 짐 상자에 샬럿이 콘 파우더와 오일라텀을 넣어두었을까? 하지만 일어나서 찾아볼 기력도 없었거니와 아직은 의족을 다시 차고 싶지도 않았다. 그래서 바짓단을 그대로 늘어뜨린 채 생각에 잠겨 소파에서 담배를 피웠다.

이런저런 생각이 떠올랐다. 여러 가족과 이름들, 겉보기에는 전혀 다른 자신과 존 브리스토의 어린 시절이 참 비슷했다는 생각을 했다. 스트라이크의 가족사에도 유령 같은 인물들이 있었다. 가령, 애초에 결혼이 싫었다는 말뿐 어머니도 별로 입에 올리지 않던 첫 남편도 있었다. 레다의 기억이 가장 흐릿한 부분에 대해서 늘 또렷하게 기억하는 조앤 숙모는 열여덟 살이었던 레다가 단 2주 만에 남편에게서 달아났다고 했다. 어머니가 (조앤 숙모의 말에 따르면, 세인트마위스에 장날 함께 들어왔던) 아버지 스트라이크와 결혼한 유일한 이유는 새 드레스를 입고 이름을 바꿀 수 있다는 점이었다고도 했다. 사실, 어머니는 결혼으로 얻은 이 특이한 이름에 다른 어느 남자보다 더 충실하게 신의를 지켰다. 어머니는 이름의 원래 주인이 죽은 지 한참 지난 뒤 그가 보지도 못한 아들에게 이름을 물려주었다.

스트라이크는 사무실을 비추는 햇살이 부드럽고 희미해질 때까지 생각에 잠겨 담배를 피웠다. 그러다 결국 한쪽 발로 일어나, 문손잡이와 벽면 장식을 잡고 한 발로 깡충거리며 가서 사무실의 입구에 쌓여 있는 상자를 살폈다. 결국 상자 밑바닥에서 다리 끝이 화끈거리고 따끔거릴 때 바르는 제품을 찾아낸 그는 무거운 짐을 메고 런던을 가로질러 걸어오느라 입은 부상을 치료하기 시작했다.

2주 전 8시보다 훨씬 환했다. 스트라이크가 열흘 만에 두 번째로, '플레이 투 윈' 이라는 아케이드를 내다보는 중국 음식점 웡 케이에 자리 잡고 앉을 때까지도 햇빛이 있었다. 의족을 다시 차는 건 몹시 아팠고, 채링크로스 로드를 걸어오는 건 더 아팠지만, 셀리오크 병원에서 퇴원할 때 들고 온 목발은 죽어도 쓰기 싫었다.

스트라이크는 한 손으로 싱가포르 국수를 먹으면서 맥주잔 옆에 룰라 랜드리의 노트북을 열어놓고 살펴보았다. 진분홍색 노트북에 벚꽃 무늬가 있었다. 스트라이크 본인은 예쁘장한 진분홍색의 너무나 여성적인 기계를 덩치 큰 털북숭이인 자신이 들여다보고 있는 게 우스운 꼴이라는 생각을 미처 못 했지만, 흑인 웨이터 둘은 씩 웃었다.

"잘 지냈어요, 페데리코 형?" 8시 반에 창백하고 헝클어진 머리의 청년이 스트라이크 맞은편 의자에 앉아 물었다. 남자는 청바지와 번쩍번쩍한 티셔츠에 컨버스 스니커즈를 신고 가죽 가방을 크로스로 메고 있었다.

"별로." 스트라이크가 대답했다. "너는? 한잔할래?"

"네. 라거로요."

스트라이크는 손님을 위해 라거를 주문했다. 이유는 오래전에 잊었지만 다들 스패너라고 부르는 사람이었다. 스패너는 컴퓨터 공학 학위 소유자였고 보기보다는 훨씬 많은 돈을 벌었다.

"그렇게 배고프진 않아요. 일 끝나고 버거를 먹었어요." 스패너는 메뉴를 보며 말했다. "수프면 되겠어요. 완탕 수프로 주세요." 그가 웨이터에게 덧붙였다. "신기한 노트북이군요, 페드."

"내 건 아니야."

"일 때문이죠?"

"그래."

스트라이크는 스패너 쪽으로 노트북을 돌려주었고, 스패너는 테크놀로지를 필요악이 아니라 삶의 조건으로 삼는 사람들이 곧잘 짓곤 하는, 흥미로움과 무시를 동시에 드러내는 표정으로 노트북을 살펴보았다.

"고물이네요." 스패너가 경쾌하게 말했다. "어디 숨어 있었어요, 페드? 사람들이 걱정했어요."

"고맙네." 스트라이크는 국수를 먹으면서 말했다. "그럴 필요는 없는데."

"이틀 전인가 닉이랑 일사네 갔었는데, 다들 형 이야기만 했어요. 형이 언더그라운드로 옮겼다던데요. 아, 고마워요." 그는 수프가 도착하자 말했다. "아파트로 전화를 해봐도, 내내 자동응답만 나온다고 했어요. 일사는 여자 문제일 거래요."

스트라이크는 친구들에게 파혼 소식을 전하는 최고의 방법은 아무 관련이 없는 스패너를 이용하는 것이라는 생각이 문득 들었다. 스트라이크가 오래 알고 지낸 친구의 동생인 스패너는 스트라이크와 샬럿의 길고도 험난한 연애사를 거의 모를 뿐만 아니라, 무관심했다. 스트라이크는 남들이 앞에서는 안됐다고 하고는 뒤에 가서 이러쿵저러쿵 분석하는 것도 싫고, 샬럿과 자신이 영영 헤어지지 않은 척하기는 더 싫었으므로, 일사가 문제를 정확히 알아맞혔다고 하고 친구들이 앞으로는 샬럿 집으로 전화를 하지 말았으면 좋겠다고 했다.

"저런." 스패너는 그렇게 말했다. 인간의 고통에 대한 무관심과 기계에 대한 도전의식이 경쟁하는 순간이었다. 그는 델 노트북을 가리키면서 물었다. "그럼 이걸로 뭘 하고 싶은 거예요?"

"경찰에서 벌써 살펴봤어." 주위에서 중국어를 쓰지 않는 사람은 자신과 스패너뿐이었지만, 스트라이크는 목소리를 낮추어 말했다. "하지만 다른 의견도 들어보고 싶어서."

"경찰에는 좋은 기술자가 많잖아요. 그 사람들이 찾아내지 못한 걸 내가 찾아낼 수 있을까요."

"뭘 찾아야 하는지 몰랐을 수도 있지." 스트라이크가 말했다. "제대로 찾고도 무슨 의미인지 몰랐을 수도 있고. 경찰에선 룰라가 최근에 주고받은 이메일만 주로 봤는데, 그건 나도 벌써 봤거든."

"그럼 뭘 찾는 거죠?"

"1월 8일에 있었던 활동이나, 1월 8일로 연결되는 것들. 가장 최근에 한 인터넷 검색이라든지. 패스워드가 없는데, 웬만하면 경찰에다 패스워드를 묻고 싶지 않아서."

"그건 문제도 아니죠." 스패너가 말했다. 그는 지시사항을 종이에 적지 않고 휴대전화에 입력하고 있었다. 스트라이크보다 열 살 어린 스패너는 펜을 꺼내는 일이 거의 없었다. "그런데 이게 누구 건데요?"

스트라이크가 알려주자, 스패너가 말했다.

"그 모델? 우와."

하지만 죽은 사람이든 유명인이든, 인간에 대한 스패너의 관심은 희귀 만화책이나 새로운 테크놀로지, 스트라이크가 이름도 들어보지 못한 밴드에 대한 애정에는 따라오지 못했다. 수프를 서너 숟가락 들고 난 스패너는 이 일에 얼마를 줄 계획이냐고 해맑게 물었다.

스패너가 진분홍색 노트북을 팔에 끼고 떠나자 스트라이크는 다리를 절면서 사무실로 돌아왔다. 그는 그날 밤 오른쪽 다리를 잘 씻고, 까지고 부어오른 살갗에 연고를 발랐다. 그리고 몇 달 만에 진통제를 먹고 침낭에 들어갔다. 거기 누워 통증이 잦아들기를 기다리던 그는 자신을 담당하기로 했던 재활의학과 상담사와 약속을 잡아야 할지 생각해보았다. 절단수술을 받은 환자들에게 가장 무서운 적인 초크(choke) 증후군의 증세에 대해 여러 차례 설명을 들었다. 바로 피부가 곪고 부어오르는 것이었다. 스트라이크는 초기 증상을 보이는 것이 아닌지 걱정됐지만, 소독약 냄새를 풍기는 복도로 돌아가서 자기 몸의 작은 절단 부위에만 초연한 관심을 보이는 의사들을 만나야 한다니 덜컥 겁이 났다. 의족을 더 정밀하게 맞추려면 영영 작별 인사를 한 줄 알았던 그 하얀 가운의 세계로 돌아가야 했다. 다리를 쉬게 하고 정상 보행을 포기하라는 조언이 그는 두려웠다. 다시 목발을 짚고, 지나가던 사람들이 접어 올린 바짓단을 흘끔거리고 어린 아이들이 새된 소리로 왜 다리가 없냐고 묻는 상황에 직면할 일이 끔찍했다.

평소처럼 간이침대 옆에서 충전하고 있던 휴대전화가 부르르 떨며 메시지가 왔음을 알려왔다. 욱신거리는 다리에서 조금이라도 주의를 돌릴 수 있는 것이 반가웠던 스트라이크는 어둠속을 더듬거려 전화기를 집어 들었다.

부탁이야. 편할 때 잠깐 전화해줄 수 있어? —샬럿

스트라이크는 천리안이나 염력을 믿지 않았지만, 자신이 스패너에게 털어놓은 사실을 샬럿이 감지한 것이 아닌가 하는 터무니없는 생각이 들었다. 이별을 공식 발표함으로써, 두 사람을 여전히 묶고 있는 보이지 않는 끈을 잡아당긴 것이 아닌지.

그는 조그만 회색 액정이 마치 샬럿의 얼굴인 양, 그 속에서 그녀의 표정을 읽어낼 수 있기라도 하듯 휴대전화를 뚫어지게 쳐다보았다.

부탁이야. (꼭 그럴 의무가 없다는 건 알지만, 부탁하고 있어.) 편할 때. (내가 없어도 바쁘게 살고 있을 거라고 생각해.) 잠깐 전화. (통화를 할 적법한 이유가 있으니, 재빨리, 쉽게 통화할 수 있어. 싸울 일 아니야.)

또는, 부탁이야. (이걸 거절한다면 나쁜 놈이야, 스트라이크. 넌 나한테 충분히 상처를 줬잖아.) 편할 때. (솔직히 말해서, 늘 부대니 뭐니 네가 나보다 급하게 생각한 것들이 있었으니까.) 잠깐 전화. (요란한 장면이 연출될 거라고 예상하는 거 알아. 걱정 마. 지난번에 네가 하도 못되게 굴어서 이제 우린 끝났으니까.)

지금이 편할 때인가? 스트라이크는 아직 진통제 효과를 보지 못해 통증을 느끼는 채로 누워 자문해보았다. 시계를 보았다. 11시

10분. 샬럿은 분명히 아직 깨어 있었다.

스트라이크는 휴대전화를 조용히 충전되고 있던 바닥에 도로 놓았고, 털이 부숭부숭한 팔로 눈을 가려 창문 틈으로 흘러들어오는 가로등 불빛까지 막아버렸다. 의지와는 반대로 처음 만났을 때의 샬럿이 떠올랐다. 옥스퍼드의 학생 파티 때, 창가에 혼자 앉아 있던 모습이었다. 스트라이크는 평생 그렇게 아름다운 걸 본 적이 없었다. 뭇 남자들의 곁눈질이나, 요란한 웃음소리와 말소리, 조용히 앉아 있던 그녀로 향하던 과장된 몸짓들을 생각하면, 거기 모인 모든 학생들도 마찬가지였던 모양이다.

파티장 건너편을 바라보던 열아홉의 스트라이크는 어렸을 때 조앤 숙모와 테드 삼촌의 정원에 밤새 눈이 내렸을 때마다 느꼈던 것과 똑같은 충동을 느꼈다. 애가 탈 정도로 매끈하고 새하얀 표면에 제일 먼저 발자국으로 깊고 검은 구멍을 내고 싶었다. 뒤집어엎고, 망쳐놓고 싶었다.

"엄청 취했구나." 스트라이크가 그녀에게 가서 말을 걸겠다고 하자, 친구가 경고했다.

스트라이크는 그렇다고 하고, 일곱 번째 잔을 비운 뒤 그녀가 앉아 있던 창가를 향해 거침없이 걸어갔다. 주위 사람들이 웃을 준비를 하고서 쳐다보는 눈길이 느껴졌다. 그는 엄청난 덩치에, 권투하는 베토벤처럼 우악스럽게 생긴 데다 티셔츠에 카레 소스를 잔뜩 묻히고 있었기 때문이다.

그가 다가가자 그녀는 커다란 눈으로 그를 올려다보았고, 긴 검은 머리와 셔츠 사이로 드러난 부드럽고 하얀 가슴골이 보였다.

스트라이크는 어린 시절 여기저기 돌아다니며 끊임없이 이사를 하고 다양한 아이들과 접한 덕분에 뛰어난 사회적 기술을 얻을 수 있었다. 사람들 사이에 끼어들어 남들을 웃게 하고 웬만하면 괜찮은 사람이라는 평가를 받을 수 있었다. 그러나 그날 밤 스트라이크의 혀는 굳어서 꼼짝도 하지 않았다. 약간 몸을 휘청거린 것도 기억났다.

"왜 그러세요?" 그녀가 물었다.

"아." 스트라이크는 티셔츠를 벗어서 카레 소스를 보여주었다. "이걸 빼려면 어떻게 하는 게 제일 좋아요?"

참으려고 했지만(스트라이크는 그녀가 안간힘을 쓰는 걸 알 수 있었다), 샬럿은 키득거리며 웃었다.

얼마 뒤, 학생들이 재고 로스 도련님이라고 불렀던 잘생긴 청년 하나가 귀공자 친구들을 거느리고 방으로 들어와서 스트라이크와 샬럿이 창가에 나란히 앉아 대화에 빠져 있는 모습을 보았다.

"샤, 방을 완전히 잘못 찾아왔군." 로스가 오만한 목소리로 말했다. "리치네 파티는 위층이거든."

"난 안 가." 샬럿이 웃는 얼굴로 말했다. "코모란이 티셔츠 빠는 거 도와줘야 해."

샬럿은 그렇게 공공연히 해로* 때부터 사귀던 남자친구를 차버리고 코모란과 사귀기 시작했다. 스트라이크의 19년 평생 가장 찬란한 순간이었다. 메넬라오스의 면전에서 트로이의 헬렌을 차지한 셈이었다. 그는 충격과 기쁨에 그런 기적이 왜 일어난 것인지 묻지 않고 그냥 받아들였다.

* 영국 런던에 위치한 유명한 공립학교.

나중에야 스트라이크는 행운 또는 우연처럼 느껴졌던 그 일련의 사태가 모두 샬럿이 조종한 것임을 깨달았다. 몇 달 뒤에 샬럿도 인정했다. 로스의 잘못을 벌주기 위해 일부러 엉뚱한 방에 들어가 아무 남자든 다가오기를 기다리고 있었다고. 스트라이크는 로스를 괴롭히기 위한 도구에 불과했다고. 다음 날 아침, 잠자리에서 스트라이크가 샬럿의 정열이라고 생각한 건 사실 복수심과 분노였다고.

그 첫 만남에는 그 후에 그들을 헤어지고 다시 만나게 한 모든 요소가 다 들어 있었다. 샬럿의 자기 파괴적 성향, 무모함, 남에게 상처를 주겠다는 의지, 스스로 원치 않는데도 스트라이크에게 어쩔 수 없이 끌리는 마음, 어린 시절 속했던 세계의 가치관을 경멸하면서도 버리지 못하고 안주하는 점까지. 그렇게 해서 시작된 관계는 결국 여기까지 왔다. 스트라이크는 15년이 지난 지금 간이침대에 누워 몸과 마음의 고통에 시달리면서 그녀에 대한 기억을 지워버릴 수 있기만 바랐다.

2권에서 계속됩니다.

옮긴이 김선형

1969년 서울에서 출생했다. 서울대학교 영어영문학과를 졸업하고 동 대학원에서 박사 학위를 받았다. 2010년 유영번역상을 수상했다. 옮긴 책으로 J.K. 롤링의 《캐주얼 베이컨시》, 아이작 아시모프의 《골드》, C.S. 루이스의 《스크루테이프의 편지》, 토니 모리슨의 《빌러비드》와 《재즈》, 마거릿 애트우드의 《시녀 이야기》, 실비아 플라스의 《실비아 플라스의 일기》, 더글러스 애덤스의 《은하수를 여행하는 히치하이커를 위한 안내서》 등이 있다. 현재 서울시립대학교 연구교수로 재직 중이다.

쿠쿠스 콜링 1

초판 1쇄 인쇄 2013년 12월 2일
초판 16쇄 발행 2021년 12월 28일

지은이 | 로버트 갤브레이스
옮긴이 | 김선형
발행인 | 강봉자 · 김은경

펴낸곳 | (주)문학수첩
주소 | 경기도 파주시 회동길 503-1(문발동 633-4) 출판문화단지
전화 | 031-955-9088(마케팅부), 9534(편집부)
팩스 | 031-955-9066
등록 | 1991년 11월 27일 제16-482호

홈페이지 | www.moonhak.co.kr
블로그 | blog.naver.com/moonhak91
이메일 | moonhak@moonhak.co.kr

ISBN 978-89-8392-498-8 03840
978-89-8392-497-1 (세트)